KB163291

을 유 세 계 문 학 전 집 · 8 1

지킬 박사와 하이드 씨 · 존 니컬슨

일러두기

『지킬 박사와 하이드 씨』의 원제는 『지킬 박사와 하이드 씨에 관한 괴상한 사건』, 『존 니컬슨』의 원제는 『존 니컬슨의 불행한 모험들』이다. 각 소설이 시작되는 장에서는 원제를 사용하고 그 밖의 작품 해설 등에는 『지킬 박사와 하이드 씨』, 『존 니컬슨』으로 표기하였다.

지킬 박사와 하이드 씨·존 니컬슨

THE STRANGE CASE OF DR. JEKYLL AND MR. HYDE ·
THE MISADVENTURES OF JOHN NICHOLSON

로버트 루이스 스티븐슨 지음 · 윤혜준 옮김

❖ 을유문화사

옮긴이 **윤혜준**

한국외국어대학교 영어과와 서울대학교 대학원 영문과를 졸업하고, 뉴욕주립대학에서 영문학 박사 학위를 받았으며, 한국외국어대학교 영어학부 교수를 거쳐 현재 연세대학교 영어영문학과 교수로 재직 중이다. 케임브리지 대학교와 런던 대학교에서 방문교수로 연구하였고, 연세대학교 인문학연구원 원장으로 봉사 중이다. 최근 저서로는 Metropolis and Experience, 『바로크와 나의 탄생』, 『블랙우즈 에든버러 매거진과 소설』 등이 있고, 최근 역서로는 『주석달린 크리스마스 캐럴』, 『내러티브』, 『로빈슨 크루소』 등이 있다.

을유세계문학전집 81
지킬 박사와 하이드 씨 · 존 니컬슨

발행일 · 2016년 3월 25일 초판 1쇄 | 2020년 3월 30일 초판 2쇄
지은이 · 로버트 루이스 스티븐슨 | 옮긴이 · 윤혜준
펴낸이 · 정무영 | 펴낸곳 · (주)을유문화사
창립일 · 1945년 12월 1일 | 주소 · 서울시 마포구 서교동 469-48
전화 · 02-733-8153 | FAX · 02-732-9154 | 홈페이지 · www.eulyoo.co.kr
ISBN 978-89-324-0463-9 04840 978-89-324-0330-4(세트)

차례

지킬 박사와 하이드 씨에 관한 괴상한 사건[*]

캐서린 드 매터스*에게

하느님이 맺으라고 명령한 인연의 매듭을 푸는 것은 좋지 않겠지만,
그래도 우리는 여전히 야생화와 바람의 자녀들이라,
고향에서 멀리 떨어져 있으나, 아, 여전히 누이와 나에게
금작화 꽃잎 북쪽 우리나라에서 볼품 있게 피었으리라.

대문 이야기

변호사 어터슨 씨는 누그러져 미소를 짓는 법이 절대 없는 험한 표정의 사내로, 말을 할 때는 냉랭하고 썰렁하고 어색해했고, 감성은 뒷전에 밀어 두었으며, 깡마르고 훤칠하고 먼지 끼고 삭막했으나 그래도 어딘가 호감 가는 면이 있었다. 친구들과의 모임에서 내놓은 와인이 취향에 맞을 때는 뭔가 명백히 인간적인 면이 눈에서 빛을 발했는데, 이것이 그가 하는 말에까지 연결되어 표현되는 경우는 없었고, 식사 후 표정에 나타나는 말 없는 신호들로 전달하거나, 더 흔하게는 그가 살면서 하는 행동들을 통해 더욱 큰 소리로 표명되는 경우들이었다. 그는 자신에게 엄격했다. 고급 포도주를 탐닉하는 자신을 견책하려고 혼자 있을 때는 진을 마셨고, 비록 연극 무대를 즐기기는 했으나 지난 20년간 단 한 번도 극장 문을 들어서 본 적이 없었다. 하지만 그는 다른 사람들에 대해서는 너그럽게 인정해 주는 태도를 보였다. 때로는 그들이 그릇된 행동을 하는 것을 보며 어쩌면 저렇게 기분이 강렬하게 고양될 수 있을까 부러워하는 듯이 바라보았고, 어떤 극단적인 상황이 벌어져도 질책하기보다는 도움을 주려는 쪽으로 마음이 기울었다. "나는 카인의 이단 교리* 쪽으로 기우는 편일세"라는 기괴한 말을 그는 이따금 했다. "나는 내 형제가 자기가 원하는 방식으로 악마한테 가도록 내버려 두거든." 이런 입장을 취하다 보니, 그는 타락의 나락으로 빠져드는 사람들이 마지막으로 내세울 만한 친구가 되어 주거나 마지막으로 선한 영향력을 행사하는 운명이 된 적이 빈번했다. 막장으로 가는 이런 사람들이라도 그의 거처에 들르는 한, 별다른 기색 없이 그들을 대했다.

어터슨 씨로서는 필시 그게 별로 어려운 일이 아니었을 것이다. 그는 기분이 가장 좋을 때도 별로 자신을 내세우는 법이 없었고, 우정 또한 이와 유사하게 누구에게나 고르게 호의를 베푸는 터전 위에 세워 놓고 있는 모양이었다. 대개 성품이 소박한 사람들은 지인들을 그때마다 주어진 형편에 맞게 대하는 특징이 있는데, 바로 이것이 이 변호사가 처신하는 방식이었다. 그와 가까운 사람들은 같은 피를 나눈 이들이나 가장 오랜 세월 알고 지낸 이들이었는데, 그가 이들에게 정을 주는 것은 담쟁이넝쿨처럼 세월이 흘러간 덕일 뿐, 딱히 그럴 만한 상대라는 의미는 담겨 있지 않았다. 바로 그렇기에 그의 먼 친척이자 다들 한량으로 알고 있는 리처드 엔필드와 그가 끈끈한 유대를 맺고 있었을 것이다. 이 둘이 피차에 어떤 점을 사 주는지, 또한 무슨 공통의 화제가 있을지는 이해하기 힘든 수수께끼라고 생각하는 이들도 많았다. 일요일에 산책하는 두 사람과 마주친 사람들의 보고에 따르면, 이들은 아무 말도 하지 않은 채 몹시 무료한 표정으로 걷다가, 다른 친구가 나타나면 명백히 안도하는 눈치로 손짓을 하며 불렀다. 그런 점들에도 불구하고 이 두 남자는 이렇게 나들이하는 것을 매주 가장 귀한 시간으로 여겼고, 그래서 방해받지 않고 이 시간을 즐길 수 있도록 다른 쾌락의 기회들을 제쳐 놓았고, 심지어 사업상 압력에도 저항했다.

둘이 이런 산책을 하던 중에 한번은 런던의 한 번잡한 동네 뒷골목을 걷게 되었다. 길은 좁고 조용한 편이라고 할 수 있었으나, 주 중에는 장사가 잘되었기에 분주했다. 그곳 주민들은 모두 그런대로 괜찮게 사는 편인데 모두 더 괜찮게 살려고 경쟁하는 것 같았고, 번 돈을 외모를 매혹적으로 가꾸는 데 투자하는 듯한 것이, 길가에 늘어선 가게 진열대들이 여점원들이 늘어서서 미소 지으며 손님을 환영하는 느낌을 주었다. 일요일이라서 제일 현란한 매력들은 가려져 있고 지나가는 사람이 뜸한 편이었음에도, 그 길거리만은 우중충한 동네와 대조적으로 마치 불이 붙은 숲 속처럼 빛을 발휘하니, 새롭게 칠한 셔터와 싹싹 문지른 놋쇠 창들이며 전체적으로 깔끔하고 쾌활한 느낌을 주는 분위기는 즉각 지나가는 행인의 시선을 사로잡았고 즐거운 눈요깃거리가 되었다.

길의 모서리 한쪽에 문 두 개가 보였고, 거기에서 왼편으로 곧바로 따라가면 건물로 막힌 뜰로 이어지는 통로가 나왔는데, 바로 그 지점에서 음산하게 생긴 빌딩 한 채가 박공을 길 쪽으로 불쑥 내밀었다. 2층짜리인 그 건물엔 창문도 보이지 않았고, 보이는 것이라고는 아래층의 대문과 위층의 색 바랜 벽의 눈먼 앞이마뿐이었다. 어느 모로 보나 오랜 세월 처참한 꼴로 방치된 표가 났다. 대문엔 초인종이나 문 두드리는 고리 같은 것도 없고, 곪아 터지고 때가 덕지덕지 묻어 있었다. 부랑자들은 문 구석에 구부정하게 기대어 문에 댄 금속에 성냥을 그어 댔고, 어린아이들은 문 아래 계단에서 소꿉놀이를 했으며, 학교 다니는 사내애들은 칼이 문틀에 들어가는지 시험해 보곤 했건만, 한 세대 가까이 누군가 나타나서 이 무작위로 찾아오는 객들을 쫓아 버리거나 이들이 황폐하게 만든 흔적을 씻으려 하지 않았다.

엔필드 씨와 변호사는 뒷길의 반대편에 서 있었는데, 그 집 대문 앞까지 다가가자 엔필드는 지팡이를 번쩍 들어 앞을 가리켰다.

"저 대문을 눈여겨보신 적 있어요?" 그가 물었다. 상대방이 그렇다고 대답하자, 그는 이어서 말했다. "저 문이 내 머릿속에는 아주 기괴한 이야기랑 연관되어 있거든요."

"그래?"라고 어터슨 씨가 말한 뒤 살짝 변한 목소리로 물었다. "그래서, 무슨 이야기인데?"

"그게 어떻게 된 거냐 하면요," 엔필드 씨가 대답했다. "내가 세상 끝까지 갔다가 집으로 돌아오던 중이었어요. 깜깜한 겨울 새벽 3시경이었는데 가는 길 방향에 가로등 빼고는 말 그대로 아무것도 없는 그런 동네를 통과해야 했어요. 가는 길마다 사람들은 다 잠들어 있고, 가는 길마다 마치 무슨 행렬을 기다리는 듯 가로등은 환히 켜져 있지만 길은 교회당처럼 텅 비어 있었고요 — 그러다 보니 결국 내 정신 상태가, 어디 인적이 없나 귀를 기울이고 또 기울이면서 경찰관이라도 나타나지 않나 간절히 바라는 그런 지경에 이르렀지요. 그런데 갑자기 두 사람의 모습이 보이는 거예요,

한 사람은 키가 작은 남자로 동쪽 방향으로 보폭을 크게 떼며 터벅터벅 걸어갔고, 다른 하나는 여덟 살이나 열 살 정도 된 여자아이로 교차로를 향해 있는 힘을 다해 뛰어갔어요. 그러니 당연히 둘은 길이 만나는 지점에서 서로 부딪치게 되어 있었지요, 형님, 그런데 그때 이 이야기의 끔찍한 대목이 벌어진 거예요. 그 사내가 아이의 몸을 별로 대수롭지 않게 짓밟더니 비명을 지르는 아이를 그대로 두고 가 버렸어요. 이야기를 들으면 별것 아닌 것 같지만 눈으로 보면 지옥 같은 광경이었지요. 사람이 아니라 무슨 저거노트* 같았다고나 할까요. 내가 '저놈 잡아라!' 하며 소리친 뒤 달음질쳐서 이 신사 양반을 붙잡아 끌고 오니, 비명을 지르는 아이 주위로 벌써 몇 사람이 무리를 지어 모여 있더군요. 그자는 전혀 흔들리지 않는 기색이었고 저항도 하지 않았지만, 나를 한 번 쳐다보는데 그 눈길이 어찌나 흉측했던지 마치 뜀박질할 때처럼 땀이 주르르 흐르는 거예요. 그리로 나온 사람들은 아이의 가족들이었고, 얼마 있다가 의사가 나타났는데, 아이는 의사를 부르러 심부름을 가던 길이었더군요. 아무튼 의사 형씨가 보니 아이가 크게 다친 것은 아니고 겁에 조금 질려 있을 뿐이어서 그걸로 사건이 마무리되려나 생각했죠. 그런데 한 가지 아주 진기한 상황이 벌어졌어요. 나는 내가 잡아 온 신사 양반을 보자마자 첫눈에 혐오감을 느꼈지요. 아이의 가족들도 같은 반응이었고요. 또 당연히 그럴 수밖에 없었겠지요. 그러나 의사의 태도가 유독 특이해 보이더군요. 그는 흔히 볼 수 있는 덤덤한 약장수 같은 유형이고, 나이나 성격을 딱히 알 수가 없고, 에든버러 사투리가 심하고 백파이프만큼이나* 속에 감정이 들어가 있을 것 같은 자였어요. 그런데 글쎄 형님, 그런 사람이 나머지 다른 사람들이랑 반응이 똑같더라고요, 내가 보니까 의사 형씨도 체포한 범인을 쳐다볼 때마다 매번 속이 뒤집혀 창백해지면서 그자를 죽여 버리고 싶어 하더군요. 의사의 생각이 그렇다는 것을 나는 알 수 있었고, 그쪽도 내 생각을 읽을 수 있었지만, 죽여 버리는 것은 말이 안 되는 일이니 차선책을 택했어요. 우리는 이 사내한테, 이 문제를 크게 소문내어 런던 한쪽 끝에서 반대쪽까지 그자의 이름에서 역겨운 냄새가 나게 할 수 있고 또한 그렇게 할 참이라고 통보했지요. 만약 그자가 무슨 인간관계나 명예를 지키고 싶다면 우리가 그걸 다 잃게 만들 것이라고도 했어요. 우리는 그자를 세차게 몰아붙이면서도 줄곧 여인들이 그자에게 달려드는 걸 막느라 진땀을 뺐지요, 다들 완전히 눈이 뒤집혀서 제정신이 아니었으니까. 그토록 혐오하는 표정들을 하고 빙 둘러 모여 있는 것을 본 적이 없었어요, 그런데 그 한가운데 그 사내가 서 있는데 — 보아하니 겁에 질린 것 같더군요 — 사악하게 비아냥거리며 냉랭하게 버티는 거예요, 진짜 사탄처럼 말이에요. '이 사고를 밑천으로 삼아 일을 부풀리시겠다면 나로서는 당연히 별도리가 없지요.' 그자가 이러는 거예요. '난리치는 꼴을 피하고 싶지 않은 신사가 어디 있겠소'라고 하더니, '얼마면 될지 액수를 부르시오'라고 하더군요. 그래서 우리가 아이의 가족들에게 보상금으로 100파운드*를 내라고 압박을 가하니까, 그자는 어림없다고 말하고 싶었겠지만 모인 사람들의 분위기가 멀쩡히 보내 주지 않을 것 같으니 결국 동의하더라고요. 그다음 문제는, 어디에서 돈을 가져올 것인가였는데, 그가 우리를 어디로 데려간 줄 아세요? 바로 저 대문이 있는 집이에요. 열쇠를 획 꺼내더니 문을 따고 들어갔다가 다시 나오는데, 금화 동전으로 10파운드, 그리고 나머지는 쿠츠 은행* 수표로 소지인에게 지불하라며 사인을 했는데, 서명한 이름이, 이게 내 이야기의 핵심 중 하나이긴 해도, 내가 밝힐 수는 없습니다만, 매우 잘 알려져 있고 인쇄물에도 자주 등장한 이름이더라고요. 수표에 적힌 금액이 컸으나, 만약 서명이 진짜라면 그 이상의 가치를 갖는 이름이었지요. 나는 내가 붙잡은 이 신사 양반한테 뭔가 사안이 수상쩍다는 의견을 피력하며, 사람이 새벽 4시에 창고 문으로 들어갔다 타인이 서명한 거의 100파운드에 육박하는 고액권 수표를 들고 나오는 법은 실제로 일어나기 어려운 일이라고 했지요. 하지만 그자는 대수롭지 않게 받아들이며 비아냥거리는 거예요. '걱정 내려놓으시지요'라며, '은행 문을 열 때까지 당신들과 같이 있다가 내가 직접 수표를 현찰로 바꿔 드릴 테니'라고 하더군요. 그래서 일행 모두, 그러니까 의사, 아이의 아버지, 이 친구와 나는 내 거처로 가서 밤의 남은 시간을 보낸 다음, 동이 트자 아침을 먹고 함께 은행으로 갔지요. 수표는 내가 손수 가져가서 제시했어요. 이게 위조가 아닐까 의심할 이유가 많다고 했는데, 완전히 놀랐어요. 진짜 수표가 맞더군요."

"저런, 저런." 어터슨 씨가 말했다.

"형님도 나랑 같은 느낌이시군요." 엔필드 씨가 말했다. "맞습니다, 아주 좋지 않은 이야기지요. 내가 붙잡은 이자는 그 누구도 상종하고 싶지 않을, 정말 저주받을 인간이었지만, 수표에 서명한 사람은 그보다 더 멀쩡할 수 없는 인물이고 게다가 유명인으로(그래서 더 좋지 않게 보이는 거고요), 소위 선한 일을 한다는 축에 속하는 사람이니까요. 아마 공갈로 뜯어낸 돈일 수 있겠지요. 정직한 사람이지만 젊은 시절에 좀 곁다리로 빠진 것 때문에 입을 막느라 돈을 찔러 준 것일 수도 있고. 따라서 나는 저 대문이 달린 집을 '공갈 하우스'라고 부른답니다. 그렇다고 해서 모든 것을 규명한 것은 아니지만요." 그는 이런 말을 덧붙이고는 사색에 빠졌다.

그런 상태에 있는데 어터슨 씨가 갑자기 이렇게 말하는 통에 정신이 번쩍 났다. "수표 서명인이 저기 살고 있는지 여부는 모르나?"

"이런 데 살 것 같아요?" 엔필드 씨가 대답했다. "하지만 그 사람 주소를 봤던 기억이 나네요. 어디 무슨 '스퀘어'에 살아요."

"그리고 그 집 — 저 대문이 있는 집에 대해서는 전혀 물어보지 않았나?" 어터슨 씨가 말했다.

"아니요, 민감한 문제는 건드리기 싫어서요"가 그의 대답이었다. "저는 뭘 함부로 캐묻는 건 영 꺼려지거든요. 꼭 무슨 최후 심판의 날 같은 느낌이 들어서요. 질문을 하기 시작하면, 돌을 굴리는 것 같아요. 언덕 위에 가만히 앉아 있는데, 돌을 툭 쳐서 밑으로 굴러가게 해 놓으면 다른 돌들을 쳐서 또 굴러가게 할 것이고, 그러다 보면 갑자기 엉뚱하게도 (전혀 예상치 않았던) 멀쩡한 주인 양반이 자기 집 뒷마당에서 서성거리다가 머리에 맞아 돌아가시고 그 집은 문패를 바꿔야 할 테니까요. 네, 그래서 내 원칙은, 질문은 가급적 피하자, 냄새가 구린 동네처럼 보일수록 질문은 더 삼가자, 이겁니다."

"아주 훌륭한 원칙이지 그건." 변호사가 말했다.

"하지만 그곳을 내가 직접 살펴보긴 했어요." 엔필드 씨가 말을 이어 갔다. "무슨 집이라고 하기도 어렵더군요. 대문이라곤 그것밖에 없었는데, 아무도 그리로 들어가거나 나가질 않아요, 내 모험담의 그 양반이 아주 가끔 그리로 출입하는 것 빼고는. 2층에서 공터 쪽으로 창문이 세 개 나 있고 아래층에는 하나도 없어요, 창문은 늘 닫혀 있는데 깨끗한 편이더라고요. 그리고 굴뚝이 있는데 대개 연기가 늘 올라오니, 그걸 보면 아마 거기에 누가 사는 것 같아요. 그러나 확실치 않은 것이, 공터 주위로 건물들이 워낙 빽빽하게 붙어 있어서 집과 집 사이가 어디서 갈리는지 분간하기 어려워서요."

두 사람은 한동안 다시 아무 말 없이 걸어갔다. 그러던 중 어터슨 씨가 말했다. "엔필드, 자네의 그 원칙은 아주 좋은 거야."

"네, 저도 그렇다고 생각해요." 엔필드가 대답했다.

"그렇긴 해도 말이야," 변호사는 계속 말을 이었다. "한 가지만 좀 물어보고 싶은데, 아이를 밟고 간 그 사람의 이름이 뭔지 묻고 싶구먼."

"아, 그거야 별 문젯거리가 될 게 없지요." 엔필드 씨가 말했다. "하이드란 이름을 쓰는 사내지요."

"흠." 어터슨 씨가 말했다. "그 친구 모습이 어땠지?"

"뭐라고 묘사하기가 쉽지 않네요. 외모를 보면 뭔가 이상해요, 뭔가 불쾌하고, 아주 그냥 혐오스러운 면이 있어요. 누구를 쳐다보며 그토록 싫은 느낌을 가져 본 적이 없어요, 이유는 잘 모르겠더군요. 그자는 어딘가 기형인 것 같은데, 무슨 기형이라는 느낌을 강하게 주지만 딱히 어디가 그런지는 콕 찍어서 말하기 어려워요. 아주 특이하게 생긴 사내지만, 사실 정확히 뭐가 특이한지 꼬집어 말하지는 못하겠어요. 네, 형님, 진짜 파악이 잘 안 돼 그자를 묘사할 수가 없군요. 기억이 잘 안 나기 때문은 아니에요, 지금도 바로 눈앞에 모습을 떠올릴 수 있으니까요."

어터슨 씨는 다시 한동안 말없이 걸어갔고, 뭔가 곰곰이 생각하는 기색이 역력했다. "그자가 열쇠로 열었다는 게 확실한가?" 그가 마침내 물었다.

"아니, 형님……." 엔필드는 예상 밖의 질문에 놀라서 말을 시작할 참이었다.

"알아, 무슨 말 하려는지." 어터슨이 말했다. "이상한 질문 같겠지 물론. 사실은 내가 자네한테 그 또 다른 관련자 이름을 묻지 않은 것은, 이미 그걸 내가 알고 있기 때문이야. 이봐, 리처드, 자네 이야기가 내 머릿속에 선명히 들어왔다고. 혹시라도 부정확한 부분이 있으면 정정해 주는 게 좋을 거야."

"그럼 미리 주의해 주실 일이지요." 상대방이 다소 퉁명스러운 말투로 대답했다. "하지만 저는 소위 유식한 티를 낼 정도로 정확히 이야기했어요. 그자는 열쇠를 갖고 있었고, 여전히 그걸 갖고 다니지요. 그자가 그걸 사용하는 걸 봤어요, 그걸 본 지 일주일도 채 안 됐을 겁니다."

어터슨 씨는 깊은 한숨을 내쉬었으나 더는 한마디도 하지 않았는데, 젊은이는 곧 다시 말을 이어 갔다. "공연한 이야기를 하면 안 된다는 교훈을 또 얻었군요." 그는 말했다. "제가 주절거린 게 영 창피합니다. 이 일에 대해 다시는 서로 언급하지 않기로 합의하시지요."

"대환영일세." 변호사가 말했다. "그 합의서에 지장을 꽉 눌러 찍겠네, 리처드."

하이드 씨 찾아내기

그날 저녁 어터슨 씨는 침울한 기분으로 그의 홀아비 살림집으로 돌아와서 입맛 없이 식사를 했다. 그가 일요일마다 하는 습관은, 식사 후 벽난로 가에 놓인 독서용 책상에 앉아, 무슨 딱딱한 신학 서적을 한 권 펼쳐 들고 있다가, 근처 교회에서 자정을 알리는 종을 치면, 건전하고 감사한 마음으로 침상에 드는 것이었다. 하지만 이날 밤만은 식탁을 치우자마자 촛대를 들고 업무용 서재로 들어갔다. 거기에서 그는 금고를 연 다음 가장 은밀한 구석에서 겉봉에 '지킬 박사의 유언장'이라고 적어 놓은 문건 하나를 꺼내더니, 자리에 앉아 이마에 근심이 구름처럼 가득 낀 표정으로 그 내용을 검토했다. 유언장은 자필로 되어 있었는데, 작성된 후 어터슨 씨가 그것을 떠맡긴 했지만 작성 과정에서는 일절 도움을 주기를 거부한 문서였다. 이 유언장에 따르면 헨리 지킬, 의학 박사, 민법학 박사, 형법학 박사, 왕립 과학원 회원 등인 그가 사망할 경우, 그의 전 재산이 그의 "친지이자 은인인 에드워드 하이드"의 수중으로 모조리 들어가도록 되어 있고, 그뿐 아니라, 지킬 박사가 "사라지거나 3개월 이상 행방불명일 경우" 상기 에드워드 하이드는 상기 헨리 지킬을 즉시 대리하여 권리를 행사하되, 지킬 박사의 가정 고용인들에게 소액의 임금을 공제한 나머지 유산에서 각종 부담이나 의무를 청산하도록 되어 있었다. 이 문건은 오래전부터 이 변호사에게 눈엣가시였다. 법조인으로서 또한 인생의 건전한 상식을 애호하고 기발함을 경박함으로만 받아들이는 사람으로서 이 문건은 영 탐탁지 않았다. 게다가 이제껏 그의 분노를 치솟게 한 것은 하이드가 어떤 인간인지 몰라서였으나, 이제 갑자기 상황이 뒤집혀 그가 어떤 자인지 알게 된 것이 원인이었다. 하이드란 이름에 대해서 그저 이름 말고는 아무것도 모르는 것 또한 이미 나쁠 대로 나쁜 정황이었다. 그 이름에 온갖 역겨운 속성이 덕지덕지 붙기 시작하니 더 나쁜 지경이 되었고, 그의 눈을 그토록 오랫동안 당혹하게 했던 실체 없는 안개 속에서, 웬 악마가 불쑥 확연하게 나타난 것이다.

"나는 미친 수작인 줄로만 생각했는데," 그는 역겨운 문서를 다시 금고에 넣으면서 말했다. "지금은 무슨 수치스러운 짓거리가 아닌지 걱정이 들기 시작하는군."

그 말을 하고 촛불을 입으로 불어서 끈 후, 코트를 걸치고 나서, 저 의학의 아성 캐번디시 스퀘어* 방향으로 출발했는데, 그곳에 그의 벗인 유명한 래니언 박사의 저택이 있었다. 그는 거기에서 문전성시를 이루는 환자들을 봤다. '이걸 알 만한 사람이 있다면, 그건 래니언이겠지'라는 생각에 그에게 가고 있었던 것이다.

그 집의 엄숙한 집사는 그를 알아보고 맞이한 후, 전혀 지체 없이 곧장 식당 방으로 안내했다. 래니언 박사는 거기에 혼자 앉아 와인을 마시고 있었다. 이 의사는 활기차고 건강하고 깔끔하고 혈색 좋은 신사 양반으로, 나이보다 일찍 찾아온 백발이 부스스했고 행동이 활달하고 단호했다. 어터슨 씨를 보자 그는 의자에서 튀어나와 두 손을 잡고 반겼다. 친절하게 맞는 그 사람의 행동은 어딘가 연기하는 것처럼 보일 수도 있으나, 본인으로서는 늘 자연스럽고 마음에서 우러나오는 것이었다. 두 사람은 초중고교를 같이 다닌 오래된 친구 사이로, 각자 스스로와 상대방을 맘껏 높이 평가하고 있었다. 게다가 이런 경우 흔치 않게 둘이 같이 있는 것을 맘껏 즐겼다.

이야기를 약간 돌린 후 변호사는 그의 생각을 그토록 불쾌하게 장악하고 있는 문제에 다다랐다.

"이보게, 래니언," 그가 말했다. "아마도 자네랑 내가 헨리 지킬한테는 가장 가까운 옛 친구 둘이겠지?"

"친구 둘이 좀 더 젊었으면 좋으련만." 래니언 박사가 킥킥거리며 말했다. "아무튼 그런 셈이지. 그러면 뭐 해? 요즘엔 그 친구를 거의 보지도 못하는걸."

"그래?" 어터슨이 말했다. "둘이 공통의 관심사로 묶여 있는 줄 알았는데."

"그랬었지." 그의 대답이었다. "하지만 헨리 지킬이 내가 감당하기엔 너무 허공에 떠 버린 지가 벌써 10년도 더 됐어. 뭔가 이상해지기 시작했거든, 그 친구의 정신이 말이야. 또 비록 물론 내가 시챗말로 옛정을 생각해서 그 친구한테 계속 관심을 가지고 있긴 하지만 그 친구를 볼 일도 없고 본 것도 무진장 옛날이지. 별의별 비과학적인 헛소리들을 해 대니, 데이먼과 피티아스 사이*라도 멀어졌을 걸세."

이렇게 약간 흥분하는 모습이 어터슨 씨에게는 다소 위안이 되었다. '둘이 그저 무슨 학문적인 문제 때문에 의견이 갈렸던 모양이네'라고 그는 생각했고, 본인은 (양도 소송 문제에 관한 것이 아닌 한) 과학적인 열정은 없는 사람이기에, "별것 아닐 거야"라고 덧붙이기까지 했다. 그는 친구가 차분해지기까지 몇 초 동안 기다렸다가, 그가 던지려고 했던 질문을 꺼내 놓았다. "자네 혹시 그가 후견인 노릇을 해 주는, 무슨 하이드란 자를 만나 본 적 있나?"

"하이드?" 래니언이 말을 되받았다. "아니, 전혀 들어 본 적 없는데, 이제껏."

이 변호사 선생이 얻어 낸 정보는 고작 이것이 전부였기에, 그는 그걸 챙겨서 집으로 돌아와서는 큼직하고 어두운 침대에 누워 뒤척거렸다. 그러다 보니 새벽 동이 트기 시작했다. 그날 밤은 심기가 복잡한 그에게 별로 휴식을 주지 못해, 그는 깜깜한 어둠 속에서 의문에 사로잡혀 시달렸다.

어터슨 씨의 거처와 가까워 매우 편리한 교회당에서 6시를 알리는 종소리가 들렸으나, 그는 여전히 이 문제를 파고드는 중이었다. 지금까지 그는 이지적 역량만 동원했으나 이제는 그의 상상력도 개입해서는, 아니 강제로 끌려와서는, 그가 누워서 밤의 칠흑 같은 어둠과 커튼 친 방에서 뒤척거리는 동안, 엔필드 씨의 이야기가 그의 뇌리에 마치 조명을 받은 그림들이 이어져 펼쳐지는 것처럼 떠올랐다. 그의 의식 속에 해가 진 밤 도시에 즐비한 가로등들의 광대한 벌판이 등장하더니, 이어서 급하게 발길을 떼는 남자의 모습과 의사의 집에서부터 뛰어오는 어린아이, 이 둘이 마주치자 이 인간 저거노트는 아이를 짓밟고 넘어가면서 아이의 비명 소리도 아랑곳하지 않고 지나쳐 가는 게 보였다. 어떤 때는 한 부유한 집의 방이 보였다. 거기엔 그의 친구가 잠들어 있는데 그가 꿈을 꾸며 미소를 짓고 있을 때 방문이 열리고 침대를 두른 커튼을 휙 젖히자, 잠든 사람이 잠에서 깨어났다. 그런데 아니, 이럴 수가! 곁에 서 있는 자는 권세를 받은 자*라서, 한밤중임에도 그는 침대에서 일어나 그자가 시키는 대로 해야만 한다. 이 두 장면에 나타나는 같은 인물이 변호사를 밤새 괴롭혔는데, 혹시라도 그에게 졸음이 몰려오려고 하면, 그자는 잠든 집 사이로 보다 더 은밀하게 지나다니거나, 아니면 날렵하게 더욱더 거의 현기증이 날 정도로 날렵하게 가로등이 비추는 도시의 널따란 미로들을 지나다니면서, 길이 꺾이는 모퉁이마다 아이를 하나씩 넘어뜨려 짓밟아서 비명을 지르게 해 놓고 가 버렸다. 그렇지만 여전히 그자는 그가 알 만한 얼굴을 하고 있지 않았고, 심지어 꿈속임에도 얼굴이 없거나 그를 당혹스럽게 하며 눈앞에서 얼굴이 녹아 없어지는 형국이다 보니 변호사 양반의 생각 속에는 실제 하이드 씨의 이목구비를 보고 싶다는 강력한, 거의 과도할 정도의 호기심이 솟아나 점점 자라나고 있었다. 그를 한번 보기만 한다면 이 비밀의 부담이 가벼워지고, 심지어 말끔히 사라질 수 있을 것 같았다. 비밀스러운 일들을 차근히 검토해 보면 대개 그렇게 되기 마련이니. 그는 자기 친구의 괴상한 편애 내지는 속박(어떻게 부르건 상관없었다), 그리고 유언장의 극히 놀라운 조항들의 이유를 파악할 수 있을 것 같았다. 아무튼 속에 자비심은 한 톨도 들어가 있지 않은 인간의 얼굴이라니, 보기만 해도 둔감한 엔필드의 생각 속에서도 수그러들지 않는 증오심을 불러일으킬 그런 얼굴이라니, 한번 구경은 할 만할 것 같았다.

그때 이후로, 어터슨 씨는 가게들이 늘어선 길 옆에 있는 그 집의 대문에 수시로 출몰했다. 아침에 사무실로 출근하기 전에, 정오에 할 일은 넘쳐나고 시간의 여유가 없을 때도, 그리고 한밤중에 안개가 도시의 달을 덮었을 때도, 밝든 어둡든 혼자 있을 때든 사람들에게 치일 때든, 이 변호사는 그가 선택한 위치에 서 있었다.

'그자가 하이드 씨라면, 그럼 나는 시크 씨*가 되어 주마.' 그는 이런 생각을 했다.

그런데 마침내 그의 인내심이 보상을 받았다. 공기가 맑은 밤이었고, 서리가 공기에 섞여 있었으며, 길은 마치 무도회장 바닥처럼 깨끗했고, 가로등은 전혀 바람에 흔들리지 않으며 빛과 그림자가 규칙적으로 이어지게 비추고 있었다. 10시경에 가게들이 문을 닫자 그 뒷길은 매우 적막해졌고, 사방에서 런던이 나지막하게 으르렁거리기는 했지만, 사뭇 조용했다. 자그마한 소리들은 멀리까지 전달되었고, 살림집 안에서 나는 소리들이 길의 반대편에서도 선명히 들려, 누가 그리로 접근하는지 한참 전부터 그 기척을 미리 감지할 수 있었다. 어터슨 씨가 거기에 위치를 잡은 지 몇 분 지나지 않았을 때, 그는 갑자기 가벼운 발걸음이 자기 쪽으로 다가오고 있음을 의식했다. 그간 야간 순찰을 돌면서 한 사람의 발걸음이 만들어 내는 기묘한 효과와 친숙해진 지가 제법 오래되었기에, 그는 갑자기 발소리가 도시 사방에서 웅성거리고 달그락거리는 소리로부터 뚜렷하게 튀어나오는 것을 먼 거리에서도 알아차릴 수 있었다. 이제껏 그가 이 정도로 예민하며 확고하게 몰두한 적은 없었으며, 그는 성공하리라는 예감이 강렬하게 미신처럼 드는 것을 감지하며 공터 입구 쪽으로 몸을 피했다.

발걸음은 신속하게 가까이 들리다가 길이 끝나는 지점에서 갑자기 큰 소리로 불어났다. 변호사는 입구 쪽에서 관찰해 보고 나서 그가 상대해야 할 사내가 어떤 인간인지 이내 파악할 수 있었다. 그는 키가 작고 매우 수수한 옷차림이었는데, 먼 거리에서도 보는 사람의 기분을 거스르는 인상이었다. 그는 시간을 절약하려고 길을 건너 곧장 문을 향해 가더니, 호주머니에서 열쇠를 꺼냈다. 그런데 마치 자기 집에 다 온 사람이 하는 것 같은 행동이었다.

어터슨 씨는 구석에서 걸어 나와 지나가는 사내의 어깨를 툭 쳤다. "하이드 씨, 맞으시죠?"

하이드 씨는 헉 숨을 멈추면서 뒷걸음질 쳤다. 그러나 그의 겁먹은 기색은 잠시뿐이었는데, 변호사를 쳐다보지는 않았지만 제법 차분하게 대답했다. "그게 내 이름이오. 뭘 원하시오?"

"집으로 들어가실 참이군요." 변호사가 대답했다. "나는 지킬 박사의 오랜 친구요 ─ 곤트 스트리트*에 사는 어터슨이라고. 아마 내 이름을 들어 보셨을 것 같은데, 아무튼 이렇게 마침 딱 만났으니 나를 집 안으로 안내하시리라 생각합니다만."

"지킬 박사는 만날 수 없을 겁니다. 지금 집에 안 계시니까요."
하이드 씨가 대문 열쇠의 먼지를 후후 불며 대꾸했다. 그러더니 여
전히 고개는 치켜들지 않고, "저를 어떻게 아시지요?"라고 물었다.

"그럼 댁한테 말이오," 어터슨 씨가 말했다. "뭐 하나 부탁 좀 해
도 되겠소?"

"기꺼이 들어 드리죠." 상대방이 대답했다. "원하시는 게 뭐지요?"

"댁의 얼굴을 좀 보여 주겠소?" 변호사가 물었다.

하이드 씨는 머뭇거리는 것처럼 보였지만, 이내 마치 갑자기 생
각이 바뀐 듯 대드는 표정으로 얼굴을 상대방 정면에 들이밀자,
두 사람은 몇 분 동안 상대를 뚫어져라 바라보았다. "이제 댁을 다
시 알아볼 수 있겠군요." 어터슨 씨가 말했다. "그게 아마 쓸모있
을 것입니다."

"그렇겠지요." 하이드 씨가 대답했다. "서로 만나길 잘한 셈이지
요. 그리고 그럴 바엔 제 주소도 아시는 게 좋겠군요." 그는 소호
에 있는 한 곳의 번지수를 알려 주었다.

'하느님 맙소사!' 어터슨 씨는 생각했다. '아니, 이 친구도 그 유
언장 생각을 하고 있었던 건가?' 하지만 그는 이런 내색을 하지 않
고 주소를 기억하겠다며 우물거리기만 했다.

"그럼 저도 한마디," 상대방이 말했다. "저를 어떻게 아시는지?"

"외모 설명을 통해서." 그의 대답이었다.

"누가 설명한 거지요?"

"우리 둘 다 아는 지인들이 있습니다." 어터슨 씨가 말했다.

"둘 다 아는 지인들이라니." 하이드 씨가 약간 가라앉은 목소리로 반복했다. "누구 말씀이신가요?"

"지킬, 예를 들자면." 변호사가 말했다.

"그 사람이 당신한테 절대로 말했을 리 없어!" 하이드가 성을 버럭 내며 소리를 질렀다. "거짓말을 할 위인이 아닌 줄 알았더니, 원."

"이거 봐요." 어터슨 씨가 말했다. "말이 너무 거칠군요."

상대방은 야수같이 으르렁거리며 피식 웃더니, 그다음 순간 범상치 않게 신속한 손놀림으로 문 열쇠를 따고 집 안으로 사라져 버렸다.

변호사는 하이드 씨가 그를 따돌리고 없어지는 동안 완연히 불안해하는 모습으로 한동안 서 있었다. 그런 뒤 천천히 길을 걸어 돌아가기 시작했는데, 한두 걸음 뗄 때마다 멈춰 난처한 고민에 시달리는 사람처럼 이마에 손을 얹곤 했다. 그가 걸어가며 이렇듯 혼자 토론하는 문제는 쉽게 풀릴 수 없는 그런 부류에 해당했다. 하이드 씨는 창백하고 난쟁이 같았고 딱히 무슨 장애인지 말하긴 어려워도 어딘가 기형이란 인상을 주었으며, 기분 나쁜 미소를 짓고 변호사를 대하는 태도에 의기소침과 뻔뻔함이 누굴 죽일 것처럼 섞여 있었고, 말하는 목소리는 목이 잠기고 속삭이며 더듬거리는 것 같았으니, 이런 모든 것이 그에게 불리하게 작용할 요소들이었지만, 그걸 다 합친다 해도 어터슨 씨가 그를 바라보며 이제껏 알지 못했던 역겨움과 혐오감과 공포감을 느꼈음을 설명해 주지 못했다. "그것 말고도 뭔가 또 있을 거야." 당혹감에 젖어 이 신사 양반이 말했다. "뭔가 확실히 더 있을 거야, 내가 그걸 뭐라고 해야 할지 몰라서 그렇지. 하느님 앞에서 맹세컨대, 그자는 거의 인간이라고 할 수가 없어! 무슨 동굴에 혼자 사는 원시인 같다고나 할까? 아니면 주는 것 없이 그냥 싫은 건가?* 아니면 무슨 더러운 영혼이 사람의 육신에 들어와서 그런 일그러진 형상을 드러내는 것일까? 이게 제일 그럴 법해. 아, 가엾은 내 친구 해리 지킬아,* 만약에 내가 어떤 사람 얼굴에서 사탄의 흔적을 읽어 낸 적이 있다면, 바로 자네의 새 친구 얼굴일 걸세."

뒷길의 모서리를 돌면 고색창연한 저택들이 공터를 에워싸고 둘러서 있었는데, 이곳 집들은 예전의 당당한 지위에서 대부분 퇴락했고, 이제는 집을 쪼개서 아파트나 방으로 온갖 종류와 다양한 형편의 사람들, 즉 지도 그리는 사람, 건축업자, 수상한 변호사나 미심쩍은 업무들을 대행해 주는 대리인들 등에게 임대해 주고 있었다. 하지만 그중 한 집, 모서리에서 두 번째 집은 여전히 집 전체를 쓰고 있었고, 어터슨 씨는 이 집의 대단한 부유함과 아늑함을 느끼게 해 주는 대문에 멈춰 서더니, 문 위쪽 작은 창문의 불빛을 제외하면 온 집이 어둠에 잠겨 있었건만, 문을 두드렸다. 옷차림새가 번듯하고 나이가 지긋한 하인이 문을 열었다.

"지킬 박사 댁에 계신가, 풀?" 변호사가 물었다.

"한번 확인해 보지요, 어터슨 선생님." 풀이 이런 말을 하며 방문객을 맞아들였는데, 응접실은 큼직하고 천장이 낮아 아늑했으며, 바닥은 석재로 포장했고, (시골 저택의 난방 방식처럼) 벽난로 불을 크고 밝게 지펴 놓았으며, 값비싼 오크 나무 벽장들이 들어서 있었다. "여기 벽난로 가에서 기다리시겠어요? 아니면 식당에

계시게 불을 켜 드릴까요?"

"괜찮네, 여기 있겠네." 변호사가 대답한 다음 높직한 난로 철망 가까이 가서 기댔다. 손님 혼자 남겨진 이 거실은 그의 친구 지킬 박사가 아끼고 애호하는 공간으로, 어터슨 본인도 이곳이 런던에서 가장 쾌적한 방일 것이라고 늘 말하곤 했다. 그러나 오늘 밤에는 그의 핏속에 으스스하게 떨리는 냉기가 흘렀고, 하이드의 얼굴이 그의 기억을 짓누르고 있었으며, 그는 (본인으로서는 극히 드물게) 살맛을 잃고 삶에 대한 역겨움을 느꼈다. 그래서 그의 암울한 정신 상태에서 보기에 난로 불길이 벽장의 매끄러운 표면에 반사되고 천장 쪽에 그림자가 불쑥불쑥 생겨나는 꼴이 무슨 협박을 해 대는 것 같았다. 그는 풀이 이내 돌아와서 지킬 박사가 외출하고 없다고 통보하자 부끄럽게도 안도감을 느꼈다.

"이보게 풀, 하이드 씨가 예전에 수술실로 쓰던 방으로 들어가는 걸 봤는데," 그가 말했다. "그래도 되는 건가, 지킬 박사가 집에 없는데도?"

"네, 별문제 없습니다, 선생님." 하인이 대답했다. "하이드 씨가 열쇠를 갖고 있거든요."

"자네 주인장은 이 젊은이를 무척이나 신뢰하고 있는 모양이구 먼, 풀." 상대방이 생각에 잠긴 기색으로 말을 이었다.

"네, 실제로 그렇습니다." 풀이 말했다. "우리 모두 하이드 씨가 시키는 대로 해야 한다고 지시하셨지요."

"내가 하이드 씨를 여기서 본 적은 없는 것 같은데?" 어터슨이 물었다.

"그렇지요, 전혀 없으시지요. 그 사람은 이 집에서 절대로 식사를 하지 않거든요." 집사가 대답했다. "사실 우리도 집 이쪽에서는 별로 그 사람을 보지 못해요. 대개 실험실 쪽으로 출입하니까요."

"그럼, 그만 가 보겠네, 풀."

"안녕히 돌아가세요, 선생님."

집으로 향하는 변호사의 마음은 매우 무거웠다. '불쌍한 친구, 해리 지킬.' 그는 생각했다. '뭔가 깊은 수렁에 빠졌다는 불길한 생각이 든단 말이야! 젊을 때 그 친구가 좀 막 놀긴 했지만, 그건 분명히 오래전에 끝난 이야기잖아. 하지만 하느님의 법에 무슨 공소 시효가 있을 리 없지. 맞아, 아마 그걸 거야, 무슨 오래전 죄의 유령이 돌아온 거야, 무슨 숨겨 놨던 수치가 암으로 번진 거지. 늦기는 해도 반드시 온다는 옛말대로,* 기억 속에서 잊었고 자기애가 과오를 눈감아 주긴 했지만, 죗값이 돌아온 거지.' 그리고 변호사는 이런 생각을 하며 두려움에 사로잡혀 자신의 과거를 한동안 돌아보았는데, 기억의 구석구석을 더듬어 보며 혹시라도 예전의 불미스러운 짓이 갑자기 스프링 인형처럼 불쑥 튀어나와 들통 나지 않을까 살펴보았다. 그의 과거 행적은 별로 흠잡을 데 없었고, 살아온 여정을 쭉 훑어보아도 그 정도로 별 우려하지 않을 수 있는 사람은 많지 않았지만, 그럼에도 과거를 털자 그가 저지른 여러 잘못이 떠올라 티끌같이 미천한 자 같다는 심정이 되었다가, 다시 그가 저지를 뻔했으나 피했던 여러 일을 기억하자 진지하고 두려운 감사의 심정으로 고양되었다. 그러고는 다시 이전 주제로 돌아가더니, 무슨 희망의 불씨 같은 것을 찾아냈다. '이 하이드라는 녀석을 잘 들여다보면, 무슨 비밀을 숨기고 있을 거야, 얼굴을 보니 아주 시커먼 비밀일 게 뻔해, 거기에 비교하면 가련한 지킬의 가장 나쁜 비밀도 마치 햇빛처럼 밝을 것이고. 이런 형편이 계속 이어질 수야 없지. 이 작자가 마치 도둑처럼 해리의 침상으로 몰래 접근하는 꼴을 생각하면 등골이 오싹해지는군, 가련한 해리, 얼마나 기겁했겠어! 게다가 이게 보통 위험한 상황인가. 이 하이드란 자가 유언장의 존재를 눈치챈다면 상속을 받고 싶어 안달이 날 테니 말이야. 그래, 내가 발 벗고 나서야만 해, 만약 지킬이 허락하기만 한다면.' 그는 생각했다. 그리고 이렇게 덧붙였다, '지킬이 허락해 주면 좋겠구나.' 그의 생각 속에서는 유언장의 괴상한 조항들이 다시금 투시화처럼* 생생하게 눈앞에 나타났던 것이다.

지킬 박사는 제법 태연했다

보름쯤 후에 지극히 운 좋게도 지킬 박사는 그의 옛 친구 대여섯 명, 하나같이 똑똑하고 명망 높고 와인 맛을 좀 가릴 줄 아는 이 친구들을 불러서 즐겁게 저녁 식사를 했는데, 어터슨 씨는 나머지 일행이 떠난 뒤에 일부러 남아 있었다. 이렇게 혼자 남는 것이 새삼스러울 것은 없었다. 이전에도 수없이 그렇게 하곤 했다. 어터슨을 좋아하는 사람들은 그를 매우 좋아했다. 그를 초대한 사람들은 경박하고 수다스러운 손님들이 이미 문고리를 잡고 나가려 할 때쯤 이 덤덤한 변호사를 붙들어 두기를 즐겼다. 이들은 부담 주지 않는 그를 벗 삼아 앉아서 고독해질 채비를 하며, 유쾌하게 구느라 무리하게 힘을 소모한 뒤 이 사람의 풍족한 침묵 속에서 제정신을 차리곤 했던 것이다. 이 법칙에는 지킬 박사도 예외가 아니었다. 이제 벽난로 반대편에 앉아 있는 지킬 박사 ─ 체구가 크고 건장하고 얼굴이 둥글둥글한 오십 대 남성으로, 약간 속임수를 쓸 것 같은 인상도 없지 않았지만 능력 있고 친절한 사람이라는 징표는 확연히 볼 수 있었다 ─ 의 표정을 보면 어터슨 씨에 대해 진실되고 훈훈한 호의를 품고 있음을 알 수 있었다.

"이보게 지킬, 그러잖아도 자네랑 얘기를 좀 하고 싶었어." 후자가 말을 시작했다. "자네 그 유언장 알지?"

자세히 관찰하는 사람이라면 이 화제를 달가워하지 않는 것 같다는 눈치를 챘을 법하지만, 의사 선생은 그것을 쾌활하게 받아넘겼다. "나의 가련한 어터슨," 그가 말했다. "자네 고객 하나 영 잘못 만났구먼. 내 유언장 문제처럼 그렇게 심려하는 모습은 난생처음 보겠네, 그 뻣뻣하게 아는 척하는 래니언이 소위 사이비 과학이라며 쯧쯧 혀를 차는 표정도 같은 급이긴 하지만. 아, 나도 알아, 좋은 친구야 ─ 인상 찡그리지 말게 ─ 아주 훌륭한 친구지, 또 나는 늘 좀 더 자주 보려고 하지, 하지만 그런 거 다 인정해도, 뻣뻣하게 아는 척하는 자라는 점은 사실이야. 래니언한테처럼 누구한테 실망해 본 적은 없을 거야."

"자네도 알다시피 난 거기에 동의한 바 없네." 어터슨은 이 새로운 화제를 무참히 무시하며 말을 이어 갔다.

"내 유언장? 그럼, 물론 알고 있지." 의사가 약간 예민한 투로 말했다. "그렇다고 나한테 말했잖아."

"그럼, 다시 또 그렇다는 말을 하지." 변호사가 말을 계속했다. "나는 하이드 군에 대해 뭔가 알게 되었다네."

지킬 박사의 큼직하고 잘생긴 얼굴은 온통 입술까지 창백해졌고, 그의 눈빛에는 어둠이 깃들었다. "그 얘기는 더 이상 듣고 싶지 않네." 그가 말했다. "이것은 우리가 서로 거론하지 않기로 합의한 문제 아닌가."

"내 귀에 들리는 얘기들이 아주 혐오스럽더군." 어터슨이 말했다.

"그렇다고 뭐가 달라지지는 않아. 자네는 내 형편을 이해하지 못해." 의사가 눈에 띄게 오락가락하는 태도로 대답했다. "내가 아주 고통스러운 처지에 있거든, 어터슨. 내 형편이 아주 괴상해 — 아주 괴상하다고. 말을 하더라도 해결할 수 없는 그런 종류의 상황이라네."

"지킬," 어터슨이 말했다. "자네 나 알잖아. 난 믿을 수 있는 사람 아닌가. 날 믿고 속 시원히 털어놓게. 난 분명히 자네가 거기서 벗어날 수 있게 해 줄 걸세."

"어터슨, 자네는 참 좋은 친구야." 의사가 말했다. "자네의 그 선한 진심, 진짜로 진심, 무슨 말로 고맙다고 해야 할지 모르겠네. 난 자네를 전적으로 믿어, 살아 있는 사람 중 그 누구보다 먼저 나는 자네를 믿을 걸세, 나보다도 오히려 자네를 말이야, 내가 그런 선택을 할 수 있다면 말이지. 하지만 자네가 추측하는 뭐 그런 상황이 아니야, 뭐 그렇게 나쁘지는 않으니까, 그래서 그냥 자네의 착한 심성이 안심하라고 한 가지만 얘기해 줄게 — 내가 원하면 그 순간 나는 하이드 씨를 떨쳐 버릴 수 있어. 이 점은 내가 분명히 장담해. 그리고 고맙고 또 고맙네. 참 그리고 아주 간단한 말 한마디만 더 하자면, 어터슨, 자네가 이걸 잘 새겨들을 걸로 믿지만, 이건 사적인 문제야, 그러니 자네도 그냥 덮어 두고 잊어버리게나."

어터슨은 불을 바라보며 잠시 생각에 잠겨 있었다.

"자네가 전적으로 옳다는 점을 의심하지는 않네." 그는 마침내 일어서며 말했다.

"하지만 이 문제를 거론한 김에, 이게 아마 마지막이 되길 바라지만," 의사가 말을 이었다. "자네가 꼭 이해해 줬으면 하는 점이 한 가지 있어. 나는 사실 이 가련한 하이드에 대해 매우 관심이 많아. 자네가 그 사람을 봤다는 걸 알고 있네, 걔가 나한테 그랬다고 말했으니 말이야, 또 아마 무례하게 굴지 않았을까 걱정되기도 하고. 하지만 나는 이 젊은이에 대해서 큰 관심, 아주 큰 관심을 갖고 있어, 그리고 내가 만약에 세상을 떠난다면, 어터슨, 자네가 그 친구를 참아 주고 상속권을 행사할 수 있게 해 주게. 자네가 그렇게 할 거라고 생각하네, 만약에 모든 걸 다 안다면, 그리고 자네가 그러겠다고 약속해 주면 내 가슴속의 큰 짐을 하나 덜어 주는 걸세."

"내가 그 친구를 좋아하게 되리라는 거짓말은 못하겠어." 변호사가 말했다.

"그걸 내가 부탁하는 게 아니잖아." 지킬이 간청하며 손으로 상대방의 팔을 붙잡았다. "내가 부탁하는 건 의리일 뿐이야, 나를 봐서 그 친구를 도와달라는 거지. 내가 더 이상 여기에 없을 때."

어터슨은 한숨을 억누르지 못하고 크게 내쉬었다. "좋아," 그가 말했다. "약속하지."

커루 살인 사건

거의 1년 후 18○○년 10월, 런던 사람들은 유달리 잔혹한 범죄 사건에 소스라치게 놀랐다. 피해자가 높은 지위에 있는 인물이란 점에서 더욱더 특기할 만했다. 사건의 세부 사항은 몇 개 안 되지만 놀랄 만한 것들이었다. 강에서 별로 멀지 않은 한 주택에서 혼자 집을 지키던 하녀가 11시경에 위층 침실로 올라갔다. 자정이 지난 깊은 밤에는 비록 안개가 온 도시를 뒤덮었으나, 늦은 저녁까지 구름 없이 맑은 하늘에서는 보름달 빛이 하녀의 창문에서 보이는 골목을 훤히 비추고 있었다. 낭만적인 취향이었던지 이 여성은 창문 바로 밑에 놓여 있는 옷상자에 걸터앉아 몽상에 빠져 있었다. 자기 생전에(그때 겪은 사건 얘기를 할 때마다, 눈물을 줄줄 흘리며, 이렇게 말하곤 했다) 그토록 모든 인간과 화평한 기분이었고 이 세상에 대해 그토록 다정한 감정을 느낀 적이 없었다. 그런 기분에 젖어 앉아 있는데 웬 보기 좋게 늙은 백발의 노신사 하나가 골목을 따라 가까이 오는 것이 보였다. 그리고 반대편에서도 노신사 쪽으로 또 다른 매우 왜소한 신사가 걸어오고 있었으나, 그녀는 이 사람에 대해서 별로 주목하지 않았다. 이 둘이 말을 주고받을 만큼 근접했을 때(그 지점은 바로 하녀의 눈길이 닿는 그 밑이었다) 나이 든 남자는 목인사를 하며 상대방에게 다가가 매우 정중하게 말을 걸었다. 별로 중요한 얘기 같지는 않았고, 실제로 그가 손가락으로 가리키는 것을 보면 그냥 길을 묻는 것뿐인 것 같다는 생각이 이따금 들었으며, 달빛이 말하는 노신사의 얼굴을 비춰 주어서 보니 인상이 참 좋았는데, 마치 순수하고 예로부터 내려온 친절함을 느끼게 하지만, 동시에 뭔가 고매하고 정당한 자존감도 풍기는 듯했다. 곧이어 그녀의 눈길이 상대방 남자에게 흘러가, 그녀는 누군지 알아보고 깜짝 놀랐는데, 그는 하이드 씨라고 하는 사람으로, 그 집 주인장을 한번 찾아온 적이 있어, 그녀는 그의 모습에 혐오감을 느낀 바 있었다. 그는 손에 묵직한 지팡이를 들고 그걸로 장난치듯 만지작거리면서도, 묻는 말에는 한마디도 대답을 하지 않으면서 아주 못 참겠다는 기색으로 상대방의 말을 듣고 있었다. 그러더니 갑자기 화가 폭발해, 발로 땅을 쾅쾅 구르고, 지팡이를 휘두르며, 마치 (하녀가 묘사한 바에 따르면) 꼭 미친 사람처럼 난리를 치기 시작했다. 노신사는 뒤로 한 걸음 물러서서 몹시 놀라고 다소 기분이 상한 것처럼 보였는데, 하이드 씨는 완전히 광분에 휩싸여 노신사를 지팡이로 쳐서 쓰러뜨렸다. 그러더니 바로 다음 순간 맞고 쓰러진 사람을 성난 원숭이처럼 발로 짓밟더니 폭풍이 몰아치듯 수없이 지팡이로 내리쳤고, 뼈 부러지는 소리가 뚜렷이 들리고 쓰러진 남자의 몸이 길바닥에서 튀어 올라왔다. 이 끔찍한 광경과 소리에 질려, 하녀는 기절했다.

2시가 되어서야 그녀는 정신이 돌아와 경찰을 불렀다. 살인마는 이미 오래전에 사라진 다음이었으나, 그에게 당한 사람은 말할 수 없이 참혹하게 일그러진 상태로 길거리 한가운데 누워 있었다. 그 짓을 하는 데 사용한 막대기는, 비록 매우 희귀하고 매우 견고하고 묵직한 나무 재질로 만든 것이었건만, 이 비정한 잔혹함의 압력을 이기지 못하고 두 동강이 났다. 떨어진 한 토막은 굴러서 곁에 있는 도랑에 빠져 있었고 — 다른 한 토막은 아마도 살인자가 들고 간 것 같았다. 지갑과 금시계가 사망자의 몸에서 발견되었으나 명함이나 서류는 없었고 다만 밀봉해서 우표를 붙인 봉투 하나가 있었는데, 아마도 우체국에 가서 발송하려고 갖고 있었던지 거기에 어터슨 씨의 이름과 주소가 적혀 있었다.

다음 날 아침, 아직 침상에서 일어나기도 전에 이 편지가 변호사에게 전달되자, 그는 그걸 보고 또한 사건의 정황에 대해 듣자마자, 쉽게 흔들리지 않겠다는 준엄한 태도를 보였다. "시체를 보기 전에는 아무 말도 하지 않겠소." 그가 말했다. "아주 심각한 사태일지 모릅니다. 제가 옷을 차려입을 동안 좀 기다려 주시면 고맙겠습니다." 그러고는 여전히 똑같이 엄숙한 표정으로 서둘러 아침 식사를 한 후 마차를 타고 시체를 옮겨 놓은 경찰서로 갔다. 시체가 있는 방으로 들어가자마자 그는 고개를 끄덕거렸다.

"네." 그가 말했다. "누구인지 알아보겠군요. 안타깝게도 이 사람은 댄버스 커루 경 맞습니다."

"하느님, 맙소사." 경찰관이 소리쳤다. "어찌 이게 가능한 일입니까?" 그리고 그다음 순간 그의 눈은 전문가적 야심으로 초롱초롱해졌다. "이건 제법 소란스러운 사건이 되겠군요." 경찰관이 말했다. "그런데 아마도 선생님이 우리가 그자를 찾는 데 도움을 주실 것 같군요." 그러고 나서 그는 하녀가 본 바를 간략히 얘기해 주었고, 부러진 지팡이도 보여 주었다.

어터슨 씨는 이미 하이드란 이름을 듣고 가슴이 쿵 하고 내려앉았으나, 막대기를 눈앞에 갖다 놓자 더는 의심할 여지가 없었다. 부러지고 흠집투성이 막대기였지만 여러 해 전에 자신이 헨리 지킬에게 선물한 바로 그 지팡이임을 알아보았던 것이다.

"이 하이드 씨가 키가 작은 사람인가요?" 그가 물었다.

"눈에 띄게 작고 눈에 띄게 사악한 인상이라고, 그를 본 하녀가 말하더군요." 형사가 말했다.

어터슨 씨는 생각에 잠겨 있다가, 고개를 들면서 "저와 제가 타고 온 택시 마차*로 같이 가신다면," 하고 말했다. "제가 그 집으로 경관님을 안내할 수 있을 것 같습니다."

시간은 이제 9시경이 되었고 이 계절의 첫 안개가 자욱했다. 초콜릿색 거대한 먹구름이 관 덮는 포장처럼 하늘을 뒤덮었으나, 바람이 줄곧 포위당한 수증기들에 돌격해서 전멸시키곤 해서 택시 마차가 길에서 길로 터벅터벅 가는 동안 어터슨 씨는 놀랍게도 여명의 색조가 다양하게 변하는 모습을 구경할 수 있었다. 어디는 마치 저녁의 끝자락 같았고, 어디는 풍성하게 이글거리는 누런 색조가 꼭 무슨 이상한 불이라도 난 것 같았고, 어디는 한순간 안개가 완전히 흩어져 버리고 햇빛이 원형으로 소용돌이치는 형태 사이로 창백하게 한 줄기씩 삐져나와 잠깐씩 눈길을 던지곤 했다. 이렇듯 계속 변하는 빛의 눈길 밑으로 소호*의 이 침울한 동네는 질척한 길바닥과 단정치 못한 행인들과 한 번도 끈 적이 없거나 아니면 음침한 어둠의 재정복에 맞서 싸우려고 새로 불을 켠 가로등으로 인해, 변호사의 눈에는 마치 무슨 악몽 속에서 보고 있는 어떤 도시 속 한 구역 같았다. 그의 머릿속 생각도 울적한 색조로 물들어 있었으며, 그가 마차에 동행하는 동료를 흘낏 쳐다보니 법과 법의 집행관들이 주는 두려움을 느낄 수 있었다. 가장 정직한 사람들도 이따금 그러한 느낌에 사로잡힐 수 있는 법이다.

택시 마차가 지시한 주소지 앞에 멈춰 서자 안개가 약간 걷히며 그의 눈에 드러난 모습은 한 작고 누추한 길로, 거기에 진 술집, 싸구려 프랑스 식당, 싸구려 저질 잡지와 싸구려 먹을거리를 파는 가게, 문 앞마다 오글오글 모여 있는 남루한 여러 명의 어린아이, 여러 국적의 여성 여러 명이, 열쇠를 손에 든 채 아침 해장술을 마시러 가는 게 보였고 ― 그러다가 한순간 암갈색 안료처럼 누런 안개가 다시 그곳에 덮였고, 악당 같은 그곳 동네로부터 그의 시선을 단절시켰다. 이곳이 헨리 지킬이 총애하는 그자, 수십만 파운드를 상속받을 작자의 집이었다.

얼굴이 상아 같고 머리가 허옇게 센 노파가 문을 열어 주었다. 그녀는 사악한 인상이었으나 부드러운 척하는 위선이 배어났고, 매너는 흠잡을 데 없었다. 네, 이곳이 하이드 씨 집입니다만 ― 여인이 말했다 ― 지금 안 계시고, 그날 밤 매우 늦게 귀가했으나 한 시간도 채 안 돼 다시 나갔는데, 전혀 이상할 것 없는 것이, 워낙 평소의 습성이 매우 불규칙한 양반이고, 집을 자주 비운다며, 어제 본 것이 근 두 달 만이라고 했다.

"좋아요, 그래도 그의 방을 좀 보고 싶습니다." 변호사가 말하자, 그 여인이 그것은 불가능하다고 선언하려 할 때, "이분이 누군지 알려 드리는 게 좋겠군요"라고 덧붙였다. "이분은 스코틀랜드 야드*의 뉴코멘 경위입니다."

일순간 흉측스럽게 반기는 기색이 여인의 얼굴을 스치고 지나 갔다. "아!" 그녀가 말했다. "그 양반이 무슨 사고를 쳤나 보군요! 무슨 일을 저질렀나요?"

어터슨 씨와 형사는 서로 눈길을 주고받았다. "이 친구 별로 인기 있는 축은 아닌 것 같군요." 형사가 지적했다. "자 그럼, 아주머니, 나랑 이 신사분이 좀 둘러보게 안내해 주시지요."

집 안은 이 노파가 아니라면 아무도 살지 않는 빈집인 줄 알았을 텐데, 하이드 씨가 그 집 전체에서 사용하는 공간은 방 두 개 정도였으나, 방들은 화려하고 품격 있는 인테리어를 갖추고 있었다. 벽장 하나는 와인으로 채워져 있고 은 접시와 우아한 테이블 세트가 준비되어 있었으며, 벽에는 훌륭한 그림이 걸려 있었는데 그것은 아마도, (어터슨이 추정하기를) 그림 보는 안목이 상당히 높은 편인 헨리 지킬에게서 받은 선물 같았고, 카펫도 여러 겹이어서 푹신하고 색깔이 쾌적했다. 하지만 이 순간 방들을 보니, 얼마 전에 그리고 급하게 누가 뒤진 흔적이 여기저기 보였다. 옷가지가 바닥에 나뒹굴었는데, 그것도 호주머니가 뒤집어져 튀어나온 채였고, 또한 자물쇠로 잠그는 서랍들이 열려 있고, 벽난로에는 회색빛 종이들이 한 움큼 쌓여 있는 것이, 마치 여러 서류를 태운 것 같았다. 타고 남은 잿더미에서 형사는 불길에 저항한 덕분에 남은 초록색 수표책 끄트머리를 뒤져 냈다. 게다가 문 뒤에서 부러진 지팡이의 짝을 발견하자 의심이 확신으로 바뀐 경찰관은 자신으로서는 무척 반가운 일이라고 말했다. 은행에 들러 살인자 계좌에 수천 파운드가 남아 있음이 드러나자, 그는 완전히 흡족해했다.

"이건 확실하다고 생각하셔도 좋습니다." 그가 어터슨 씨에게 말했다. "이자는 제 손 안에 있습니다. 이자는 아마도 제정신이 아닌가 봐요. 지팡이를 두고 간 데다 수표책을 태운 걸 보니. 아니, 돈이 그자의 생명줄이니까요. 우린 그저 은행에서 그자가 오기를 기다리며 수배 전단지를 돌리면 되지요."

그러나 이 두 번째 조치는 그리 쉽게 수행할 수가 없었다. 왜냐하면 하이드 씨와 가깝게 지낸 사람이 — 심지어 하녀의 주인도 그를 딱 두 번만 봤을 뿐 — 극히 드물었던 터라, 그의 가족들이 어디 있는지 수소문할 수가 없었으며, 그는 사진을 찍은 적도 전혀 없었고, 그의 외모를 묘사할 수 있는 사람들 얘기는, 대개 대충 봤던 사람들의 의견이 그렇듯이, 차이가 많이 났다. 의견들이 일치하는 것은 오직 한 가지, 그자가 도망갈 때 사람들한테 말할 수 없이 일그러진 흉악한 느낌을 주었고 그것이 뇌리에서 떠나지 않는다는 점이었다.

편지 사건

오후 늦게 어터슨 씨는 다시 지킬 박사 집 문을 향해 가고 있었
는데, 풀은 그를 즉각 안으로 맞이한 후 부엌 쪽 사무실을 통해,
한때 정원이었던 안뜰을 가로질러 대략 실험실 내지는 해부실로
알려진 건물로 안내했다. 이 의사 선생은 이 집을 아주 저명한 외
과의사의 후손들에게서 샀으나, 본인의 취향은 해부학보다 화학
에 더 기우는 편이었기에 정원 끝에 있는 시설의 용도를 바꿨다.
변호사가 자기 친구 집의 그쪽에 발을 들여놓을 수 있었던 것은
이번이 처음인지라, 우중충하고 창문도 없는 그 구조물 안을 신기
한 듯 쳐다보았고, 시술 강의실을 가로지르며 불쾌하고 기괴한 느
낌을 받으며 주위를 둘러보니, 한때는 배우느라 열심인 학생들로
꽉 차 있었겠으나 지금은 삭막하고 적막하게 방치되어 있었으며,
탁자들 위에는 화학 실험 기구들이 가득 얹혀 있었고, 바닥 사방
에는 개봉한 상자들과 포장용 건초들이 나뒹굴었고, 안개 낀 원
형 천장 유리창에서 빛이 희미하게 내려왔다. 홀의 저쪽 끝에서는

오르막 계단이 붉은 베이즈 천에 싸여 있는 문으로 이어져 있었고, 이 문을 통해 마침내 어터슨 씨는 의사의 서재로 안내되었다. 그곳은 빙 둘러서 압축 유리로 장식한 큰 방으로, 가구 중에는 전신 거울과 사무용 탁자가 있었고, 먼지 낀 유리창 세 개가 쇠창살로 막아 놓은 사이로 안뜰을 바라보고 있었다. 벽난로에는 불이 지펴져 있고, 집 안까지 짙은 안개에 덮여 있어서인지, 기둥 선반 위에는 등잔불 하나가 켜진 채 놓여 있었으며, 바로 그 방에, 난로의 온기를 가까이 쬐면서 지킬 박사가 앉아 있는데, 그는 극심한 병에 걸려 있는 것 같았다. 그는 손님을 맞으려고 일어나지 않았지만, 차가운 손을 내밀면서 어서 오라고 반겼는데, 목소리가 좀 달라져 있었다.

"이보게," 풀이 둘만 두고 떠나자마자 어터슨 씨가 말했다. "뉴스 들었겠지?"

의사는 부르르 몸을 떨었다. "동네 공터에서들 떠들어 대더군." 그가 말했다. "우리 집 식당 방에서도 들리더라고."

"한마디만 하겠네." 변호사가 말했다. "커루는 내 고객이었네, 자네처럼 말이야. 그러니 내 업무가 어떻게 돌아가고 있는지 알고 싶어. 자네가 이자를 숨겨 줄 정도로 정신 나간 건 아니겠지?"

"어터슨, 하느님께 맹세컨대," 의사가 큰 목소리로 말했다. "하느님께 맹세컨대, 그자가 다시는 내 눈앞에 나타나지 않을 걸세. 자네한테 내 명예를 걸고 말하겠네, 나는 이 세상에서 이제 그자와 끝이라고. 또한 사실인즉 그가 더는 내 도움을 필요로 하지도 않아. 자네는 나처럼 걔를 잘 알지 못하잖아. 그 친구 안심해도 돼,

매우 안심해도 돼. 내가 분명히 말하지만, 다시는 그 친구 소식을 들을 일 없을 거야."

변호사는 음울하게 이야기를 듣고 있었으나, 자기 친구의 흥분하고 들뜬 기색이 맘에 들지 않았다. "그자에 대해 아주 자신감이 있는 것 같구먼." 그가 말했다. "그리고 자네를 위해서라도 자네 말이 틀림없기를 바라네. 만약 재판으로 가게 된다면, 자네 이름이 거론될 수 있거든."

"그 친구에 대해서 장담할 수 있어." 지킬이 대답했다. "나는 확신할 만한 근거를 갖고 있으니까, 그걸 그 누구에게도 공개할 수는 없지만. 그러나 한 가지만은 자네가 나한테 충고해 줄 게 있어. 내가 ─ 내가 말이야, 편지를 한 통 받았는데, 이걸 경찰에 보여 줘야 할지 말지 모르겠구먼. 이걸 자네한테 맡기겠네. 어터슨, 자네는 현명하게 판단할 거야. 내가 자네를 무척 신임하잖아."

"아마도 이게 그자의 체포로 이어지지 않을까 두려운가 보군?" 변호사가 물었다.

"아니야." 상대방이 말했다. "딱히 하이드가 어떻게 될까 봐 걱정하는 것은 아니야. 나도 이젠 질렸거든, 그 친구한테. 나 자신의 품격을 우려했을 뿐이야, 이 혐오스러운 일로 그게 좀 위태로워졌으니."

한동안 곰곰이 심사숙고한 어터슨은 친구의 이기심이 놀랍긴 했으나 다른 한편 안도감도 느꼈다. "좋아," 이윽고 그가 말했다. "그 편지를 좀 보세."

편지는 어색하게 정자로 또박또박 쓰여 있었고 '에드워드 하이드'라고 서명이 되어 있었다. 그 내용인즉, 사뭇 간략하게 편지를 쓰는 본인에게 은혜를 베푼 지킬 박사에게 그의 숱한 관대함을 오랫동안 배은망덕으로 갚았으나, 그가 확실하게 의존할 만한 탈출 방법을 확보했기에 이제는 더 이상 자신의 안전에 대한 우려에 시달릴 필요가 없다는 내용이었다. 변호사는 둘 사이에서 친밀한 관계의 긍정적인 면이 보였기에, 이 편지가 그런대로 맘에 들어 이제까지 공연히 의심했다며 자신을 탓했다.

"편지 겉봉투를 갖고 있나?" 그가 물었다.

"태워 버렸다네." 지킬이 대답했다. "별생각 없이 엉겁결에 말이야. 하지만 우체국 소인은 찍혀 있지 않았어. 그걸 인편으로 전해 주었거든."

"이걸 그냥 내가 가만히 보관만 하고 있을까?" 어터슨이 물었다.

"전적으로 자네의 판단에 맡기겠네." 이것이 대답이었다. "나도 나 자신을 더는 신뢰하지 못하겠어서 말이야."

"그럼 좀 생각해 보겠네." 변호사가 응답했다. "그런데 한마디만 더 하세. 자네 유언장에서 '사라질 경우' 어떻게 한다는 문구는 하이드가 요구한 그대로 적은 건가?"

의사는 무슨 현기증에 사로잡힌 듯 거북해하며, 입을 굳게 다문 채 고개를 끄덕거렸다.

"그럴 줄 알았네." 어터슨이 말했다. "자네를 살해할 의도였어. 자네 아주 간발의 차이로 목숨을 건졌구먼."

"나는 그것보다 훨씬 더 중요한 걸 얻었다네." 의사가 엄숙하게 대답했다. "교훈을 얻었거든, 아, 하느님, 참으로 엄청난 교훈을 내가 얻었다니까, 어터슨!" 그리고 그는 자기 얼굴을 한순간 두 손으로 감쌌다.

변호사는 그 집을 떠날 때 잠시 멈춰서 풀과 한두 마디 더 나누었다. "그런데 말일세," 그가 말했다. "오늘 누가 편지를 전해 주었다고 하던데, 그걸 전해 준 사람 생김새가 어떻던가?" 그러나 풀은 그날 우편배달 외에는 아무것도 온 적이 없다고 단호하게 대답했다. "게다가 인쇄된 광고 우편물들뿐이었어요"라고 덧붙였다.

이 소식을 듣자 방문객은 두려움이 다시 솟아오르는 상태로 발걸음을 떼었다. 보나마나 편지가 실험실 쪽 문으로 전달되었거나, 아니면 실제로 안쪽 서재에서 썼을 수도 있는 노릇이었다. 만약 그렇다면 이것은 달리 판단해야 하고 조심스럽게 다뤄야 할 사안이었다. 그가 걸어가는데 신문팔이 소년들이 보행자들을 따라다니며 목이 쉬어라 외쳤다. "호외요, 하원의원이 살해당한 충격적인 사건." 그것은 그의 친구이자 고객이던 한 사람을 위한 추도사인 셈이라, 그는 또 다른 친구의 명예도 이 추문의 소용돌이에 빨려들어가지 않을까 하는 우려를 금할 수 없었다. 아무튼 이 건은 결정하기 난감한 문제임이 분명해, 자율적인 습성을 갖고 있는 그도 누구에게 충고를 좀 듣고 싶은 열망을 느끼기 시작했다. 그걸 직접적으로 들을 수는 없는 일이었으나, 혹시 간접적으로 주워 담을 수는 있지 않을까 하는 생각을 했다.

잠시 후에 그는 자기 집 벽난로 한쪽에 앉아 있었고, 반대쪽에는 수석 비서 게스트 씨가 앉아 있었다. 두 사람 사이에는 불길로부터 적절히 거리를 유지한 지점에 오래된 와인이 한 병 놓여 있었는데, 그의 집 지하실에서 오랫동안 햇빛을 피해 보관해 오던 것이었다. 안개는 익사당한 도시의 날개 위에 여전히 누워 있었는데, 가로등들이 종기처럼 불빛을 가물거렸고, 이 퇴락한 구름들이 입을 막고 목을 조이는 사이로, 이 도시의 삶은 거대한 혈관들을 따라 여전히 흘러가며 엄청난 바람 소리 같은 것을 내고 있었다. 그러나 그 방 안은 벽난로 불빛 덕에 쾌활했다. 병 속에서 산성 성분은 한참 전에 녹아 없어졌고, 장엄한 보랏빛 색조는 마치 스테인드글라스 속에서 색감이 더 풍족해지듯, 시간과 함께 부드러워졌으며, 언덕바지 포도밭의 따사한 가을 오후 햇살이 이제 밖으로 풀려 나와 런던의 안개를 흩어 버릴 참이었다. 변호사는 자기도 모르게 누그러지고 있었다. 게스트 씨는 그가 이 세상에서 비밀을 가장 많이 공유하는 사람인지라, 자기가 원래 비밀로 남겨 두기로 한 것들도 혹시 털어놓지 않았는지 늘 확신할 수 없었다. 게스트는 의사 친구에게 업무상 심부름을 다녀온 적이 자주 있었고 풀과도 아는 사이였기에, 그 집에 하이드 씨가 마음 놓고 제집처럼 드나든다는 얘기를 못 들었을 리 만무했고, 그러니 게스트도 나름대로 추론했을 것이라, 그렇다면 공연한 의심을 바로잡아 줄 편지 한 통을 게스트에게 보여 주는 것이 합당하지 않을까? 게다가 무엇보다도 게스트가 글씨체 감정에 상당히 정통한 감식가이니, 그걸 보여 주는 게 자연스럽고 그도 자신을 인정해 주는 걸로 받아들이지 않을까? 그뿐만 아니라 이 비서는 생각이 깊은 사람이라, 이렇듯 괴상한 문건을 읽은 후 뭔가 의미 있는 말을 하지 않을 리 없고, 바로 그의 말에 기대어 어터슨 씨가 향후 어떤 조치를 취

할지 구상할 수 있을 것이었다.

"정말 처량해, 댄버스 경 사건 말이야." 그가 말했다.

"그렇지요, 정말로. 여론의 반응도 상당합니다." 게스트가 말을 받았다. "그 작자는 물론 정신이 돈 자이지요."

"그 사건에 대한 자네의 견해를 듣고 싶구먼." 어터슨이 대답했다. "그자가 손수 쓴 문건 하나를 갖고 있는데 말이야, 이건 우리 둘만 아는 일일세, 나도 이걸 어찌해야 할지 잘 모를 지경이라서, 어찌 됐건 흉악한 일인 것은 분명해. 자, 여기 보게, 자네 전공 아닌가, 살인자의 손 글씨."

게스트는 눈빛이 밝아지더니, 즉시 자리 잡고 앉아 문건을 열심히 검토했다. "아닙니다." 그가 말했다. "미친 사람은 아닌데, 글씨체가 이상하긴 하네요."

"글씨 쓴 자는 모든 점에서 매우 이상하지." 변호사가 덧붙였다.

바로 그때 하인이 쪽지를 하나 들고 들어왔다.

"지킬 박사가 보낸 건가요?" 비서가 물었다. "글씨체를 알아볼 수 있을 것 같아서요. 뭔가 은밀한 건가요, 어터슨 선생님?"

"뭘, 그냥 식사 초대장이야. 왜 그러나? 이걸 보고 싶나?"

"잠깐만 보겠습니다, 고맙습니다." 그러면서 비서는 두 문서를 나란히 놓고 내용을 면밀히 비교했다. "잘 봤습니다." 그가 마침내 문서를 모두 돌려주며 말했다. "매우 흥미로운 글씨체군요."

잠시 침묵이 흘렀다. 그동안 어터슨 씨는 뭔가 참느라 진땀을 빼고 있었다. "왜 둘을 비교했지, 게스트?" 그가 갑자기 질문을 던졌다.

"그것은 말입니다," 비서가 대답했다. "뭔가 놀랍게 비슷한 점이 있기 때문인데요, 두 필체는 많은 점에서 동일합니다, 단지 기울어진 모습만 다를 뿐."

"뭔가 기괴하군." 어터슨이 말했다.

"선생님 말씀대로, 뭔가 기괴한 일입니다." 게스트가 말을 받았다.

"이 메모에 대해서 나는 어디 가서도 얘기를 안 할 참이네." 고용주가 말했다.

"네, 선생님," 비서가 말했다. "잘 알겠습니다."

그러나 어터슨은 그날 밤 혼자 남게 되자 곧바로 이 메모를 자기 금고에 넣은 뒤 잠갔고, 그때부터 그 문건은 그 안에 안치되었다. '뭐야!' 그는 생각했다. '헨리 지킬이 살인자를 위해 문서를 위조하다니!' 그러자 그의 혈관 속의 피가 차갑게 식었다.

래니언 박사에게 벌어진 놀라운 일

　시간이 자꾸 흘러가자 수천 파운드의 보상금이 걸렸고, 댄버스 경의 죽음은 공공질서를 훼손한 경악할 만한 사건으로 받아들여졌으나, 하이드 씨는 마치 전혀 존재한 적 없는 인물인 듯 경찰의 정보망을 완전히 벗어나 버렸다. 그의 과거 행적을 실제로 상당 부분 들춰내긴 했는데, 그야말로 하나같이 불미스러운 일들뿐이었고, 이 인간의 잔혹함에 대한 일화들이 여기저기서 들려왔는데, 모두 냉혹하면서도 폭력적인 행위들이었고, 그의 저급한 생활, 그와 어울린 이상한 작자들, 그가 해 온 짓들을 에워싸고 있는 증오심 등이 알려지긴 했으나, 그의 현재 행적에 대해서는 속삭이는 소리조차 들을 수 없었다. 살인을 저지른 날 아침 소호에 있는 집에서 나간 후로 그의 흔적은 말끔히 지워졌고, 어터슨 씨는 시간이 지남에 따라 경악을 금치 못한 최초의 흥분에서 벗어나 점차 평정심을 되찾았다. 그의 논리에 따르면, 댄버스 경의 죽음은 하이드 씨의 실종으로 충분히 보상을 받은 셈이었다. 이제 악의 힘이 물러가고 나자, 지킬 박사에게는 새로운 삶이 시작되었다. 그는 칩거 상태에서 벗어나 지인들과의 관계를 다시 회복했고, 서로 초대하고 초대받는 친근한 사이가 되었으며, 더욱이 자선가로도 늘 명망이 있었지만 이제는 눈에 띄게 신앙생활에도 열심이었다. 그는 활발한 사회생활과 선행으로 분주했으며, 얼굴이 활짝 열리고 환하게 밝아진 것이, 마치 그의 내면에서 봉사 의식이 빛을 발휘하고 있는 듯했으니, 이렇게 두 달 넘게 이 의사 선생은 평화롭게 지냈다.

1월 8일에 어터슨은 의사 선생네 집에서 열린 소규모 저녁 모임에 참석했고, 래니언도 거기에 와 있었는데, 주인장의 표정은 이 삼총사가 막역한 친구 사이였던 옛날 시절처럼 친근했다. 그런데 12일, 그리고 14일에 변호사는 문전박대를 당했다. "의사 선생님이 방에 누워 계셔서 아무도 만나지 않으신다"라는 말만 되풀이해서 들었다. 15일에 다시 시도했으나 또 거절당했는데, 지난 두 달 동안 자기 친구를 거의 매일 보는 데 익숙해졌던 터라, 그는 이렇게 고독한 상태로 돌아간 것이 은근히 걱정스러웠다. 다섯 번째 밤에 그는 게스트와 같이 식사를 했고, 여섯 번째 밤에는 래니언 의사를 방문하기로 했다.

그 집에서는 적어도 문을 열어 주어 집 안으로 들어가긴 했는데, 집 안으로 들어가자 충격적이게도 의사의 외관이 심하게 변해 있었다. 그가 죽음의 소환장을 받은 상태임을 얼굴에서 읽을 수 있었다. 그의 장밋빛 혈색은 창백해져 있었고, 볼살은 다 사라져 버렸으며 머리칼도 더 빠지고 더 늙어 보였는데, 하지만 변호사의 눈길을 사로잡은 것은 그의 육체가 급격히 쇠약해졌다는 징표들이라기보다는, 오히려 그의 눈길과 태도의 속성에서 마음속 깊이 뭔가 심하게 겁에 질린 상태임을 증언하는 것 같은 눈치였다. 이 의사가 죽음을 두려워할 것 같지는 않았지만, 어터슨은 그러한 추측을 하는 쪽으로 마음이 이끌렸다. '맞아,' 그가 생각했다. '이 친구는 의사니까, 자기 상태를 알 것이고 살날이 얼마 안 남아서, 감당할 수 없이 괴로운 모양이군.' 그러나 어터슨이 안색이 영 안 좋다는 인사말을 하자, 래니언은 매우 결연하게 자신은 곧 죽을 사람임을 선언했다.

"내가 아주 큰 충격을 받았다네." 그가 말했다. "그리고 거기에서 절대로 회복하지 못할 걸세. 기껏해야 몇 주 더 살까 싶네. 글쎄, 이제껏 즐겁게 살아왔어, 살아 있는 걸 좋아했다네. 아무렴, 정말로 좋아했고말고. 우리가 모든 걸 알고 나면, 이 세상을 떠나는 쪽을 더 반길 것이라는 생각도 이따금 한다네."

"지킬도 아파." 어터슨이 지적했다. "그 친구를 봤나?"

그러나 래니언의 얼굴이 변하더니, 부르르 떨리는 손을 쳐들었다. "지킬 박사는 더 이상 보고 싶지도 않고 그자 이야기를 듣고 싶지도 않아." 그는 큼직하지만 불안정한 소리로 말했다. "그 인간이랑 나는 끝장이야. 그러니 나한테는 죽은 자나 마찬가지인 그자에 대한 언급을 일절 삼가 주길 부탁하겠네."

"저런, 저런." 어터슨 씨가 이렇게 말한 후, 한참 있다가 이어서, "내가 뭐 할 수 있는 게 없을까?"라고 물었다. "우리 셋은 오랜 친구 아닌가, 래니언. 또한 우리가 살날도 얼마 안 남았는데 친구를 새로 사귈 일도 없을 것이고."

"아무것도 할 수 없다네." 래니언이 대답했다. "그 친구한테 물어봐."

"날 만나 주지 않는걸." 변호사가 말했다.

"놀랄 일도 아니야." 그의 대답이었다. "어터슨, 언젠가 내가 죽은 후에 아마도 이 일의 전모를 알게 되겠지. 내가 자네한테 말해 줄 수는 없다네. 그사이 만약 나랑 다른 이야기를 하며 같이 앉아 있어 줄 수 있다면, 제발 그렇게 해 주게. 하지만 이 저주받을 화제를 피할 수 없다면, 하느님의 이름으로 부탁하니, 떠나 주게. 도저히 그걸 감당할 수 없으니."

집에 도착하자마자 어터슨은 자리 잡고 앉아서 지킬에게 편지를 썼다. 지킬이 집에 자기를 들여놓지 못하게 한 데 대해 불평한 뒤, 래니언과의 이 불행한 절교의 원인이 무엇인지 물었다. 그러나 그다음 날 긴 답장이 전달된 걸 보니, 표현이 극히 감상적인 구석이 많았고, 이따금 말의 흘러가는 뜻이 뭔가 깊은 수수께끼를 깔고 있었다. 래니언과의 불화는 치유할 수 없다고 했다. "우리의 오랜 친구를 내가 탓하는 것은 아닐세." 지킬은 이렇게 썼다. "그러나 나는 우리가 다시는 만나지 말아야 하리라는 그의 의견에 동의하네. 나는 이제부터 철저히 단절된 삶을 살 참이고, 그러니 자네가 왔을 때 문을 열어 주지 않더라도 놀라거나 내 우정을 의심하거나 하지 말아야 해. 내가 은밀한 삶은 살도록 내버려 두어야만 해. 나는 이름할 수 없는 형벌과 위험을 나 스스로 초래해서 받고 있어. 내가 죄인 중의 괴수*이기도 하지만 나는 가장 심한 고통을 받는 자이기도 해. 지구 상에 이렇듯 사람을 망쳐 놓는 고통과 공포의 장소가 있으리라고는 생각할 수 없었을 정도니까. 어터슨, 자네가 이 숙명의 짐을 덜어 줄 수 있는 방법은 단 한 가지야, 내 침묵을 존중해 주는 것." 어터슨은 어안이 벙벙해졌다. 하이드의 어두운 영향력이 제거되었고, 의사가 예전의 과업들과 교우 관계로 돌아갔으며, 불과 일주일 전만 해도 그가 쾌활하고 존경받는 노년을 보내리라는 전망을 흡족하게 해 볼 수 있었건만, 이제 한순간에 우정이며 마음의 평정이며 그의 삶의 기조가 완전히 망가지고 말았던 것이다. 이렇듯 엄청나고도 예상치 않은 변화는 광기가 원인 아닐까 의심할 만했으나, 래니언의 태도나 말을 감안하면 그 이면에 뭔가 더 깊은 이유가 있는 것 같았다.

그로부터 일주일쯤 뒤 래니언 박사는 병상에 누웠고, 누운 지 보름이 채 안 되어 숨을 거뒀다. 어터슨은 깊은 슬픔 속에서 장례식에 다녀온 다음 날 밤, 집무실에 앉아 문을 잠근 채 울적한 촛불만 밝히고 그의 죽은 친구가 육필로 겉봉에 서명한 편지를 꺼내 놓았다. '친전. 오로지 G. J. 어터슨에게만 전달되도록 할 것. 만약 그가 이보다 먼저 사망할 시는 **미개봉 상태로 파기할 것**.' 겉봉에 이렇게 강조해서 적혀 있었기에 변호사는 그 내용을 보기가 못내 두려웠다. '오늘 친구 하나를 잃었는데,' 그는 생각했다. '만약 이 편지가 친구 하나를 더 잃게 하면 어쩌지?' 그렇긴 해도 그는 이런 우려가 친구에 대한 신의를 저버리는 것이라고 생각하며 쫓아버린 뒤 봉인을 뜯었다. 그 안에는 봉인해 놓은 또 다른 봉투가 들어 있었는데, 거기에는 '헨리 지킬 박사가 죽거나 실종되기 전까지는 개봉하면 안 됨'이라고 적혀 있었다. 어터슨은 자기 눈을 믿을 수 없었다. 맞다, 실종이라고 적혀 있었다. 그가 오래전에 본인에게 돌려준 그 정신 나간 유언장에서처럼 여기 또 실종의 개념이 등장했고 헨리 지킬의 이름이 그 말과 한데 묶여 있었다. 그러나 유언장에서는 이 개념이 그 하이드란 인간과의 음험한 제안 속에서 불쑥 나타났고, 그 의도는 너무나 빤하고도 흉측한 것이었다. 래니언의 손으로 쓴 이 문서의 의미는 무엇일까? 수탁인은 엄청난 호기심이 발동하기 시작해 금기를 무시하고 즉각 이 수수께끼를 속속들이 밝히고 싶은 충동을 느꼈지만, 그래도 변호사로서의 명예와 죽은 벗에 대한 신뢰는 엄격한 의무라서, 이 봉투를 서재 금고의 가장 내밀한 구석에 넣어 둔 채 건드리지 않았다.

호기심을 제어해서 쫓아 버렸다고 해도 그것을 완전히 정복한 것은 아닌지라, 그날부터 어터슨이 살아남은 그의 친구에 대해 이전과 똑같이 간절하게 그를 만나 보고 싶은 마음을 갖게 되었을지는 의심의 여지가 있다. 그는 친구에 대해 너그럽게 생각해 주었으나, 그 생각들은 걱정과 두려움으로 가득했다. 그가 그 집에 가서 방문을 시도하지 않은 것은 아니지만, 문을 열어 주지 않은 데서 오히려 안도감을 느꼈을 법하고, 아마도 내심 대문 앞에서, 열린 도시의 공기와 소리에 에워싸여, 풀과 대화하는 쪽이, 스스로 구금 상태에 들어간 집 안으로 안내되어, 속을 알 수 없는 은둔자와 대면하고 대화하는 쪽보다 더 낫다고 느꼈을 법하다. 사실인즉 풀이 별로 기분 좋은 소식을 전하지도 않았다. 의사는 그 어떤 때보다 더 실험실 위층 서재에 갇혀서 나오지 않는 것 같았는데, 어떤 때는 거기에서 자기도 하고, 기운이 쭉 빠진 상태이고, 말수가 거의 없고, 책도 읽지 않으며, 뭔가 궁리하는 듯하다는 것이다. 어터슨은 이런 보고들이 크게 변하지 않는다는 점에 상당히 익숙해져, 방문 횟수가 점차 줄어들었다.

창문가에서 벌어진 사건

그러던 어느 일요일, 어터슨 씨와 엔필드 씨는 늘 하는 산책을 하며 다시금 문제의 그 뒷길을 지나가고 있었는데, 그 집 문 앞에 다다르자 둘 다 멈춰 서서 문을 바라보았다.

"그럼," 엔필드가 말했다. "그 이야기는 적어도 이제 끝난 셈이네요. 우리가 하이드 씨 얘기를 다시는 듣지 않겠지요."

"나도 그러길 바라네." 어터슨이 말했다. "내가 그자를 한 번 본 적 있고, 또한 자네의 혐오감을 나도 그대로 느꼈다고 말했었나?"

"그 인간을 보고 그런 느낌을 받지 않기는 어렵지요." 엔필드가 대답했다. "그런데 잠깐요, 아니 이것이 지킬 박사네 뒤쪽으로 들어가는 문이라는 걸 내가 모르리라고 생각하셨다니, 저 바보 아니에요! 이걸 제가 알아낸 것은 형님 덕분입니다, 일부는."

"자네도 그걸 알아낸 모양이구먼?" 어터슨이 말했다. "그래, 그렇다면 우리 같이 공터 쪽으로 들어가서 창문들을 살펴볼 수 있겠군. 사실을 말하자면 나는 가련한 지킬 때문에 불안하다네, 비록 집 바깥쪽에 서 있긴 해도 친구가 와 있는 게 그에게 뭔가 유익하지 않을까 하는 느낌이 들어서 말이야."

공터 쪽은 매우 차갑고 약간 축축했으며, 아직 해가 위쪽에 높이 떠서 밝은 저녁노을로 빛나고 있었건만, 때 이른 어둠이 드리워져 있었다. 세 유리창 중 반쯤 열려 있는 가운데 창 곁에 바짝 다가앉아서 마치 낙담한 죄수처럼 한없이 서글픈 안색으로 바깥 공기를 마시는 사람은, 어터슨이 보니, 지킬 박사였다.

"어이! 지킬!" 그가 소리쳤다. "어디 좀 나아졌나?"

"아주 안 좋다네, 어터슨." 의사가 음산하게 대답했다. "매우 안 좋아. 아마 오래 못 갈 거야, 하느님 덕분에."

"너무 집 안에만 있어서 그래." 변호사가 말했다. "외출을 좀 해야지, 엔필드나 나처럼 혈액 순환을 좀 활발히 시켜 보라고. (아참, 여긴 내 사촌동생일세, 엔필드 ─ 저기는 지킬 박사이고.) 자어서, 모자를 가져와, 우리랑 함께 씩씩하게 한 바퀴 돌자고."

"호의는 참 고맙구먼." 상대방이 한숨을 쉬며 말했다. "나도 정말 그러고 싶은데, 아니, 아니, 아니, 그건 전혀 가능치 않아, 감히 그렇게 못해. 그러나 정말로 어터슨, 자네를 봐서 매우 반갑구먼, 진짜 매우 반가워, 또 자네랑 엔필드 씨를 들어오라고 하고 싶지만, 이곳이 영 그럴 상태가 아니라네."

"뭐, 그렇다면," 변호사가 기분 좋게 말했다. "우리가 할 수 있는 최선은 우리는 여기에 있고 자네는 거기 그대로 앉아 대화하는 것이겠구먼."

"그게 내가 막 제안할까 하던 거였어." 의사가 미소를 지으며 대답했다. 그러나 그 말들을 입 밖에 내자마자, 미소가 얼굴에서 순식간에 제거되고 어찌나 절박한 공포와 낙담의 표정이 그 자리를 빼앗던지, 아래쪽에 있는 두 신사의 몸속 피가 얼어붙을 지경이었다. 창문을 즉각 밀어서 닫아 버려, 이들은 단 한 순간만 그의 모습을 보았을 뿐이었으나, 한순간 본 것으로도 충분해, 이들은 말한마디 없이 공터를 빠져나갔다. 여전히 침묵 속에서 이들은 뒷길을 건넜고, 그곳과 이웃한 대로로, 비록 일요일이긴 하지만 사람들이 지나다니는 그곳으로 나온 뒤에야, 어터슨은 마침내 고개를 돌려 자기 동반자를 바라보았다. 이 둘은 모두 창백한 얼굴이 되어, 눈길로는 서로 뭔가에 동의하는 두려움이 담겨 있었다.

"하느님 우리를 용서하소서, 하느님 우리를 용서하소서." 어터슨 씨가 말했다.

그러나 엔필드 씨는 단지 고개를 매우 심각하게 끄덕거릴 뿐, 다시금 침묵에 잠겨 걸음을 이어 갔다.

마지막 밤

어터슨 씨는 어느 날 저녁 식사 후 자기 집 벽난로 가에 앉아 있었는데, 놀랍게도 풀이 그를 찾아왔다.

"십년감수하겠네, 풀. 무슨 일로 여기까지 왔나?" 그가 외치고 나서, 상대방을 다시 찬찬히 바라보았다. "자네 안색이 안 좋은데?" 그가 덧붙였다. "우리 의사 선생이 아픈가?"

"어터슨 선생님," 그 사람이 말했다. "뭔가 문제가 터졌습니다."

"여기 와서 앉게. 자, 와인 한 잔 하게나." 변호사가 말했다. "자, 이제 차분하게, 내가 뭘 해 주길 바라는지 분명히 얘기해 보게."

"우리 의사 선생님의 습성 아시지요, 선생님." 풀이 대답했다. "문 걸어 잠그고 두문불출인 거요. 그런데 다시 그 실험실 건물 방에 들어가서는 안 나오고 계세요. 아, 정말 싫습니다. 그걸 싫어하지 않는다면 차라리 나도 죽고 싶습니다. 어터슨 선생님, 저는 두렵습니다."

"자, 이 사람아," 변호사가 말했다. "좀 명확히 말을 해 봐, 뭐가 두렵나는 건가?"

"제가 두려움을 느낀 지는 벌써 일주일도 더 됐어요." 풀이 이 질문을 완고하게 무시하며 대답했다. "그런데 이제 더는 참을 수가 없어요."

이 사람의 겉모습은 그의 말을 충분히 증언하고도 남았다. 태도가 이상하게 변한 데다, 그가 두렵다는 말을 첫 번째로 선언하던 순간을 제외하면, 그는 변호사와 한 번도 눈을 마주치지 않았다. 심지어 그 순간에도 그는 입도 안 댄 와인 잔을 무릎에 놓고 앉아 있었고, 두 눈은 바닥의 한쪽 구석을 향하고 있었다. "이제 더는 참을 수가 없구먼요." 그가 되풀이했다.

"이보게," 변호사가 말했다. "풀, 자네한테 뭔가 그럴 법한 이유가 있는 것 같고, 뭔가 심각하게 잘못된 모양인데, 그게 뭔지 얘기를 좀 해 보게나."

"뭔가 사기를 친 것 같아요." 풀이 잠긴 목소리로 말했다.

"사기라고!" 변호사가 상당히 겁에 질려 짜증 나려는 기분이 되어 소리쳤다. "사기라니! 이 친구가 무슨 소리를 하는 거야 지금?"

"감히 더는 뭐라고 말 못하겠구먼요." 이것이 대답이었다. "하지만 저와 함께 가서 직접 보시면 안 될까요?"

어터슨 씨는 말로 대답하는 대신 일어서서 모자와 외투를 집어 들었다. 그때 그는 집사 풀의 얼굴에 엄청난 안도감이 나타나는 모습을 신기한 듯 바라보았다. 자기가 와인 잔을 내려놓고 따라나설 때까지 여전히 입도 대지 않았다는 점도 이에 못지않게 신기해 보였다.

그날은 사납고 추운 전형적인 3월의 밤 날씨로, 창백한 달은 마치 바람이 옆으로 쓰러뜨린 듯 뒤로 자빠져서는 몹시 얇게 펼쳐 놓은 빛줄기를 너불거리고 있었다. 바람 때문에 얘기하기가 힘들었고, 바람의 냉기에 핏기가 반점처럼 얼굴에 드러났다. 또한 바람이 길거리 행인들을 말끔히 몰아내 쫓아 버린 것 같았다, 어터슨 씨의 생각에 런던의 그쪽 동네가 그토록 황량했던 적을 본 적이 없었으니. 그는 이제껏 동료 인간들을 바라보고 만져 보고 싶은 충동을 그렇게 통렬히 느낀 적이 없을 정도로, 행인이 좀 있으면 좋았을걸 하는 마음이 들었다. 그러나 그가 아무리 생각을 바꿔 보려 씨름해도, 곧 재앙 장면과 마주치리라는 생각에 가슴이 무너져 내리는 느낌이 들었던 것이다. 그쪽 스퀘어에 이르자, 사방이 바람과 먼지로 가득했고 가운데 공터 정원의 깡마른 나무들은 난간에다* 몸을 채찍질하고 있었다. 풀은 계속 앞에서 한두 걸음씩 앞질러 가다가, 이제는 보행도로 한가운데 멈춰 서서는, 사납게 물어뜯는 날씨에도 아랑곳하지 않고 모자를 벗어 들더니, 이마를 붉은 손수건으로 훔쳤다. 매우 서둘러 오긴 했으나, 그것은 몸이 심하게 움직여서 생긴 이슬이 아니라, 뭔가 숨 막히는 심적 고통의 습기였음을 알 수 있었다, 그의 얼굴이 창백하고 말할 때 들리는 그의 목소리가 잠기고 갈라졌기에.

"자, 선생님," 그가 말했다. "도착했네요, 또한 별 탈 없도록 하느님이 도와주시길 빕니다."

"아멘일세, 풀." 변호사가 말했다.

하인이 지극히 경계하는 태도로 문을 두드리자 쇠사슬 고리를 걸어 둔 채 문이 열렸으며, 안에서 묻는 목소리가 들렸다. "풀 맞으세요?"

"별일 아니야." 풀이 말했다. "문 열어."

이들이 들어왔을 때 홀에는 불이 환하게 밝혀져 있었고, 벽난로 불도 활활 타올랐으며, 벽난로 곁에는 모든 남녀 하인이 마치 한 무리의 양 떼처럼 옹기종기 모여 있었다. 어터슨 씨가 보이자 가정부는 발작하듯 훌쩍거리기 시작했고, 요리사는 "하느님 감사합니다! 어터슨 씨가 왔네"라고 외치며 마치 그를 두 팔에 안을 듯이 달려 나갔다.

"뭐야, 뭐야? 왜 다들 여기 있지?" 변호사가 신경질적으로 말했다. "아주 비정상적이야, 아주 보기 안 좋고. 여러분의 주인장이 보면 전혀 좋아하지 않을 텐데."

"다들 겁에 질렸습니다." 풀이 말했다.

막막한 침묵이 흐를 뿐, 그 누구도 항변하지 않았다. 다만 가정부 아가씨만 목소리를 높여 이제는 대놓고 울어 대고 있었다.

"조용히 좀 해라!" 그녀에게 말하는 풀의 사나운 어조가 본인도 신경이 극도로 날카로운 상태임을 입증했다. 실제로 이 아가씨가 울음소리의 음조를 갑자기 높이자, 이들은 모두 깜짝 놀라 끔찍한 광경을 예상하는 표정으로 안쪽 문을 향해 돌아섰다. "자, 여기," 집사 풀이 식기 담당 소년에게 말을 걸었다. "촛대 하나 이리 줘, 일을 당장 끝내도록 하자고." 그리고는 어터슨 씨에게 자신을 따라와 달라고 부탁하며 뒤쪽 정원으로 길을 안내했다.

"자, 선생님," 그가 말했다. "최대한 살그머니 따라오시지요. 소리는 들으시더라도 그쪽에서 선생님 기척을 듣지 않기를 바랍니다. 선생님, 또한 주의하실 점은 만약 그쪽에서 안으로 들어오라고 해도, 들어가시면 안 됩니다."

어터슨 씨의 신경은 이 뜻밖의 마무리 말을 듣자 거의 균형을 잃고 넘어질 정도로 요동을 쳤지만 그는 용기를 추슬러 집사를 따라 실험실 건물 안으로 들어가 시술 강의실을 지나고, 상자와 병들이 쌓여 있는 곳을 지나 계단 밑에 다다랐다. 여기서 풀은 그에게 한쪽에 서서 귀를 기울이라고 손짓한 뒤, 촛불을 내려놓고 억지로 마음을 굳게 먹고 계단을 올라가더니, 다소 불안정한 손길로 서재의 붉은 베이즈 천에 노크했다.

"어터슨 선생님이 보시고 싶어 하십니다." 풀이 큰 소리로 말했는데, 그렇게 하는 중에도 변호사에게 다시금 귀를 기울이라는 손짓을 격하게 했다.

안에서 목소리가 대답했다. "아무도 볼 수 없다고 말하게." 목소리가 투정부리듯 말했다.

"잘 알겠습니다." 대답하는 풀의 목소리에는 무슨 승승장구한 듯한 기색이 담겨 있었다. 풀은 촛불을 집어들고 다시 안뜰을 가로질러 요리실로 어터슨 씨를 안내했는데, 불이 꺼진 그곳에서는 딱정벌레들이 바닥에서 튀어 오르고 있었다.

"선생님," 그가 어터슨 씨의 눈을 응시하며 말했다. "저게 우리 주인장의 목소리였습니까?"

"목소리가 상당히 변한 것 같군." 변호사가 대답했다. 그는 매우 창백해졌지만 상대방의 눈을 덩달아 응시했다.

"변했다고요? 네, 물론, 제 생각도 그렇습니다." 집사가 말했다. "제가 이 양반 집에서 20년을 지냈는데, 그분 목소리인지 아닌지 모를까 봐요? 다른 사람 목소리예요. 주인장을 해치운 겁니다, 8일 전에 해치운 거예요. 그날 하느님 이름을 부르며 소리치는 걸 우리가 들었거든요. 그리고 그 양반 대신 어떤 인간이 그 안에 있는지, 그리고 도대체 왜 거기에 있는지는 하느님이나 아실 일이지요, 어터슨 선생님!"

"이건 아주 괴상한 이야기네. 풀, 아주 황당한 이야기란 말이야, 이 사람아." 어터슨 씨가 손톱을 물어뜯으며 말했다. "사실이 자네가 가정한 그대로라고 해도, 지킬 박사가 — 말하자면 살해당했다고 쳐도, 살인자가 거기에 머무를 동기가 무엇이겠나? 그건 말이 안 되는 얘기잖아, 이치에 맞지 않는다고."

"글쎄요, 어터슨 선생님을 설득시키기가 쉽지는 않지만, 그래도 다시 해 보겠습니다." 풀이 말했다. "이번 주 내내 (선생님도 아시잖아요) 그 양반이 아니면 그것이, 서재에 사는 그 무엇인가가 밤낮으로 줄곧 무슨 약인지 뭔지를 달라고 외쳐, 그게 성에 차지 않는지 말이에요. 이따금 그 양반이, 그러니까 주인장이 약 처방을 종이에 적어서 계단 밑으로 던지곤 하지요. 우리는 지난 한 주 동안 그것들 외에 아무것도 지시받은 게 없었어요, 그 쪽지들만요. 그리고 문을 닫고, 음식도 그냥 아무도 안 볼 때 슬쩍 갖고 들어가고. 그러니까 매일, 아니 같은 날에도 두세 번씩 주문 쪽지를 던지고 끙끙 앓는 소리가 났고, 저는 시내 온 사방의 큰 약국들로 여기저기 달려가는 겁니다. 제가 매번 그 물품들을 갖고 돌아오면 그는 다른 종이쪽지를 던져서는 반품하라는 거예요, 순도가 낮다면서, 그러고는 다른 약국 것을 사 오라고 하지요. 이 약이요, 선생님, 아주 절박하게 자기한테 필요한 것인 모양이에요, 도대체 뭔지는 모르지만."

"혹시 그 쪽지들을 갖고 있나?" 어터슨 씨가 물었다.

풀이 호주머니를 뒤져 구겨진 쪽지 하나를 건네주자, 변호사는 이것을 촛불 가까이 가져가 고개를 기울여서 조심스럽게 검토했다. 그 내용은 다음과 같았다. "지킬 박사가 모어 약국에 인사를 전합니다. 그는 귀 약국에서 최근에 구입한 샘플이 순도가 낮아서 본인의 현재 목적에는 쓸 데가 없음을 확인하는 바입니다. 18○○년에 지킬 박사는 모어 약국에서 약간 많은 양의 물품을 구입한 바 있습니다. 그는 이제 그때 그 물품이 남아 있는지 면밀히 찾아봐 주시길 부탁드리고, 만약 남아 있다면 즉시 그에게 보내 주시기를 당부합니다. 비용은 얼마든지 지불할 것입니다. 지킬 박사에게 이 일이 얼마나 중요한지는 말로 강조할 수 없을 정도입니다." 여기까지는 편지가 제법 차분하게 진행되었으나 갑자기 펜을 휘갈기며 글쓴이의 감정이 폭발했다. "제발 그놈의 예전 약을 좀 찾아 주시오." 그가 덧붙였다.

"아주 괴상한 쪽지일세." 어터슨 씨가 말하더니, 이내 날카롭게 연이어 물었다. "자네가 이걸 어떻게 개봉했지?"

"모어네 가게 사람이 엄청 화나서 그걸 저한테 무슨 쓰레기처럼 다시 내던졌지요." 풀이 대답했다.

"이게 의심의 여지없이 우리 의사 선생의 손 글씨인가, 자네가 알기에?" 변호사가 다시 말을 이었다.

"그런 것 같다고 생각했는데요." 하인이 다소 퉁명스럽게 말하더니 이어서 목소리를 바꿔, "하지만 누구 손으로 쓴 게 무슨 상관이에요?" 그가 말했다. "내가 그를 본걸요."

"그를 봤다고?" 어터슨 씨가 그의 말을 따라 했다. "그래?"

"그렇다니까요!" 풀이 말했다. "얘기가 이렇습니다. 제가 정원 쪽에서 시술 강의실로 막 들어갔어요. 아마 그가 그 약인지 뭔지를 찾으러 잠시 몰래 나와 있었던 모양인데요, 서재 문이 열려 있었는데, 그는 방 끝 쪽에서 버려 놓은 박스들 사이를 뒤지고 있었어요. 제가 들어가자 그가 고개를 들어 나를 쳐다보더니, 비명 같은 걸 지르면서 서둘러 위쪽 서재로 휙 하고 가 버리는 거예요. 제가 그를 본 건 단 1분밖에 안 되지만, 제 머리카락이 놀라서 모조리 깃털처럼 뻣뻣하게 일어설 정도였어요. 선생님, 그자가 제 주인장이라면 왜 얼굴에 가면을 쓰고 있었을까요? 만약 제 주인장이라면 왜 생쥐처럼 끽 소리를 지르며 저한테서 달아났을까요? 제가 그분을 모신 지가 어디 한두 해인가요. 게다가……." 남자는 머뭇거리더니 손으로 얼굴을 감쌌다.

"이건 온통 몹시 괴상한 정황들인데," 어터슨 씨가 말했다. "뭔가 단서가 잡힌 것 같구먼, 풀. 자네 주인장은 말이네, 환자를 괴롭힐뿐더러 외모도 망가뜨리는 그런 병에 걸린 게 분명해. 바로 그래서, 내가 아는 지식에 따르면, 목소리도 변질된 것이고, 가면을 쓰고 친구들을 피하는 것이고, 그래서 이 약을 간절히 찾아내려 하는 것이야, 그걸 통해서 뭔가 궁극적으로 치유될 희망을 그 가련한 친구가 여전히 갖고 있다는 ─ 아, 하느님, 그것이 헛된 희망이 아니길 빕니다! ─ 것이 내 설명일세, 풀, 아주 서글픈 일이고 생각만 해도 참담하지만, 그래도 이건 명백하고 자연스러운 설명이잖아, 이치에도 맞고 우리를 황당한 공포심에서 벗어나게 해 주고."

"선생님," 집사가 여기저기 창백해진 얼굴로 말했다. "그자는 제 주인장이 아니었다는 것, 그게 진실입니다. 제 주인장은요" ─ 이 대목에서 그는 주위를 살핀 후 속삭이기 시작했다 ─ "키가 크고 건장한 사내입니다만, 그자는 거의 난쟁이 수준이었다고요." 어터슨은 뭔가 항변하려고 했다. "아니, 선생님," 풀이 큰 소리로 말했다. "제가 20년 모신 제 주인을 모를까 봐 그러세요? 제가 이제껏 살면서 매일 아침 그분을 봤는데, 그분 머리가 내실 문 어디에까지 닿는지 모를까 봐서요? 아닙니다, 선생님, 가면을 쓴 그자는 절대로 지킬 박사가 아니에요 ─ 그게 누구인지 하느님은 아시겠지만, 아무튼 지킬 박사는 절대로 아니에요, 그래서 저는 살인이 자행되었다고 마음속으로 확신하는 바입니다."

"풀," 변호사가 대답했다. "자네가 그렇게 말하니 그걸 확인해야겠다는 책임감이 드는구먼. 비록 내가 자네 주인장의 감정을 상하지 않게 해 주고 싶은 마음이 간절하고, 비록 그가 아직 살아 있다는 걸 증명하는 것 같은 이 쪽지에 어안이 벙벙하지만, 이 문을 부수고 들어가는 게 내가 할 일이라는 생각이 드는구먼."

"아, 어터슨 선생님, 이제야 말씀이 통하시네요!" 집사가 소리쳤다.

"자, 그렇다면 두 번째 질문," 어터슨이 말을 이었다. "누가 그걸 행동에 옮기지?"

"그거야, 선생님이랑 저지요." 그의 의기양양한 대답이었다.

"그 말 잘 했네." 변호사가 대꾸했다. "그리고 결과가 어찌 되건, 자네가 이 일로 손해 보는 일은 없도록 처리할 걸세."

"강의실에 도끼가 있습니다." 풀이 계속했다. "선생님은 부엌의 불쏘시개를 들고 가시면 되겠지요."

변호사는 이 투박하고 육중한 기구를 집어들고 수평으로 들어 보았다. "이거 보게, 풀." 그가 상대를 올려다보며 말했다. "자네와 내가 지금 다소 위험한 상황에 진입하리라는 걸 알지?"

"그렇다고 말할 수 있겠지요." 집사가 대답했다.

"좋아, 그렇다면 우리 서로한테 솔직한 게 좋겠네." 상대방이 말했다. "우리 둘 다 생각하는 걸 모두 말하진 않았으니, 다 털어놓잔 말일세. 자네가 본 그 가면 형체 말이야, 누군지 알아보았나?"

"글쎄요, 너무 빨리 지나간 데다 그 괴물이 워낙 몸을 웅크리고 있어서 장담할 자신은 없네요." 이것이 대답이었다. "그러나 선생님 말씀은, 그게 하이드 씨였느냐는 거죠? ─ 아, 네, 제 생각에는 맞는 것 같아요! 몸체가 거의 같은 크기였고 몸 움직임이 그 사람처럼 신속하고 가벼웠고, 게다가 그 사람이 아니면 누가 실험실 문으로 들어갈 수 있었겠어요? 기억하시지요, 그 살인 사건 당시 그가 열쇠를 갖고 있었다는 걸요? 그뿐 아닙니다. 혹시 어터슨 선생님도 이 하이드 씨를 만나 보신 적 있으신지요?"

"그렇다네." 변호사가 말했다. "말을 나눈 적이 한번 있지."

"그렇다면 선생님도 우리 나머지 사람들과 마찬가지로 이 양반에게 뭔가 괴상한 점이 있다는 걸 잘 아시겠네요 ─ 뭔가 사람을 움찔하게 만드는 거랄까. 그것 이상으론 뭐라고 표현을 못하겠네요. 등골 오싹하게 만드는 느낌을 받는다고나 할까요."

"나도 시인해. 자네가 묘사하는 것과 비슷한 걸 나도 느꼈지." 어터슨 씨가 말했다.

"그러시군요." 풀이 대답했다. "글쎄, 그 가면 쓴 형체가 원숭이처럼 약품 사이에서 튀어나와 서재로 휙 하고 도망갈 때, 나는 등골에 얼음장이 지나가는 것 같았지요. 아, 물론 그게 증거가 아니라는 걸 압니다. 어터슨 선생님, 저도 그 정도는 알 만큼 글을 읽은 사람이지요, 하지만 사람에겐 직감이란 게 있는 법, 제가 성경에 걸고 맹세합니다, 그 형체는 하이드 씨였어요!"

"그래, 그래," 변호사가 말했다. "내 걱정도 똑같은 지점으로 기울고 있구먼. 악이 야기된 거야 — 악한 결과를 맺을 수밖에 없었지 — 그 관계에서 비롯된 악. 그래, 나는 자네 말을 믿네, 가엾은 해리가 살해당했다고 믿네. 또한 그를 죽인 자는(그 목적이 무엇인지는 오로지 하느님만이 파악하고 계시겠지만) 아직 피해자의 방에 죽치고 있다고 믿네. 자, 그럼 우리는 이제 복수의 화신이 되자고. 브래드쇼를 부르게."

현관지기 하인이 불려 왔다. 그는 매우 창백하고 불안한 표정이었다.

"마음을 가다듬게, 브래드쇼." 변호사가 말했다. "다들 일이 어찌 돌아가는 건지 불안해한다는 것 나도 알아, 하지만 이제 우리는 상황을 끝내려고 하는 거야. 여기 풀이랑 나는 서재 문을 부수고 들어갈 거야. 모든 게 잘된다면, 난 뒷감당할 만큼 여력이 있다네. 다른 한편 만약 혹시라도 일이 잘못되거나, 아니면 이 악을 자행한 자가 뒤쪽으로 도주하려 할지 모르니, 자네와 사환 아이는 든든한 막대기를 하나씩 들고 모서리를 돌아 실험실 문을 지키고 있게. 10분 줄 테니 자네 위치로 가게."

브래드쇼가 떠나자 변호사는 시계를 봤다. "자 이제, 우리도 우리 위치로 가지, 풀." 그는 이렇게 말하고 나서 불쏘시개를 겨드랑이에 끼고 앞장서서 안뜰로 향했다. 바람이 몰고 다니는 가벼운 구름이 달을 덮어 버려 날이 완전히 어두워졌다. 바람은 깊은 우물 같은 그 건물 가운데로 헤집고 들어와 훅훅 불어 댈 따름이었으나, 이들이 걸음을 뗄 때마다 촛불은 앞뒤로 뒤흔들리다가, 마침내 시술 강의실에 도착하자 홀이 바람을 막아 주었고, 그곳에서 이들은 가만히 앉아 기다렸다. 바깥 사방 런던 시내에서는 근엄하게 웅성거리는 소리가 들려왔으나, 이들이 인접한 공간에서는 정적만 흐르는 가운데 서재 바닥 위로 오락가락하는 한 사람의 발소리만이 들려왔다.

"저렇게 하루 종일 걷는다니까요." 풀이 속삭였다. "네, 밤에도 거의 계속 저래요. 약국에서 새로 조제한 약이 올 때만 좀 쉬는 셈이지요. 양심이 얼마나 찔리면 저렇게 만만치 않게 시달리겠어요! 걷는 걸음마다 사악하게 흘린 피가 묻어나겠지요! 하지만 다시 들어 보세요, 좀 더 가까이서요 ─ 숨을 죽이고 가만히 귀를 기울여 보시지요, 어터슨 선생님, 저게 우리 의사 선생님의 발걸음 같아요?"

발걸음이 가볍고 느리긴 해도 흔들리는 듯 엇박자로 소리가 났고, 확실히 헨리 지킬의 묵직하게 짓이기는 발걸음과는 달랐다. 어터슨은 한숨을 내쉬었다. "이상한 게 한두 가지가 아닌 것 같은데?" 그가 물었다.

풀이 고개를 끄덕거렸다. "한번은요," 그가 말했다. "저자가 우는 소리를 들었습니다."

"운다고? 어떻게 울어?" 변호사는 말하면서 순간 공포의 한기에 오싹해지는 느낌을 받았다.

"무슨 여자처럼, 아니면 저주받은 영혼처럼 곡을 했지요." 집사가 말했다. "그 소리가 내 가슴에 와 닿아 저도 덩달아 통곡할 정도였어요."

그러나 이제 10분이 다 끝나 가고 있었다. 풀은 포장용 건초 사이를 뒤져 도끼를 꺼내 들고, 이들의 공격에 조명을 제공하도록 촛대를 가장 인접한 탁자에 얹어 놓은 뒤, 밤의 적막 속에서 차분하게 발소리가 여전히 터벅터벅 왔다 갔다 하는 쪽으로, 숨소리를 줄인 채 접근했다. "지킬," 어터슨이 큰 목소리로 소리쳤다. "자네를 좀 봐야겠네." 그는 잠시 기다렸으나 아무런 대답도 들려오지 않았다. "나는 자네에게 충분히 경고하는 거야. 자네는 우리의 혐의를 받고 있어. 그러니 자네를 봐야겠고 난 반드시 볼 걸세." 그가 말을 이었다. "만약 좋은 말로 안 되면 억지로라도 — 자네가 동의하지 않는다면, 무력을 동원해서라도!"

"어터슨," 목소리가 말했다. "하느님을 봐서라도, 날 좀 봐주게!"

"아, 저건 지킬의 목소리가 아니야 — 하이드의 목소리지!" 어터슨이 외쳤다. "문을 부셔, 풀!"

풀이 어깨 위로 도끼를 쳐들어 가격하자, 온 건물이 뒤흔들렸고, 붉은 베이즈 문은 자물쇠와 경첩에서 툭 떨어졌다. 음울하게 끽 하는 소리가, 순전히 동물적인 공포에서 나오는 괴성처럼 서재에서 퍼져 나왔다. 다시 도끼를 쳐들자 문의 나무판들이 일그러졌고 문틀이 펄쩍 요동쳤는데, 이렇게 도끼질을 네 번 했으나 나무가 워낙 단단하고 문을 아주 솜씨 좋게 틀에 맞춰 놓아, 결국 다섯 번째까지 가격하고서야 열쇠가 파괴되고 문의 잔해가 안쪽 카펫으로 쓰러졌다.

두 공격자는 자신들이 격한 소동을 부린 것에, 또한 곧이어 잠잠해진 데 스스로 놀라 약간 뒷걸음치고 방 안을 살펴보았다. 고요한 등잔불이 비춰 주는 벽장, 잘 지핀 불이 이글거리고 딱딱거리며 타오르고 있는 벽장, 물 끓는 소리를 가냘픈 곡조로 뽑고 있는 주전자, 한두 개 열려 있는 서랍, 사무용 탁자에 가지런히 정리되어 있는 서랍 등이 이들의 눈앞에 보였는데, 화로에 좀 더 가까이 다가가서 보니, 차를 마실 준비가 되어 있었다. 그 누가 봐도 그날 밤 런던 시내에서 이보다 더 고요한 방은 없었고, 약품이 가득든 압착 유리병들만 아니라면, 극히 평범한 방이라고 할 만했다.

방의 한가운데에 한 남자가 누워 있었다, 심하게 뒤틀린 채 아직 경련을 일으키는 상태로. 두 사람이 살금살금 다가가서 몸을 반듯하게 눕히자, 에드워드 하이드의 얼굴이 눈에 들어왔다. 그는 자기 몸에 너무나 큰 옷을 입고 있었는데 의사 지킬에게 맞는 사이즈였고, 안면 근육은 뭔가 생명이 남아 있는 흉내를 내고 있었으나 목숨은 완전히 떠나 있었는데, 손에 든 약병이 으깨져 있고 방 안에 청산칼리 냄새가 확 풍기는 걸로 봐서, 어터슨은 자기가 스스로 삶을 파괴한 자의 시신을 보고 있음을 깨달았다.

"우리가 너무 늦었구먼." 그가 장중하게 말했다. "이젠 살려 줄 수도, 벌을 줄 수도 없겠네. 하이드는 죗값을 치렀으니, 이제 우린 자네 주인장 시신을 찾는 일만 남았구먼."

그 건물에서 가장 큰 부분을 차지하는 강의실은 1층의 대부분을 채우고 있었는데, 천장에서 등이 조명을 비춰 주는 구도였고, 조명 곁에 서재가 있었는데, 서재의 한쪽 끝은 홀의 위층을 형성하고 아래쪽 공터 쪽으로 창이 나 있었다. 강의실에서 복도를 통해 외부 뒷길에서 들어오는 문이 있고, 그쪽에서 서재 쪽으로 별도의 두 번째 계단이 연결되었다. 거기에 덧붙여 몇 개의 어두운 골방들과 넉넉한 저장고가 있었다. 두 사람은 이 모든 공간을 샅샅이 수색했다. 모든 골방은 슬쩍 훑어만 보는 것으로 충분했다, 모두 텅 비어 있고 문에서 떨어져 내리는 먼지로 보아 모두 오랫동안 열지 않은 방들이었기에. 저장고는 실제로 온갖 희한한 잡동사니들로 채워져 있었는데, 지킬 이전 주인이었던 의사 시절부터 내려온 것들이 대부분이었으며, 이들이 문을 열자마자 여러 해 동안 입구를 몇 겹으로 덕지덕지 뒤엉켜 차단하고 있던 거미줄들을 보니 더 이상 수색하는 게 헛일이 될 것임이 분명해 보였다. 그 어디에서도 헨리 지킬의 흔적이라고는, 살아 있는지 죽었는지, 전혀 찾을 수가 없었다.

풀은 복도 바닥의 판석을 쿵 하고 밟았다. "여기 묻혀 있을 겁니다." 울리는 소리에 귀를 기울이며 그가 말했다.

"아니면 도망갔을지도 모르지." 어터슨은 말하면서 바깥 골목으로 열리는 문을 살펴보았으나 문이 잠겨 있었고, 또한 판석 옆에 던져져 있는 열쇠를 찾았지만 이미 녹이 묻어 있었다.

"별로 사용한 것 같지는 않군." 변호사가 지적했다.

"사용이라고요!" 풀이 말을 이어받았다. "이거 안 보이세요, 망가져 있는 거? 마치 누가 이걸 짓밟아서 망가뜨린 것 같군요."

"그렇구먼." 어터슨이 말을 이어 갔다. "그리고 부러진 부분도 녹이 슬었어." 두 남자는 겁에 질린 눈빛으로 서로를 바라보았다. "도무지 나로서는 이해할 수가 없네, 풀." 변호사가 말했다. "다시 서재로 돌아가세."

이들은 말없이 계단을 올라가, 여전히 놀라움에 질린 기색으로 시체를 힐끗 쳐다보며 서재의 내부를 보다 면밀히 살펴보기 시작했다. 탁자 위에는 화학 작업을 한 흔적이 남아 있었는데, 무슨 하얀 소금 같은 것의 양을 재어 유리 접시에 얹어 놓은 모양이 마치 이 불행한 인간이 어떤 실험을 하려다가 방해를 당한 것 같았다.

"이건 제가 그분께 늘 가져다 드린 그것과 똑같은 약인데요." 풀이 이 말을 하는 동안 주전자의 물이 깜짝 놀랄 만한 소리를 내며 끓어 넘쳤다.

이 소리를 듣고 이들이 벽난로 가로 다가가 보니, 그곳에 안락의자를 불 가까이 끌어다 놓고, 찻잔이 앉은 사람의 팔꿈치 높이에 맞춰 준비되어 있고, 잔 안에는 설탕도 이미 들어가 있었다. 선반에는 책이 몇 권 놓여 있었는데, 그중 한 권은 찻잔 옆에 펼쳐져 있어서 어터슨이 보니, 놀랍게도 지킬이 여러 차례 매우 높이 평가한다는 말을 했던 바로 그 종교 서적이었다. 책에는 지킬이 손수 경악할 만한 신성모독적 언급들을 주석처럼 이따금 써 놓은 게 보였다.

그다음으로 방의 상태를 점검하는 중에 수색자들이 발견한 것은 전신 거울로, 그들은 그 안을 들여다보고 본의 아니게 공포심에 사로잡혔다. 그러나 거울은 천장에 반사되는 발그레한 불빛과 벽난로 불길이 벽장 채색 유리에 수백 가지로 반복되는 모습과, 고개를 구부려 거울을 보는 이들의 창백하고 무시무시한 표정을 보여 줄 뿐이었다.

"이 거울이 아주 괴상한 것들을 구경했겠네요." 풀이 속삭였다.

"게다가 그 거울 자체도 괴상하잖아." 변호사가 같은 어조로 말을 되받았다. "아니 무슨 이유로 지킬이"—이 말을 하다 그는 깜짝 놀라며 말을 끊었다가, 다시 감정을 억제했다—"지킬이 무슨 이유로 이걸 갖고 있었던 거야?"라고 말했다.

"그러게 말이에요!" 풀이 말했다.

그다음에 이들은 사무용 책상 쪽으로 다가갔다. 책상 위에 가지런히 정리해 놓은 서류 가운데 맨 위에 큼직한 봉투가 얹혀 있었는데, 거기에는 지킬 본인의 손 글씨로 어터슨 씨의 이름이 적혀 있었다. 변호사가 밀봉된 것을 뜯자 그 안에서 문건 몇 개가 바닥으로 툭 떨어졌다. 첫 번째는 유언장으로, 거기에 담긴 내용은 그가 6개월 전에 돌려준 것과 똑같이 유별난 조항들, 즉 본인 사망시 이 문건이 유언장이 되고, 실종 시에는 이것이 증여 증서로 인정되어야 한다는 것이었는데, 변호사는 읽다가 형언할 수 없는 놀라움에 사로잡혔다. 에드워드 하이드란 이름 자리에 '게이브리얼 존 어터슨*'이라는 이름이 대신 들어가 있었다. 그는 풀을 쳐다보다가 다시 문건을 쳐다보고 마지막으로 카펫에 뻗어 누워 있는 죽은 악한을 바라보았다.

"머리가 빙빙 돌 지경이군." 그가 말했다. "저자가 그간 계속 여기를 점거하고 있었단 말이야, 날 좋아할 이유가 없을 텐데, 자기를 제쳐 놓고 날 집어넣을 걸 보고 분노가 치밀어 올랐을 텐데, 그럼에도 이 문건을 파괴하지 않다니."

그가 다음으로 집어든 문건은 의사 본인의 손으로 직접 쓴 짧은 메모였는데, 맨 위에 날짜가 적혀 있었다. "이봐, 풀!" 변호사가 소리쳤다. "그가 여기에 오늘까지 살아 있었던 거야. 그렇게 짧은 시간 안에 그를 처리해 버렸을 수는 없잖아. 분명히 살아서 어디로 도망가 버린 거야! 그렇다면 왜 도주해? 그리고 어떻게? 만약 그게 사실이라면 우리가 이것을 감히 자살이라고 단언할 수 있겠나? 아, 아주 신중하게 대처해야겠군. 우리가 자네 주인장을 어떤 극심한 파국으로 밀어붙일 수도 있다는 예감이 드네."

"왜 그걸 읽어 보지 않으세요, 선생님?" 풀이 물었다.

"두렵기 때문이지." 변호사가 엄숙하게 대답했다. "내가 두려워할 일이 아니길 하느님께 비네!" 이 말을 하고 나서야 그는 종이에 시선을 주고 다음과 같은 글을 읽었다.

친애하는 어터슨 ─ 이 쪽지가 자네 수중에 들어갈 즈음에, 나는 사라졌을 것일세. 어떤 상황에서 그럴지는 내가 예견할 안

목이 없지만, 내 직감과 내 이름, 할 수 없는 형편의 모든 정황들에 비춰 볼 때 내 종말이 올 것이 확실하고 또한 그것이 머지않았어. 그러니 이제 먼저 래니언이 자네한테 맡겼다고 경고한 자술서를 읽고, 그다음에 자네가 더 알고 싶다면, 내 고백도 읽어 보게나.

미천하고 불행한 친구
헨리 지킬

"세 번째 문건이 있었나?" 어터슨이 물어봤다.

"여기 있습니다." 풀이 말하면서 변호사에게 제법 두툼하고 여러 군데 밀봉한 봉투를 하나 건네주었다.

변호사는 이것을 호주머니에 넣었다. "이 문서는 모르는 것으로 하세. 만약 자네의 주인장이 도주했거나 사망했다면 적어도 우리가 그의 명예만은 지켜 줄 수 있을 것이야. 지금 10시니까, 나는 집에 가서 이 문건들을 조용히 검토해 볼 참이네. 하지만 자정 전에는 돌아올 테니, 그때 경찰을 부르도록 하세."

두 사람은 방에서 나가 강의실의 문을 밖에서 잠근 뒤, 어터슨은 벽난로 앞에 옹기종기 모여 있는 하인들을 놓아둔 채 자기 사무실로 터벅터벅 걸어가 이 두 가지 자술서들을 읽을 것인데, 이제 이 문서들이 수수께끼를 설명해 줄 것이다.

래니언 박사의 이야기

1월 9일, 지금으로부터 4일 전, 나는 저녁에 등기우편물 하나를 받았는데, 나의 동료이자 옛 학교 친구인 헨리 지킬의 손 글씨가 겉봉에 적혀 있었어. 나는 그것을 받고 상당히 놀랐다네. 그것은 우리가 서로 편지를 주고받는 습관이 전혀 없었을뿐더러, 바로 전날 밤에 그 사람을 만나 같이 저녁을 먹었고, 게다가 우리 관계를 감안할 때 등기우편이라는 공식적인 절차를 정당화할 일이 무엇인지 전혀 추측할 수 없었기 때문이지. 그 내용은 내 놀라움을 더 증가시켰는데, 편지 글이 다음과 같았기 때문일세.

1800년 12월 10일*

친애하는 래니언에게, 자네는 나의 가장 오랜 친구 중 한 사람일세, 그리고 비록 우리가 이따금 과학적인 문제들에 대해 의견을 달리하긴 했으나 내 기억에는, 적어도 내 쪽에서 우정이 끊겼던 적은 없었네. 자네가 만약 나한테, '지킬, 내 생명, 내 명예, 내 이성이 모두 자네한테 달려 있어'라고 한다면, 내가 내 재산이나 내 왼손이라도 희생시켜서 자네를 돕지 않은 날이 내 인생에서 하루도 없었을 걸세. 래니언, 내 인생, 내 명예, 내 이성이 모두 자네의 결정에 달려 있다네. 그러니 만약 오늘 밤 나를 저버리면 나는 끝장일세. 아마도 이렇게 운을 떼고 나서 뭔가 명예롭지 못한 부탁을 할 것이라고 생각할지도 모르겠구먼. 판단은 자네가 하게.

내가 자네한테 바라는 것은, 오늘 모든 일정을 미루고 ─ 정말로, 심지어 황제의 침상 곁으로 부름을 받았다고 해도 ─ 택시 마차를 타고, 자네 마차가 바로 집 앞에 준비되어 있지 않다면, 이 편지를 손에 들고 그 내용에 유의하면서 곧장 내 집으로 말을 달려 와 주는 것이야. 내 집사 풀에게 지시해 놓은 것들이 있으니 자네가 도착하기를 열쇠 장수 한 사람과 같이 기다리고 있을 것일세. 그다음에는 내 서재의 문을 강제로 따고, 자네 혼자 안으로 들어온 뒤, 왼쪽 유리문('E' 자가 적혀 있는) 벽장을 열고, 만약 잠겨 있다면 열쇠를 부수고, 벽장 안 위에서 네 번째 서랍 또는 (그게 마찬가지인데) 밑에서 세 번째 서랍에 있는 **내용물을 거기 있는 그대로 모두** 꺼내 줘. 내 마음이 극도로 괴로움에 시달리는 중이라 내가 자네를 잘못 인도하지 않을까 하는 오싹한 두려움이 엄습하지만, 내가 혹시 실수를 저질렀다 해도 자네는 서랍의 내용물, 즉 약간의 가루약, 약병 하나, 그리고 종이책 한 권을 보면 그게 맞는지 알 수 있을 거야. 이 서랍을 정확히 있는 그대로 캐번디시 스퀘어 자네 집으로 가져가 주기를 간청하네.

이것이 자네가 내게 해 줄 첫 번째 일이고, 두 번째로 넘어가세. 자네가 집에 돌아가면, 만약 이 메모를 받자마자 출발했다고 치면 자정까지 시간이 제법 남을 것인데, 그 정도 시간 여유는 주겠네, 예방하거나 예측할 수 없는 장애물들이 나타날 것에 대한 두려움뿐 아니라, 자네 하인들이 침상에 누운 시간을 택하는 쪽이 그다음에 할 일을 감안하면 더 적절하니까. 자 그럼 자정이라고 치고, 내가 자네한테 부탁할 것은 자네 혼자 진찰실에 앉아 있다가, 내 이름을 대며 방문하는 사람이 오면 직접 맞이해서 안으로 들어오게 한 뒤, 자네가 내 서재에서 가져온 서랍을 그 사람의 수중에 전해 주는 거야. 거기까지 하면 자네의 몫은 다 한 것이고 나는 자네한테 한없이 고마워할 것일세. 그로부터 5분 후, 만약 자네가 설명을 굳이 원한다면, 이러한 조치들이 얼마나 극히 중요한 일인지 이해하게 될 걸세, 아울러 이것들을 하나라도 빼먹는다면 비록 황당하게 보이긴 하겠지만, 자네는 나를 죽게 했거나 아니면 내 정신이 망가져 돌아 버리게 했다는 가책에 시달릴지도 모르네.

자네가 나의 이런 간절한 부탁을 가볍게 여기지 않으리라고 믿지만, 그러한 가능성을 생각만 해도 가슴이 철렁 내려앉고 손이 부르르 떨리는구먼. 내 처지를 좀 생각해 주게, 지금 이런 시간에 괴상한 장소에서 그 어떤 상상 속에서도 과장할 수 없는 깜깜한 고통에 시달리고 있는 나를, 그러나 자네가 나를 정확히 지시한 대로 도와주면 나의 고난들은 그저 옛날얘기처럼 스르르 걷혀 지나가 버릴 것임을 명심하게. 나를 좀 도와줘, 친애하는 래니언, 그리고 나를 살려 주게.

자네의 친구
H. J.

추신 — 나는 이 편지를 이미 봉인했는데, 또 새로운 공포가 내 영혼을 사로잡는구먼. 우체국이 내 뜻대로 해 주지 못하고 이 편지가 내일 아침 전에 자네 손에 들어가지 않을 수도 있으니 말이야. 그 경우, 친애하는 래니언, 내가 부탁한 조치들을 낮시간 동안 자네가 제일 편리할 때 처리해 주고, 다만 자정에 내가 보낸 사람이 갈 것이라는 것만 예상하고 있게. 그때쯤에는 이미 너무 늦었을 수도 있긴 해, 또한 그렇게 그날 밤이 아무런 일 없이 지나가 버리면 자네는 헨리 지킬을 더 이상 볼 수 없는 사람이 된 것으로 알면 될 거야.

이 편지를 읽고 나서 나는 내 동료가 미쳤다는 확신이 들었으나, 그렇다는 것을 의심의 여지없이 입증하기 전에는, 그가 요청한 대로 실행에 옮겨야 한다는 의무감을 느꼈다네. 이 뒤죽박죽 황당한 내용을 이해하지 못하면 못할수록 나는 그것이 얼마나 중요한지 판단할 위치에 서지 못한 것이고, 게다가 그런 표현에 담긴 호소를 저버렸다가는 심각한 책임을 지게 될 수도 있었으니까. 따라서 나는 책상에서 일어나 2륜 마차 하나를 잡아타고 곧장 지킬네 집으로 갔어. 집사는 내가 도착하기를 기다리고 있었는데, 그 또한 나처럼 할 일을 지시한 등기 우편물을 받았기에, 즉각 열쇠 장수와 목수를 불렀어. 이 두 업자는 우리가 아직 얘기하고 있는 중에 도착했는데, 우리는 그 집의 옛 주인 덴먼 박사의 수술실로 같이 이동해 갔어. 거기에서는 (자네도 분명히 알다시피) 지킬의 개인 서재로 가장 쉽게 들어갈 수 있으니까. 문은 아주 견고했고 열쇠도 훌륭하게 잠겨 있어, 목수는 문을 여는 게 만만치 않다며 무력으로 열면 문을 상당히 망가뜨려야 할 거라고 털어놓았고, 열쇠 장수는 거의 포기하기 직전이었지. 그러나 열쇠 장수는 솜씨가 좋은 친구여서 두 시간 만에 문을 활짝 열었어. 'E' 자가 적혀 있는 벽장 열쇠를 따고 나는 서랍을 꺼내, 그 안에 지푸라기를 채운 후, 보자기에 묶어서 챙겨 들고, 캐번디시 스퀘어로 돌아왔어.

집에 와서 나는 그 내용물을 살펴보기 시작했지. 가루약은 제법 말끔하게 만들어 놓긴 했으나, 전문 약사가 섬세하게 빻은 것만큼은 아니었어, 따라서 그것은 지킬 본인이 제조한 것임이 분명해. 또한 봉해 놓은 포장을 하나 풀자, 그 안에 무슨 하얀색의 단순 수정체 염분 같은 것이 있더군. 유리약병을 그다음으로 살펴보니, 반쯤 핏빛 액체가 채워져 있는데, 심하게 톡 쏘는 냄새가 나는 걸로 봐서 아인산 폭발성 에테르가 포함된 것 같더군. 다른 성분들은 전혀 추측할 수가 없었어. 책자는 일반적인 공책으로 별것 없고 날짜들이 죽 적혀 있더군. 날짜들은 여러 해에 걸쳐 있었는데, 날짜 기록이 약 1년 전에 그것도 사뭇 급작스럽게 멈췄음을 알 수 있었어. 여기저기 날짜에 덧붙여 간략한 언급들이 적혀 있었는데, 대개 한 단어 이상 가지 않았어. 즉 '두 배'란 말이 아마 전체 수백 개 항목 중에서 여섯 번쯤 등장했을 정도고, 상당히 앞쪽 날짜 한 곳에는 느낌표를 많이 달아서 '완전 실패!!!'라고 적혀 있더군. 이 모든 것이 내 호기심을 자극하기는 했으나 확실한 것은 거의 말해 주는 바가 없었지. 무슨 염분이 담긴 약병이 하나 있고 (지킬의 연구들 중 너무나 많은 부분이 그렇듯이) 실제로 유익한 결과로 이어질 리 없는 실험을 계속한 기록이 있었어. 이 물품들이 내 집에 와 있다는 점이 요망스러운 내 동료의 명예든 정신 건강이든 생명에 무슨 영향을 줄 수 있단 말이지? 그의 전령이 이곳에 올 수 있다면 다른 데로는 못 갈 이유가 무엇일까? 설사 무슨 곤란한 점 때문에 제약을 받고 있다고 가정해도, 왜 이 양반을 내가 비밀리에 맞이해야 하지? 곰곰이 생각하면 할수록 나는 정신질환 환자를 상대하고 있다는 확신이 더 강해졌고, 비록 가서 자라고 하인들을 보내긴 했으나, 오래된 권총을 장전해서 혹시라도 자기방어 상황에 처할 경우를 대비했지.

런던 시내에 자정을 알리는 종소리가 울려 퍼지자마자 대문 고리를 가만가만 두드리는 소리가 들리는 거야. 호출하는 사람에게 내가 직접 가서 문을 열고 보니, 한 키 작은 남자가 대문 앞 기둥에 기대어 쭈그리고 앉아 있더라고.

"지킬 박사가 보낸 사람이오?" 내가 물었지.

그는 억지로 쥐어짜는 것 같은 태도로 "그렇소"라고 했고, 안으로 들어오라고 하자 어두운 스퀘어 쪽을 등 뒤로 살펴보는 눈길을 던진 후에야 내 분부를 따랐지. 별로 멀지 않은 곳에서 경찰관이 손전등 마개를 열고 앞으로 다가오고 있었는데, 방문객은 그걸 보더니 깜짝 놀라서 좀 더 서두르는 것 같더군.

솔직히 인정하자면 이런 사소한 점들도 불쾌한 느낌을 주었고, 진찰실의 밝은 조명 안으로 그를 따라 들어가면서도, 나는 계속 권총에 준비 자세로 손을 대고 있었지. 그곳에서 마침내 나는 그를 선명하게 볼 기회를 얻었어. 내가 그를 이전에는 전혀 본 적 없다는 점만은 확실했어. 앞서 말했듯이, 그는 키가 작았고, 게다가 내가 놀란 것은 그의 얼굴에 담겨 있는 충격적인 표정이었지. 상당한 육체적 활동성과 체구의 심한 쇠약함이 희한하게 어우러져 있고—이에 못지않게 특이한 점은 그가 곁에 있는 사람 앞에서 괴상하게 불안해하는 눈치였지. 이런 모습은 경직 증세가 시작되는 것과 유사했고, 맥박이 눈에 띄게 약해지는 증상이 같이 나타났어. 당시에 나는 이것을 무슨 괴상야릇한 개인적인 혐오감의 발로로 단정하고서, 증상이 급성이라는 점만 유별나다고 생각했는데, 그때 이후로 나는 그 원인은 인간의 속성 안에 더 깊이 내재해 있지 않을까, 그리고 그 원인이 혐오감의 원리보다 더 높은 차원의 요인과 연결되어 있지 않을까 하는 쪽으로 생각이 기울게 되었다네.

이 사람의(그는 처음 들어오는 순간부터 역겨운 호기심이라고밖에는 설명할 수 없는 느낌을 내게 주었어) 옷차림새는 보통 사람이라면 우스꽝스럽게 보였을 거야. 그의 옷은 비싸고 멀쩡한 옷감으로 만든 것이긴 하지만 어디로 보나 그의 체구에 한참 큰 사이즈였으니까—바지는 다리 밑으로 늘어진 것을 바닥에 닿지 않도록 둘둘 말아 올렸고 재킷의 허리는 엉덩이 밑에 걸려 있었으며 옷깃은 어깨에 퍼져 미끄러져 내리고 있었거든. 이상하게 들리겠지만, 이 우스꽝스러운 옷차림은 전혀 나를 웃게 만들지 않았어. 오히려 나를 바라보는 이 인간의 본질 자체에 뭔가 비정상적이고 날 때부터 잘못된 점이 ― 뭔가 달라붙고 질리고 속이 뒤집힐 것 같은 점이 ― 있었기에, 옷차림도 이상하다는 걸 발견한 것이 그런 점과 맞아떨어질 뿐 아니라 그걸 부각시키는 것 같았고, 그래서 이 사내의 속성이나 성품이 궁금할 뿐 아니라 그의 집안 출신과 생애, 경제적 처지와 지위에 대한 호기심이 발동하더군.

그 사람을 관찰한 것을 기록해 놓으니 제법 많은 지면을 차지하긴 했으나, 사실은 불과 몇 초 사이에 파악한 것들이지. 내 방문객은 그야말로 심각하게 흥분한 상태로 폭발 직전이었거든.

"그걸 갖고 있소?" 그가 소리쳤어. "갖고 있느냐 말이오?" 그러면서 어찌나 난리를 치고 좌불안석인지, 그는 심지어 자기 손을 내 팔에 대고 날 흔들려고 할 정도였어.

나는 그를 밀쳤는데, 그의 손길이 닿았을 때 순간 무슨 차디찬 냉기 같은 것이 내 핏속으로 흐르는 느낌을 받았어. "이거 보시오." 내가 말했지. "댁은 아직 나랑 통성명도 안 한 사이라는 점을 잊으셨군요. 일단 좀 앉으시지요." 그러면서 나는 모범을 보이며 늘 앉는 자리에 앉았고, 또한 내가 평상시 환자들을 대할 때의 태도를 그대로 재현해 보려고, 자정이라는 시간과 내가 우려하는 바들과 방문객에 대해 느끼는 공포심이 허용하는 범위 내에서, 최대한 시도는 했지.

"제 결례를 용서하십시오, 래니언 선생님." 그는 제법 정중하게 대답했어. "선생님의 말씀이 매우 타당하십니다, 너무 성급한 나머지 제가 예의를 걷어차 쫓아 버리고 말았군요. 저는 선생님의 동료인 헨리 지킬 박사의 요청으로 제법 중요한 업무 하나 때문에 왔습니다. 그리고 제가 이해하기에는⋯⋯." 그가 이 대목에서 멈추며 손을 목젖에 갖다 대자 그의 차분한 태도에도 불구하고 임박한 히스테리와 씨름하고 있는 것이 느껴지더군. "제가 이해하기에는, 무슨 서랍장⋯⋯."

그러나 난 이쯤에서 내 방문객의 초조함에 시달리는 처지가 안쓰러웠고 또한 내 쪽에서도 호기심이 점차 솟아오르는 것을 감안했어.

"자, 저기 있습니다." 내가 말하며 서랍장을 가리켰어. 물건들은 탁자 뒤 바닥에 여전히 보자기에 덮인 채 놓여 있었지.

그는 그쪽으로 튀어 가더니, 잠시 머뭇거리며 손을 가슴에 얹더군. 그때 그의 턱이 충동적으로 움직이면서 부드득 이빨 가는 소리를 내는 것이 들렸고, 그의 얼굴을 보니 어찌나 무시무시하던지 나는 그의 생명과 정신이 둘 다 어떻게 될까 봐 걱정되었어.

"좀 진정하시지요." 내가 말했어.

그는 나를 보며 끔찍한 미소를 짓더니 마치 만사를 포기한 사람처럼 포장한 천을 잡아 젖히더군. 내용물을 보고 그가 하도 무지막지하게 큰 소리로 안도의 숨을 내쉬는 통에 나는 놀라 그 자리에서 움직일 수 없을 정도였어. 그리고 그다음 순간 이미 상당히 차분해진 목소리로 물었지. "미터글라스 하나 갖고 있소?"

나는 내 자리에서 약간의 노력을 들여서야 겨우 일어날 수 있었고 그가 원하는 물건을 가져다주었어.

그는 나에게 고맙다며 꾸벅 인사한 후, 붉은 액체 몇 방울을 잰 다음 거기에 가루약 중 하나를 첨가했어. 이 혼합물이 처음에는 불그스름한 색조를 떠었으나 결정체가 녹기 시작하자 빛이 밝아지면서 소리가 날 정도로 거품이 끓어오르더니 자그마하게 김을 내뿜었어. 갑작스럽게 그리고 같은 순간에 거품이 멈추더니 합성물은 짙은 자주색으로 변했다가, 다시 색이 약해지며 서서히 묽은 녹색이 되었어. 내 방문객은 이러한 변신 과정을 예리한 눈으로 바라보다가, 미소를 지은 후 글라스를 탁자에 내려놓고, 고개를 돌려 나를 유심히 살펴보는 기색으로 바라보더군.

"자, 이제," 그가 말했어. "남은 문제를 해결합시다. 뭔가 깨닫고 싶소? 아니면 내 충고를 받아들이겠소? 내가 이 유리병을 손에 들고 더 이상 말을 주고받을 것 없이 댁의 집에서 나가도록 허락하시겠소? 아니면 호기심의 탐욕이 이미 댁을 너무나 강하게 사로잡았나요? 생각을 잘 해 보고 대답하시오, 댁이 결정하는 대로 행동에 옮길 것이니. 댁의 결정에 따라 댁은 이전과 마찬가지로 지내게 될 것이오, 더 부유하거나 더 현명해질 것 없이, 물론 죽음 같은 고통에 시달리는 한 사람에게 뭔가 봉사해 준 것이 일종의 영적인 자산으로 계산될 수 있겠지만. 만약 그렇게 결정하기로 맘이 끌린다면, 새로운 지식의 영역과 명성과 권력으로 이어지는 새로운 길이 댁 앞에 펼쳐질 것이오, 바로 여기 이 방에서, 즉시 그리고 댁 앞에서 벌어질, 사탄 같은 불신앙도 어리벙벙하게 만들 정도의 신기한 광경에 눈이 부실 것이오."

"이거 보시오," 나는 내가 전혀 소유하지 못했던 냉정함을 꾸며 대며 말했어. "수수께끼 같은 소리를 하고 있군요. 그리고 내가 지금 그 말을 들으며 별로 신뢰하지 않는다고 해도 그다지 놀라지 않으시겠지요. 하지만 이 불가해한 서비스에 이미 너무 깊숙이 연루되었으니, 그 결말을 보기 전에는 멈출 수 없겠군요."

"그 편이 더 낫겠지." 내 방문객은 대답했어. "래니언, 자 이제 자네 히포크라테스 서약을 기억하게, 지금부터 벌어지는 일은 우리 의사끼리만 아는 일이야. 게다가 지금까지 자네는 가장 경직된 유물론적인 시각에 갇혀 있었고, 자네는 초자연적 의술의 능력을 부인해 왔으며, 자네보다 한 수 위인 고수들을 조롱했지 ― 자, 보게!"

그는 입술에다 유리병을 갖다 대더니 단숨에 꿀꺽 삼켰어. 그리고 비명이 이어졌지. 그가 비비 꼬고 비틀거리며 탁자를 움켜쥐고 매달리며 충혈된 눈으로 앞을 노려보다가 입을 딱 벌리고 숨을 몰아쉬더라고. 내가 보고 있는 중에 변하는 것 같았는데 ― 마치 몸이 불어나는 것처럼 ― 그의 얼굴은 일순간 까매졌다가 이목구비가 녹고 변형되는 것처럼 보이더니 ― 그다음 순간, 나는 두 발로 벌떡 일어나 벽으로 펄쩍 물러서 등을 기댄 채, 두 팔을 들어 그 놀라운 광경 앞에서 두 눈을 가리려 했고, 내 정신은 공포심에 함몰되었어.

"하느님 맙소사!" 나는 비명을 질렀고, 다시 "하느님 맙소사!"를 외치고 또 외쳤어, 왜냐하면 내 눈앞에 ― 창백하게 부르르 떨며 반은 기절할 듯 자기 앞을 손으로 허우적거리며 마치 죽었다가 되살아난 사람처럼 ― 서 있는 것이 바로 헨리 지킬이었기에!

이어진 한 시간 동안 그가 나한테 말해 준 바들은 정신이 산만해서 종이에 적을 마음을 먹을 수가 없네. 내가 본 것, 내가 들은 것에 내 영혼은 넌더리를 쳤으나, 지금 그 광경이 내 눈앞에서 사라진 후에 나는 내가 그걸 믿는지 스스로 묻지만, 대답을 찾을 수가 없다네. 내 인생은 그 뿌리부터 뒤흔들렸고, 잠도 나에게서 떠나 버렸으며, 가장 끔찍한 공포감이 낮이며 밤이며 내 곁에 계속 앉아 있고, 내가 살날이 얼마 안 남았고 필시 죽을 것임을 감지하고 있긴 하지만, 나는 죽으면서도 믿지 않을 걸세.* 그 인간이 나에게 털어놓은 부도덕한 짓거리들은, 말해 주며 참회의 눈물을 흘리긴 했어도, 기억 속에서 생각만 해도 공포에 사로잡히게 만든다네. 단 한 가지만 더 말하겠네, 어터슨, 또한 그 말 한마디만 해도 (자네가 이것을 믿어 줄 마음을 가질 수 있다면) 충분하고도 남을 거야. 그날 밤 내 집으로 기어 들어온 그자는 지킬 본인이 자백한 대로 하이드란 이름으로 알려져 있고 커루의 살인자로서 이 나라 구석구석까지 수색 중인 자일세.

헤이스티* 래니언

이 사건의 전말을 밝힌 헨리 지킬의 진술서

나는 1800년에 상당한 재산을 소유한 집안에서 태어났고, 아울러 신체와 지능도 훌륭하게 타고났으며 천성적으로 근면한 기질을 가지고 있어 동료 인간 중에서 현명하고 좋은 사람들에게 존중받기를 좋아해, 당연히 누구나 그렇게 추측할 법한 대로, 어디로 보나 명예롭고 칭송받는 장래가 보장된 셈이었다. 또한 실제로 나의 약점 중 가장 심한 것이라고는 조급하게 즐거움을 추구하는 경향뿐인데, 이것이 행복으로 이어지는 사람도 많지만 내 경우에는 거만을 떨며 남들 앞에서 보통 수준 이상으로 근엄한 표정을 지으려는 오만한 욕구와 그것을 서로 조화시키기가 어려웠다. 그래서 나는 내 쾌락들을 숨기게 되었고, 나 자신을 반성하며 주위를 둘러보고 이 세상에서 내가 나아가는 모습이나 위치를 가늠해볼 나이가 되자, 심각한 이중생활이 이미 습성으로 굳어져 있었다. 내가 저지른 부정한 행위 정도는 오히려 자랑거리로 삼을 사람이 많을 것이나, 나는 스스로 설정한 고귀함의 수준 때문에 그것들에 대해 거의 병적일 정도로 수치스럽게 생각하며 남들 모르게 덮어 놓았다. 이렇듯 특별히 내 잘못들이 더 심각해서가 아니라 내 열망들의 까다로운 속성 때문에 내가 그와 같이 된 것으로, 대다수 사람들의 경우보다 훨씬 더 깊은 골이, 사람의 속성을 이중적으로 나누어 구성하는 선과 악의 영역들을 내 안에서 갈라놓았던 것이다. 내 경우는 삶의 그 가혹한 법칙, 종교심의 근간이 되고 고통을 가장 풍족하게 만들어 내는 원천 중 하나인 그 법칙에 대한 심각한 사색을 상습적으로 하도록 내몰렸다. 비록 그토록 속속들이 이중 플레이를 했지만 나를 전혀 위선자라고 할 수 없었던 것은, 나는 두 측면 모두에서 극히 진지했던 까닭이다. 자제심을 내려놓고 수치스러운 짓에 풍덩 빠져들 때도, 내가 대낮 광명천지에서 지식을 발전시키거나 슬픔과 고통을 덜어 줄 연구를 할 때와 마찬가지로, 나는 나 자신 그대로였다. 그런데 나의 학문적 탐구의 방향은 전적으로 신비와 초월 쪽으로 향해 가고 있던 터라, 나의 구성 요소들이 지속적인 전쟁 상태에 있다는 이 의식에 강하게 부각시키는 쪽으로 반응했다. 날이 갈수록, 그리고 내 정신의 두 측면인 도덕과 지성 모두에 있어서, 나는 그 진리에 점차 꾸준히 근접해 갔는데, 이를 부분적으로 깨달은 결과 내가 이와 같은 끔찍한 난파 상태에 떨어지는 저주를 받은 그 진리란 바로 이것, 인간은 진실로 단일한 존재가 아니라, 진실로 이중적 존재라는 것이다. 이중적이라고 한 것은 내가 소유한 지식의 형편이 그 지점 이상으로는 더 나아가지 못하기 때문이다. 다른 이들이 내 작업을 이어 갈 것이고, 같은 쪽으로 나아가며 나를 앞지를 것이며, 궁극적으로 인간은 천태만상의 서로 어울리지 않는 독자적인 구성원들을 모아 놓은 정치 체제에 불과하다는 것이 밝혀지리라고 나는 감히 추측해 본다. 내 몫은 내 인생의 속성상 한 방향으로 또한 오로지 한 방향으로만 틀림없이 나아가는 것이었다. 나는 도덕의 측면에서, 그것도 나 자신의 인간성 안에서, 인간의 철저하고 원초적인 이중성을 인지하게 된 것인바, 나는 이 두 가지 속성이 내 의식의 장에서 다투고 있으며, 비록 내가 이 모습 중 어떤 것이든 나 자신이라고 할 수 있기는 해도, 그것이 오직 근본적으로는 동시에 두 모습이었기 때문임을 파악했던 것이다. 그래서 일찌감치 나의 학문적 발견들에서 이러한 기적의 가장 희미한 가능성이 보이기 전부터도, 나는 이 두 요소를 분리시키자는 생각에, 마치 즐겨 떠올리는 백일몽이라도 되는 듯, 기꺼이 빠져들곤 했다. 나는 나 자신에게 말했다. 만약 각 속성을 별개의 인격체에 맞춰 집어넣을 수 있다면, 삶의 감당할 수 없는 그 모든 부담을 덜어 낼 수 있을 것이니, 불의한 자아는 그의 보다 고지식한 쌍둥이 자아의 열망과 가책으로부터 벗어나 제 길을 갈 수 있고, 의로운 자아는 흔들림 없이 확고하게 저 높은 곳으로 향하는 발걸음을 이어 가며, 자신이 쾌락을 느끼는 선한 일들을 행할 수 있고, 자기와 상관없는 악 때문에 더는 망신을 당하거나 참회할 일이 없을 것이리라고. 인간에게 내린 저주는, 서로 맞지 않는 이 두 막대기들이 한 단에 묶여 있다는 것 ― 의식의 고뇌하는 자궁 안에서 극과 극으로 갈린 두 쌍둥이가 끊임없이 투쟁하고* 있다는, 바로 이것이다. 그렇다면 만약 이 둘을 서로 떼어 놓는다면?

한참 이런 사색에 잠겨 있던 중, 앞서 말한 이 문제를 해결해 줄 실마리가 내 실험실 탁자로부터 비스듬히 보이기 시작했다. 나는 우리가 그토록 단단해 보이는 육체를 옷처럼 입고 다니지만, 실상은 파르르 떨리는 비물질성 내지는 안개처럼 걷히는 찰나성을 갖고 있음을 이제껏 그 누가 설명한 것보다 더 심오하게 파악하기 시작했다. 나는 특정 화학물질이 인간의 육체적 외형을 뒤흔들어 끌어내리는 힘이 있어서, 마치 바람이 정자에 쳐 놓은 커튼을 젖혀 버리는 것처럼 작용한다는 사실을 발견했다. 두 가지 합당한 이유에서 내 자백의 이 과학적 부분을 상세히 들춰내지는 않겠다. 첫째는 내가 깨달은 결론이, 인생의 저주와 짐은 인간이 평생 등에 지고 살아야지, 만약 이를 던져 버리려 할 경우 그 짐들이 더 생소하고 보다 더 심한 무게로 우리를 짓누르게 될 뿐이기 때문이다. 두 번째는 내 이야기가, 아! 너무나 명백히 보여 주겠지만, 내 발견들이 불완전했기 때문이다. 그러니 다음과 같은 정도로만 이야기해 두겠다. 나는 나의 타고난 몸과 내 정신을 구성하는 특정 힘들의 기운과 광채에 불과한 것을 구별했고, 나아가 이 힘들이 군림하는 자리에서 그것들을 끌어내릴 약물을 제조하게 되었고, 이를 통해 두 번째 형체와 얼굴로 나를 대체했는데, 이것이 나에게 극히 자연스러웠던 것은, 내 영혼 안의 저급한 요소들의 표현으로서, 그 특징들이 그대로 거기에 박혀 있었던 까닭이다.

나는 이 이론을 실행에 옮기는 실험을 하기 전까지 오랫동안 주저했다. 나는 죽을 위험을 감수해야 함을 알고 있었는데, 정체성의 아성 그 자체를 그토록 강력하게 장악하고 뒤흔들 수 있는 약물인지라, 약간의 부주의로 과잉 복용하거나 이를 실행하는 순간의 정황이 약간이라도 적절치 않을 경우, 내가 바꿔 놓고자 하는 그 비물질적인 장막*을 말끔히 없애 버릴 수 있었다. 그러나 이렇듯 특이하고도 심오한 발견을 확인해 보려는 유혹은 마침내 우려하는 생각들을 압도했다. 나는 이미 오래전에 이 배합물을 준비해 놓고 있었던 터라, 즉각 도매 약품 회사로부터 특정 염분을, 그것이 내가 실험을 통해 일에 필요한 마지막 재료임을 알게 되었기에, 대량 구매했고, 그래서 어느 저주받은 날 밤에 나는 성분들을 섞었고, 유리 용기에서 부글부글 끓어오르며 김을 내는 것을 지켜보다가, 끓는 거품이 가라앉자, 용기백배한 기세로 이 약물을 말끔히 마셔 버렸다.

극심하게 고문하는 진통들이 뒤따르니, 뼈를 갈아 버리는 것 같고, 죽을 것처럼 구토가 나고, 정신은 공포에 사로잡혀 태어날 때나 죽을 때도 그보다 더 심할 수 없을 정도였다. 이 고통들은 다시 이내 누그러들기 시작했고, 나는 마치 심한 병을 앓고 난 듯 다시 보통 상태로 돌아왔다. 뭔가 괴상한 느낌이 들었다, 뭔가 말로 형언할 수 없이 새롭고 그 새로움 자체에서 오는 엄청난 달콤함이. 내 몸은 더 젊어지고 더 가벼워지고 더 행복해진 느낌이었다. 그런데 내 안에서 의식할 수 있었던 것은 무모하게 들떠 있고, 뒤죽박죽으로 관능적인 영상들이 내 상상 속을 물방아 물줄기처럼 콸콸 흘러가고, 의무감의 끈들은 느슨하게 녹아 버리고, 생소한 그러나 순진하다고 할 수 없는 자유가 영혼에 찾아왔다는 것이다. 나는 이 새로운 삶의 첫 숨을 쉬는 순간 내가 더 사악해졌음을, 열 배는 더 사악해졌음을, 내 안에 원래 있던 악에 노예로 팔려 갔음을 알아차렸고, 그 생각은 바로 그 순간 내게 포도주처럼 짜릿한 쾌감을 주었다. 나는 두 손을 쭉 뻗었고, 이 새로운 감각들의 신선함에 의기양양해했으나, 바로 그 동작을 하는 동안 나는 내 키가 줄어들었음을 순간 감지했다.

그 시점에는 내 방에 거울이 없었고, 이 글을 쓰고 있는 지금 내 옆에 있는 거울은 나중에 바로 이 변신의 목적을 위해 구입한 것이다. 그날 밤은 이미 아침이 다 되어 있었고 ─ 아침이 캄캄하긴 해도, 동이 틀 채비가 다 되었으니 ─ 내 집 안 거주자들은 잠의 엄격한 손아귀에 꽉 붙잡혀 있었기에, 나는 희망과 승리감에 흥분된 상태라 새로운 모습으로 내 침실까지 한번 가 보기로 작정했다. 나는 안뜰을 가로질렀는데, 하늘에서 별자리들은 잠들지 않는 경계근무 중에, 이런 종류의 생명체 중 첫 번째가 등장하자 아마도 놀란 눈빛으로 내려다보았을 것이라고, 그때 나는 생각했을 법하다. 그래서 내 집인데도 낯선 자처럼 복도를 통과해서 내 방으로 들어왔고, 나는 처음으로 보았다, 에드워드 하이드의 생김새를.

나는 지금부터는 이론에만 의거해서 발언할 것인데, 내가 아는 바가 아니라 가장 개연성이 큰 것으로 가정하는 바를 말할 것이다. 내 속성의 사악한 측면에다 이제 나는 그 특징대로 실행할 능력을 전달해 놓고 나서 보니, 그것은 내가 방금 권좌에서 끌어내린 선에 비하면 덜 활기차고 덜 발달해 있었다. 아울러 내가 이제껏 살아온 여정의 약 10분의 9는 노력, 미덕, 자제의 삶이었기에 반대쪽은 훨씬 덜 활용했고 덜 소진된 셈이었다. 내 생각에는 그렇기 때문에 에드워드 하이드가 헨리 지킬에 비해 훨씬 더 키가 작고 왜소하고 젊은 것이다. 한쪽 자아의 선함은 표정과 인상에서 드러나듯이 다른 자아의 얼굴에는 악이 굵직하고 분명하게 적혀 있었다. 게다가 악은(나는 여전히 악이 인간에게 치명적인 측면이라고 믿을 수밖에 없다) 그의 몸에 일그러짐과 쇠잔함을 도장처럼 찍어 놓았다. 그럼에도 이 흉측한 우상을 거울에서 바라볼 때, 나는 혐오감을 느끼지 않았고 오히려 반가워서 가슴이 펄쩍 뛰었다. 이것 또한 나 자신이었다. 아주 자연스럽고 인간적으로 보였다. 내 눈에는 정신을 보다 더 생기 있게 구현한 모습이었고, 이제껏 내 얼굴로 시인하는 데 익숙했던 그 불완전하며 분열된 표정보다 좀 더 뚜렷하고 단출했다. 또한 그 점에 관해서 내 판단은 확실히 옳았다. 나는 내가 에드워드 하이드의 외관을 취하고 있을 때는 그 누구든 내 곁에 오면 눈에 띄게 몸서리치고 만다는 것을 줄곧 관찰했다. 내가 파악하기로, 이것은 우리가 마주치는 모든 인간 존재들은 선과 악이 혼합된 상태이기 때문이고, 오로지 에드워드 하이드만이 온갖 종류의 인간 군상 가운데 홀로 순수한 악이었다.

나는 잠시 동안만 거울 앞에서 머뭇거렸을 뿐인데, 두 번째 그리고 마무리 실험을 아직 시도해 보지 않았고, 나의 정체성을 다시 되찾을 수 없을 지경으로 상실했는지, 그렇다면 더 이상 내 집이라고 주장할 수 없는 이곳에서 동이 트기 전에 도주해야 할지 여부를 확인해야 했기에 나는 서재로 서둘러 돌아가서 다시 또 약을 섞어 잔을 들이켜자, 온몸이 용해되는 진통에 시달렸다. 그러고는 나 자신으로 돌아와 다시 또 인품과 신장, 얼굴 등에서 헨리 지킬이 되었다.

그날 밤 나는 치명적인 교차로에 당도했던 것이다. 내가 만약 나의 발견에 좀 더 고매한 정신에서 접근했다면, 그래서 관대하고 경건한 열망의 영향력 밑에서 이 실험을 감행했다면 모든 일이 달라졌을지 모를 일이니, 이 죽음과 탄생의 고뇌를 겪고 나서 나는 악마가 아니라 천사의 모습이 되었을지 모른다. 이 약 자체는 분별의 역량을 갖고 있지 않았기에, 악마적이지도 신성하지도 않았고, 다만 나의 성향을 가둬 둔 감방 문들을 뒤흔들어 놓을 뿐이었고, 그 덕에 필립포스의 죄수들처럼* 그 안에 머물던 자들은 밖으로 달려 나갔던 것이다. 그 순간에 나의 미덕은 잠자고 있었던 반면, 나의 악은 야망이 깨워 놓아 민첩하고 신속하게도 그 순간을 장악했고, 그렇게 만들어진 결과물이 에드워드 하이드였다. 따라서 이제 내가 두 외양뿐 아니라 두 인격을 갖게 되긴 했으나, 반대쪽은 여전히 옛 헨리 지킬, 그의 부조리한 복합성을 개혁하고 개선시킬 가망이 없음을 이미 내가 받아들이고 말았던 그 인간이었다. 새로운 변화의 방향은 따라서 전적으로 더 나쁜 쪽으로 기울었다.

그 시점에서조차 나는 학문 연구 생활의 무미건조함을 싫어하는 기질을 아직 억누르지 못한 상태였다. 나는 여전히 이따금 화끈하게 놀고 싶은 기분에 빠지곤 했고 내 쾌락들이란 것이 (곱게 표현하면) 점잖지 못한 축이었던 반면, 나는 이름이 나고 높이 평가받았을뿐더러 중후한 나이에 근접하고 있었으니, 내 삶의 이와 같은 부조화는 날로 더 유지하기가 곤란해지고 있었다. 바로 이 문제를 해결해 주리라 유혹하며 나의 새로운 힘은 나를 끌고 가더니 급기야 노예로 만들었다. 나는 그저 술잔을 마시기만 하면 즉각 그 유명하신 교수님의 육체를 휙 벗어던진 채, 무슨 두꺼운 망토처럼, 에드워드 하이드로 위장하게 되었다. 나는 이 생각에 반색하며 미소를 지었는데, 당시에는 유머 섞인 발상처럼 보이기도 했던 것이며, 그래도 나는 매우 세심하고 빈틈없이 이를 위한 준비 조치들을 취했다. 나는 경찰이 하이드를 추적하다 찾아낸 그 소호 집을 얻어서 가구를 들여놓았고, 가정부로 고용한 여자도 말수가 없고 도덕성에 구애받지 않는 사람인 줄 잘 알고 있었다. 다른 한편, 나는 내 하인들에게 하이드 씨라는 사람은 (그의 외모를 묘사해 준 다음) 스퀘어에 있는 내 집에 전적으로 자유롭게 출입하고 권리를 행사할 수 있게 하라고 선포했고, 또한 혹시라도 일이 잘못될 경우가 없도록, 나의 두 번째 인격으로 변한 모습으로 그 집에 드나들며 이들이 그 모습에 익숙해지도록 했다. 그다음으로는 자네가 그토록 반대했던 그 유언장을 작성해, 혹시라도 지킬 박사의 신체에 유고가 생길 경우, 내가 금전적 손해를 보지 않고 에드워드 하이드의 몸으로 들어갈 수 있도록 조치했다. 그래서 이렇게 단단한 방벽을 쌓아 모든 지점을 골고루 방어해 놓았다고 생각한 후, 나는 내 위치가 주는 괴상한 면책권들을 이용해 이득을 즐기기 시작했다.

폭력배들을 고용해서 범죄를 대신 저지르게 해 놓고, 본인들의 몸이나 명성은 안전하게 보호하는 사람들은 이전에도 있었다. 하지만 순전히 자신의 쾌락을 위해 그렇게 한 경우는 내가 세상에서 처음이다. 남들의 눈앞에서는 잔뜩 온화하게 점잔 빼며 큰 대자로 활보하다가, 한순간 이 빌려 온 옷들을 훌훌 벗어 버리고, 무슨 중고생처럼 자유의 바다로 첨벙 뛰어 들어갈 수 있는 인간은 내가 처음이었다. 그러나 나는 침입당할 수 없는 외피를 입고 있는 한 완벽하게 안전했다. 생각만 해도 대단하지 않은가 — 나는 심지어 존재하지도 않는다는 걸! 내가 내 실험실 문 안으로 들어가게만 해 주고, 1초나 2초만 시간을 줘서 내가 항상 바로 먹을 수 있게 준비해 놓은 약을 타서 목에 넘기게만 해 보라, 그러면 에드워드 하이드가 무슨 짓을 했건 그는 거울에 묻어난 입김처럼 스르르 사라져 버리고, 그의 자리에 대신 있는 자는 편안하게 앉아서 늦은 시간 서재의 등불을 다듬어 밝히며, 혹시라도 누가 의심한다면 농담처럼 웃어넘길 수 있는 자, 헨리 지킬일 테니까.

내가 자신을 위장하고 탐닉한 쾌락들은 이미 말한 대로 점잖지 못한 것이지만, 이 말보다 더 심한 표현으로 비난할 의향은 없다. 하지만 에드워드 하이드의 손에 붙잡혀 이것들이 괴물의 수준으로 이내 변하기 시작했다. 나는 이런 외도 후에 돌아와서는, 나의 대리 타락에 대한 일종의 놀라움을 금치 못한 적이 자주 있었다. 내가 내 영혼 속에서 불러낸 이 친숙한 자를 오로지 자기 기분에 맞춰 행동하도록 내버려 두고 보니, 본질적으로 악독하고 악랄한 존재 아닌가. 그의 모든 행동과 생각은 자기 자신에게 맞춰져 있고, 타인을 어떤 지경으로 괴롭히든 야수같이 탐욕스럽게 쾌락을 빨아먹을 뿐이니, 무슨 돌로 된 인간처럼 거리낌이 없으니. 헨리 지킬은 이따금 에드워드 하이드의 행동들에 경악을 금치 못한 채 놀라곤 했으나, 상황 자체가 일반적인 법의 세계와 동떨어진 것이었고, 양심의 장악력도 교활하게 늦춰 놓았다. 결국 하이드, 오직 하이드 혼자만 죄인이었을 뿐이다. 지킬은 전혀 더 타락한 바 없었던 것이, 그가 다시 깨어났을 때는 자신의 선한 속성들이 손상되지 않은 것으로 보였고, 심지어 가능한 경우에는 하이드가 저지른 악을 바로잡으려고 서둘러 조치를 취하기도 했으니 말이다. 결국 이렇듯 그의 양심은 잠들어 있었다.

나는 내가 눈감아 준(심지어 지금 이 순간에도 나는 내가 저질렀다고 시인하기가 꺼려지기에 이런 표현을 쓴다) 악행을 상세히 묘사할 의도는 가지고 있지 않은데, 다만 내가 받을 벌이 나에게 경고하며 다가온 일련의 단계들을 지적하고자 할 따름이다. 나는 한 가지 사고를 당했는데, 이것은 별다른 결과로 이어지지 않았기에, 그저 언급만 하고 지나갈 것이다. 한 아이에게 잔혹한 행동을 해서 지나가는 행인 한 사람을 분노하게 만들었는데, 난 이전에 본 적 있는 자네의 친척임을 알아보았다. 그래서 의사와 아이의 가족이 그 친구에게 합세해, 때로는 내가 생명의 위협을 느낀 적도 있을 정도였고, 마침내 이들의 너무나 당연한 분노를 잠재우려고 에드워드 하이드는 이들을 그 집 문으로 데려와서, 헨리 지킬의 이름으로 끊은 수표를 지불해야 했다. 그러나 그다음부터 이 위험이 쉽게 제거된 것은 에드워드 하이드 본인의 이름으로 또 다른 은행에 계좌를 만들었기 때문이다. 이때 내가 글씨를 뒤로 뉘어 비스듬히 써서 내 분신에게 친필 서명을 제공하고는 이제 숙명의 손길에서 내가 안전히 벗어나 있다는 생각을 했다.

댄버스 경이 살해당하기 한두 달 전에 나는 그런 모험을 하러

나갔다가 늦은 시간에 돌아왔는데, 다음 날 침대에서 일어났을 때 뭔가 이상한 느낌이 들었다. 내 위를 둘러봐도 소용없고, 스퀘어에 있는 내 방의 번듯한 가구와 높은 천장들을 바라봐도 소용없고, 침대 커튼의 무늬와 마호가니 프레임의 디자인도 알아보았으나 소용없었다. 뭔가가 내가 있는 그곳에 없다는 느낌, 내가 잠이 깬 그곳은 내가 있는 곳이 아니라, 에드워드 하이드의 몸을 할 때 자곤 했던 소호에 있는 작은 방이라는 느낌이 고집스럽게 사라지지 않았던 것이다. 나는 스스로에게 미소를 지으며 나의 심리학자적 태도에서 이 환상의 요소들을 나른하게 분석하기 시작했고, 그러는 도중에도 이따금 편안한 아침잠에 다시 빠지곤 했다. 내가 여전히 그런 상태에서 더 의식이 분명한 순간에 한번은 내 눈이 내 손길에 닿았다. 자, 헨리 지킬의 손은 (자네가 자주 지적했듯이) 글씨 모양이나 크기가 전문가답게, 큼직하고 견고하고 하얗고 보기 좋은 모양 아니던가. 그러나 내가 본 손은 런던의 늦은 아침에 누런색 빛에 비춰 보니, 이부자리에 반쯤 갇혀 있는 꼴이 사뭇 분명하게도 깡마르고, 핏줄이 튀어나오고, 관절이 울퉁불퉁하고, 침침하고 창백한 색깔에다 거무스름한 털이 빼곡히 그림자를 만들고 있었다. 그것은 에드워드 하이드의 손이었다.

나는 놀라움에 어안이 벙벙해져서, 아마 거의 30초 동안은 그 손을 응시했던 것 같은데, 그러고 나자 곧 가슴속에서 공포심이 마치 징을 쿵 하고 치듯 급작스럽고 깜짝 놀라게 하며 솟아올라, 나는 침대에서 튀어나와 급히 거울 앞으로 갔다. 내 눈길을 맞이한 광경을 보고 내 피는 뭔가 정교하게 가늘고 얼음 같은 것으로 변해 버렸다. 그렇다, 나는 헨리 지킬로 잠자리에 들었으나 깨어날 때는 에드워드 하이드였다. 이것을 어떻게 설명할 것인가? 나는 스스로에게 물었고, 또 한 차례 공포심이 튀어 올라옴을 느끼며 연이어 물었다. 이를 어떻게 해결할 것인가? 시간은 아침이 제법 지나고 있었고, 하인들은 모두 일어났고, 내 약은 내실에 있었다. 거기까지는 상당히 먼 여정이었다, 계단 두 줄을 내려가서, 뒤편 통로를 지나, 열려 있는 안뜰을 가로질러 해부실을 통과해야 했으니 ― 그런데 그 대목에서 나는 겁에 질려 멈춰 섰다. 물론 내 얼굴을 가리는 것이야 가능할 것이지만 그게 무슨 소용이겠나, 내 키가 바뀐 것을 감출 수가 없는데? 그러다가 온통 달콤한 안도감이 찾아오며 떠오른 생각은 하인들이 나의 두 번째 자아가 오고 가는 데 이미 익숙해져 있다는 것이었다. 나는 곧 내 새로운 체구에 맞춰 옷을 최선으로 차려입었고, 이내 집을 통과해서 가자, 브래드쇼는 하이드 씨가 그렇게 이른 시간에 그렇게 괴상한 차림새인 것을 응시하며 놀라 뒷걸음쳤고, 10분 뒤에는 지킬 박사가 본인의 모습으로 되돌아와 앉아서, 이마에 수심이 깃든 채, 아침 식사하는 시늉을 하고 있었다.

내게 식욕이 있을 리 만무했다. 이 설명할 수 없는 사건, 나의 이전 경험을 뒤집은 이 일은 마치 바빌론 왕에게 경고하는 벽의 손가락*처럼, 나를 심판하는 글자들을 써 나가는 것 같았기에, 나는 이전보다 더욱 진지하게 내 이중 존재의 문제점과 가능성들에 대해 심사숙고하기 시작했다. 내 안의 일부를 내 힘으로 투사한 그것은 최근 들어 매우 활발해졌고 또한 성장했는데, 최근에 에드워드 하이드의 신체를 보면 마치 키가 큰 것 같았고 (내가 그 형태를 입고 있을 때) 신진대사가 더 활발해진 느낌이었기에, 나는 이런 상태가 한참 지속된다면 내 속성 안의 균형이 영구적으로 무너져 버려 자발적으로 몸을 변화시킬 역량을 상실한 후, 에드워드 하이드의 인격이 뒤집을 수 없이 내 몫으로 굳어질 위험이 있음을 감지하기 시작했다. 그 약의 힘이 발휘되는 정도는 늘 똑같지 않았다. 이런 생활을 시작한 아주 초기에는 완전히 실패한 적도 있었는데, 그때부터는 양을 두 배로 올렸고, 또 한번은 목숨을 잃을 엄청난 위험을 감수하면서 세 배까지 늘려야 했던 적도 몇 번 있었고, 이렇듯 드물긴 해도 불확실한 상황들은 나의 만족감에 유일한 그늘을 드리웠다. 그러나 이제 그날 아침 우발적인 사태에 비춰 볼 때 나는 처음에는 지킬의 몸을 던져 버리는 것이 난점이었으나, 최근 들어서는 점차 그 반대쪽으로 난점이 옮겨졌다는 것을 인식하게 되었다. 모든 면을 감안할 때 내릴 수 있는 결론은, 나의 원래 더 나은 자아와의 연결고리가 약해지며 서서히 나의 두 번째 더 나쁜 자아에 통합되는 중이라는 것이었다.

이제 이 둘 사이에서 나는 선택해야만 함을 감지했다. 나의 두 속성은 기억을 공유했으나 그 밖에 모든 역량을 둘이 나눠 갖은 양상은 극히 불균등했다. 지킬은 (그는 복합적 존재였기에) 때로는 극히 민감하게 우려하고, 때로는 게걸스럽게 입맛을 다시며, 하이드의 쾌락과 모험들에 자신을 투사하고 그것을 공유했으나, 하이드는 지킬에게 무관심했거나 산적이 추적을 피해 몸을 숨겼던 동굴을 기억하는 정도로만 그를 기억했다. 지킬은 아버지의 관심 그 이상을 품고 있었으나, 하이드는 아들의 무관심 그 이상으로 냉정했다. 지킬에게 내 운명을 내던진다는 것은, 내가 오랫동안 비밀리에 탐닉했고 최근 들어 마음 놓고 즐기는 그런 취향들을 완전히 버리는 것이었다. 하이드에게 내 운명을 내던진다는 것은, 수없이 많은 관심과 열망들을 완전히 버리고, 단번에 그리고 영원히, 멸시당하는 외톨이가 되는 것이었다. 이 거래가 둘이 같은 급이 아닌 것으로 보일지 모르지만, 저울에 얹을 또 다른 고려 사항이 있었는데, 지킬은 금욕의 불길에 시달려 가혹한 고통을 느끼겠지만, 하이드는 자기가 잃은 게 무엇인지조차 의식하지 않을 것이라는 점이었다. 나의 형편이 괴상하기는 하나 이 논쟁이 펼쳐지는 양상은 인간들이 옛날부터 늘 처해 있던 것으로, 이와 거의 같은 방식으로 한편에서는 살살 꼬이고 다른 편에서는 경고하는 목소리가, 유혹을 느끼며 떨고 있는 죄인을 데려가려고 주사위를 던지는 법이라, 나는 동료 인간들의 그토록 많은 대다수와 마찬가지로, 보다 옳은 선택을 했으나, 이를 지켜 낼 능력을 갖고 있지 않았다.

그렇다, 나는 늙수그레한 불평쟁이 의사 선생, 친지들에게 에워싸여 정직한 희망들을 품고 지내는 그쪽을 더 선호해, 단호하게 작별 인사를 고했다, 내가 하이드로 위장하며 즐겼던 자유, 상대적인 젊음, 가벼운 발걸음, 펄펄 끓는 충동, 은밀한 쾌락들, 이 모든 것들에. 나는 이 선택을 하면서도 무의식적으로 주저했던 모양이다. 소호에 있는 집을 포기하지도 않았고 에드워드 하이드가 입는 옷도 그냥 서재에 남겨 둔 채 파괴하지 않았으니 말이다. 하지만 두 달 동안 나는 결심을 지켰고, 이제껏 그런 경지에 전혀 이른 적이 없을 정도로 엄격한 생활을 했고, 양심이 이를 인정해 준다는 사실을 그 보상으로 여겼다. 그러나 시간이 흐르면서 마침내 내 최초 경각심이 무뎌지기 시작하자, 양심의 칭찬이 그냥 일상사처럼 덤덤하게 다가오기 시작하고, 나는 다시 간절한 열망에 시달리는 고통에 고문을 당하기 시작해 하이드가 꼭 자유를 위해 쟁투하는 것 같았다. 그러다가 급기야 도덕적으로 취약해진 한순간, 나는 다시 변신의 약을 제조해 꿀꺽 마셔 버렸다.

아마도 술주정뱅이가 자신의 주벽에 대해, 자기 속으로 논변을 펼칠 때 한 500번에서 한 번 정도도 자신의 야만적인 육체적 둔감함이 초래할 위험을 자각하지 못하듯이, 나 또한 내 형편에 대해 오랫동안 생각해 보긴 했으나, 에드워드 하이드는 지독하게 도덕적으로 둔감하고 냉정하게도 주저하지 않으며 악을 행하는 것이 그의 지배적 속성이란 점을 충분히 감안하지 않았다. 그러나 바로 이런 속성이 나의 형벌이었다. 내 안의 악마는 오랜 세월 철장에 갇혀 있었기에, 이제 으르렁거리며* 바깥으로 뛰쳐나온 것이다. 나는 이 약물을 마시는 순간 이미, 내가 더욱더 걷잡을 수 없고 더욱더 극악무도하게 악으로 기울고 있음을 느꼈다. 아마도 바로 이것이 내 영혼을 부추겨 나의 불운한 피해자의 예의 바른 말들을 도저히 참아 주지 못하고 폭발하게 만들었던 것 같다. 나는 하느님 앞에서 맹세하건대 정신이 멀쩡한 인간이라면* 그 누구도 그토록 하찮은 이유를 핑계 삼아 그런 범죄를 저지를 수 없었으리라는 점만은, 말하자면 내가 그 사람을 칠 때는 전혀 합리적인 정신 상태가 아니었음을, 마치 아픈 아이가 장난감을 부숴 버리는 것과 비슷한 상태였음을 밝힌다. 그러나 나는 균형 감각의 본능들을, 가장 형편없는 인간이라고 해도 유혹에 휘둘리면서도 어느 정도 착실함을 유지하며 살게 하는 감각들을 자발적으로 모두 제거해 놓았기에, 유혹이 오면 그것이 아무리 미미한 것일지라도 타락하게 되어 있었다.

즉시 지옥의 정신이 내 안에서 깨어나 펄펄 날뛰었다. 희열에 사로잡혀 나는 저항하지 않는 그 몸을 마구 짓이겼고, 매번 내려칠 때마다 짜릿함을 느꼈는데, 지쳐 가는 느낌이 찾아오고 나서야, 최고조의 광기에 정신이 사로잡힌 상태에서, 갑자기 화들짝 가슴속에 공포의 냉기가 엄습했다. 안개가 걷히며 사라지듯, 나는 생명권을 박탈당할 처지임을 인식했고, 이에 이 극악 행위의 현장에서 도주했다. 우쭐대면서도 동시에 겁에 질려 떨며, 악에 대한 욕망이 충족되고 자극된 채, 내 생명에 대한 사랑이 이 모든 것보다 높이 고양된 상태로. 나는 소호에 있는 집으로 달려갔고 (신원 보호를 이중으로 단단히 해 두려고) 서류들을 없애 버렸다. 그런 뒤 등불을 밝힌 길거리로 나왔는데, 나는 여전히 정신이 분열된 환희에 사로잡혀서, 내 범죄를 입맛 다시며 다시 눈에 떠올렸고, 속 편하게 장차 저지를 다른 범죄들을 구상했지만, 다른 한편 발걸음을 재촉하며 나에게 복수하려고 추적하는 발소리가 들리지 않나 귀를 기울였다. 하이드는 약을 타면서 노래를 흥얼거렸고, 그것을 마시면서 자기가 죽인 사람에게 건배를 제의했다. 변신의 진통이 아직 그를 찢어 놓고 있던 중, 헨리 지킬은 감사와 가책의 눈물을 줄줄 흘리며, 무릎을 꿇고 하느님에게 두 손을 모아 쳐들었다. 자기 탐닉의 베일이 머리에서 발끝까지 찢어지더니,* 내 삶 전체가 눈앞에 펼쳐지는데, 어린아이 시절 아버지의 손을 잡고 다닐 때부터 시작해, 전문가로 생활하며 자기희생적인 수고를 하던 때까지 뒤돌아보는데, 또다시 똑같이 비현실적인 느낌 속에서 그날 저녁의 저주받을 공포들로 돌아왔다. 나는 큰 소리로 비명을 지르고 싶은 상태에서, 눈물과 기도로 내 기억 속에 우글거리며 벌 떼처럼 나를 향해 몰려오는 흉측한 영상과 소리들을 억눌러 보려고 했다. 그러나 이런 기도를 하는 사이에도, 나의 죄악은 그 역겨운 얼굴로 내 영혼을 빤히 노려보고 있었다. 이 뉘우침의 뼈아픈 고통이 점차 수그러들기 시작하자, 일종의 기쁨 같은 것이 그 뒤를 이었다. 내 행위의 문제는 해결된 것이었다. 하이드는 이후 불가능해졌으니까, 내가 그러고 싶든 아니든 이제 내 존재의 보다 나은 부분에 갇혀 있을 수밖에 없게 된 것이라, 아, 그 생각을 하며 내가 어찌나 크게 반색했던가! 어찌나 적극적으로 겸손한 마음에서, 자연스러운 삶의 제약을 새롭게 두 팔 벌려 받아들였던가! 어찌나 진정으로 포기하는 마음에서, 내가 그토록 자주 나가고 들어왔던 그 문을 걸어 잠그고 열쇠를 발뒤꿈치로 짓이겨 부숴 버렸던가!

그다음 날, 그 살인 사건을 사람들이 알고 있으며, 살인자는 하이드임을 온 세상이 빤히 알고 있고, 피해자는 매우 존경받는 공인이라는 소식을 들었다. 사건은 단순한 범죄가 아니라 황당한 비극적 만행으로 간주되었다. 그걸 알게 된 것이 나한테도 다행이라고, 나의 보다 나은 충동들을 교수대의 공포 때문에라도 지탱하고 지키게 된 게 다행이라고 생각했던 것 같다. 지킬은 이제 나의 도피성*이 된 반면, 하이드는 한순간 고개만 삐죽 밖으로 내밀어도 모든 사람이 달려들어 붙잡아 죽일 상황이었다.

나는 내 미래의 행동을 통해 과거의 죗값을 치르기로 결심했고, 또한 내 결심이 약간 선한 결실을 맺었음을 정직하게 주장할 수 있다. 자네도 알다시피 지난해 마지막 몇 달간 나는 무척 열심히 고통을 덜어 주려 노력했고, 자네도 알다시피 남들을 위해 해 준 일들이 적지 않았으며, 하루하루를 나로서는 거의 행복하다고 할 정도로 잘 보냈다. 게다가 이 선행과 결백의 삶이 지겹게 느껴지지 않았음도 진실이라고 할 수 있고, 오히려 나는 매일 그런 삶을 보다 더 충만하게 즐기고 있었던 것 같았는데, 여전히 나는 이중적인 의도를 갖고 출발했다는 점이 저주로 남아 있었기에, 참회를 시작할 때의 민감함이 점차 무뎌지자, 나의 저급한 부위들은, 그토록 오랫동안 풀어 놔 준 데 반해 쇠사슬에 묶어 가둬 둔 것은 극히 최근인 터라, 슬슬 자유를 허용하라며 아우성 대기 시작했다. 그렇다고 내가 하이드를 되살리겠다는 꿈을 꾼 것은 아니었다, 그럴 생각만 해도 나는 깜짝 놀라서 정신이 나갈 지경이었으니까 ― 그것은 아니지만, 나는 나 자신의 몸을 유지하며, 내 양심을 무시해 볼까 하는 유혹을 느꼈고, 나는 이러한 통상적인 비밀 죄인의 상태로, 유혹의 공세에 마침내 제압당했다.

모든 일에는 종말이 오기 마련이고, 아무리 큼직한 잔이라 해도 마침내 끝까지 채워지기 마련인 법, 내가 내 안의 악에 잠시 고개를 숙이자 내 영혼의 균형은 결국 완전히 무너지고 말았다. 그럼에도 여전히 나는 경각심을 느끼지 못했으며, 타락하는 것이 자연스러워 보였고, 그런 타락이 그저 내가 발견하기 전 예전 시절로 돌아가는 것처럼 보였다. 맑고 청명한 1월 어느 날, 발밑에서 서리가 녹는 곳들은 축축했으나 머리 위는 구름 한 점 없었고, 리젠츠 파크*에서는 겨울새들이 사방에서 지저귀고 봄이 돋는 기운이 향기로웠다. 나는 벤치에 앉아 햇볕을 쬐고 있었는데 슬슬 내 안에 있는 짐승이 기억의 단편들을 핥아 대자, 내 안의 영성은 다소 노곤해진 상태라, 곧 참회하겠다고 약속하면서도, 아직 이를 실행하지 않고 있었다. 결국 나도 내 이웃들과 다를 바 없지 않은가, 이런 생각을 하며 미소를 짓고 나 자신을 다른 사람들과 비교해 보았다. 나는 적극적으로 선의를 실행하려 하는 데 비해 남들은 그런 일에 별로 관심이 없는 것이 그들의 게으른 비정함으로 보였다. 그런데 이렇게 허망한 자만심을 생각에 담던 바로 그 순간, 우려의 느낌이 온몸을 사로잡더니, 끔찍하게 속이 뒤집히며 지독하게 온몸이 부르르 떨렸다. 이 증세가 지나가자 기절할 것처럼 어지럽더니, 이 어지럼증도 사라지고 나자 내 생각의 성향에 변화가 오고 있음을 감지하기 시작했다. 보다 더 뻔뻔해지며, 위험 걱정 따위는 무시하며, 인간적 도리들에 대한 눈치를 훌훌 풀어 내던지고 있었다. 밑을 쳐다보니, 쑥 줄어든 다리 밑으로 내 옷들이 처져서 형체가 망가져 있고, 무릎에 놓여 있던 손은 힘줄이 솟아 있고 털로 덮여 있었다. 나는 다시금 에드워드 하이드였다. 한순간 전만 해도 나는 모든 사람의 존경심을 안전하게 받았고, 부유하고 남들의 사랑을 받는—내 집 식당 방에 음식이 준비되어 있는—멀쩡한 인간이었으나, 이제 나는 온 인류의 사냥감으로 추격당하는 자, 집도 없고, 다들 아는 살인자, 교수대 형을 피할 길 없는 천한 존재였다.

내 이성이 뒤흔들렸으나 완전히 미쳐 버리지는 않았다. 나는 나의 두 번째 인격체가 되었을 때 내 지각들이 어느 정도 예리해지고, 내 정기들에 보다 더 팽팽하게 탄력이 생긴다는 점을 알게 된 적이 한두 번이 아니었다. 따라서 지킬은 아마 포기했을 일도 하이드는 도전의 순간을 회피하지 않았다. 내 약물들은 내실의 벽장 서랍 중 한 곳에 있긴 하지만, 그걸 어떻게 손에 넣을 것인가? 이것이 (두 손으로 관자놀이를 짓누르며) 내가 해결하려 고심한 난제였다. 실험실 문은 내가 닫아 놓았다. 내가 집을 통해 그리로 가려고 한다면, 고용한 하인들이 손수 나를 잡아서 교수대로 보낼 것이다. 다른 사람을 대신 보내야만 함을 깨닫고, 래니언을 떠올렸다. 그 친구한테는 또 어떻게 접근할 것인가? 또 어떻게 설득할 것인가? 길거리에서 체포되는 것을 모면했다고 쳐도, 그 친구 면전에 갈 방법이 있는가? 게다가 나는 지금 생소하고도 불쾌한 불청객인 처지에, 어떻게 이 유명 의사 선생한테 자기 동료 의사 지킬 박사네 서재를 샅샅이 뒤지도록 설득할 수 있단 말인가? 그때 내가 기억한 것은 나의 원래 인격체의 속성 중 한 가지는 아직 남아 있다는 점, 즉 내 손 글씨를 쓸 수 있다는 사실이었는데, 이에 나는 즉각 이 번뜻 켜진 불씨를 붙잡고 나니 내가 가야 할 길이 한 끝에서 다른 끝까지 환히 비춰졌다.

그러자 곧장 나는 최선을 다해 옷차림을 조정한 다음, 지나가는 2륜 택시 마차를 불러 포틀랜드 스트리트*에 마침 이름이 기억난 한 호텔로 가자고 했다. 내 외모를 보고 (아무리 그 옷들이 덮고 있는 자가 비극적인 운명에 처해 있다고 해도, 사실은 사뭇 희극적인 모습이었기에) 운전사는 비실비실 웃음을 숨기지 못했다. 내가 악마처럼 화를 벌컥 내며 이빨을 부드득 갈았더니, 미소가 그의 얼굴에서 스르르 시들어 버렸는데 ─ 그자에게는 다행이었던 것이 ─ 아니, 나 자신에게 더욱 다행이었다, 한순간만 지체했어도 내가 그를 운전석에서 끌어내렸을 테니까. 호텔에 도착한 후 안으로 들어가자 나는 주위를 어찌나 흉악하게 둘러보았던지 직원들이 부르르 떨었고, 내 앞에서는 단 한 번도 자기들끼리 눈길을 주고받지 않은 채, 오로지 내가 주문하는 바를 굽실거리며 접수한 후, 혼자 있을 방으로 안내했고, 편지를 쓸 물품들을 가져다주었다. 생명의 위협을 느끼는 하이드는 내게 새로운 존재였는데, 그는 과격한 분노로 치를 떨며 누굴 죽이고도 남을 정도로 예민해져서, 누구에게든 고통을 주고 싶어서 안달이 나 있었다. 그러나 이 인간은 영악했기에, 자신의 분노를 엄청난 의지력을 발휘해서 억누른 후, 두 통의 중요한 편지를 작성해, 하나는 래니언에게 또 하나는 풀에게 보냈고, 편지들이 발송되었는지 증거를 확보하기 위해, 둘 다 등기우편으로 보내도록 지시했다.

그리고 난 뒤 그는 하루 종일 호텔 방에서 벽난로를 바라보며 앉아서 손톱을 자근자근 씹어 댔고, 그곳에서 자신의 두려움만 곁에 둔 채 혼자 앉아, 웨이터가 그의 눈앞에서 눈에 띄게 겁에 질린 상태로 시중드는 가운데 식사를 했으며, 한밤중이 되자 택시 마차 한구석에서 커튼을 드리우고 숨어, 도시 길거리 여기저기를 돌아다녔다. '그' ─ 강조하지만 '나'라고는 하지 못하겠다. 그 지옥의 자식에게는 인간적인 요소가 전혀 없었고, 오로지 두려움과 증오심만이 그의 속에서 살아 숨 쉬고 있었다. 그리고 마침내 운전사가 수상해하는 기색을 보이기 시작하자, 그는 택시를 보낸 후 걸어서, 어색하게 맞춰 놓은 옷차림이라 사람들 눈에 쉽게 띌 수밖에 없었으나, 밤거리 행인들 틈에 섞여 드는 모험을 감행했는데, 이 두 저급한 감정은 그의 속을 마치 폭풍우 치듯 뒤흔들었다. 그는 빠른 속도로 걸어갔고, 혼잣말을 중얼거리며 인적이 좀 뜸한 대로들을 살금살금 지나가면서, 자정 전까지 시간이 몇 분이나 더 그를 붙잡아 놓는지 세어 보았다. 한번은 어떤 여자가, 아마도 성냥 한 갑을 사겠느냐고 말을 건 적이 있었다. 그가 얼굴을 휘갈기자, 여자는 도망갔다.

내가 래니언의 집에서 나 자신으로 되돌아왔을 때, 나의 옛 친구가 느낀 공포심이 나에게 다소 영향을 준 것 같기도 하지만, 잘은 모르겠는데, 아마 그것은 그 시간들을 내가 회상할 때 느끼는 바다같이 큰 혐오감에서 한 작은 물방울 정도에 불과할 것이다. 내게 한 가지 변화가 생긴 것이다. 더 이상 사형당할 두려움이 아니라 하이드가 되어 버릴 공포가 내 사지를 찢을 듯이 나를 괴롭혔다. 나는 반쯤은 꿈속에서 래니언이 나를 비난하는 소리를 듣고 있었고, 반쯤은 꿈속에서 집으로 돌아와 침상에 누웠다. 나는 그날 일로 완전히 탈진된 상태로 끈질기고도 깊은 잠에 빠졌는데, 심지어 나를 뒤틀어 놓는 악몽도 나를 깨울 수 없을 정도였다. 다음 날 아침에 깨어났을 때는 심신이 흔들리고 미약해진 상태였으나, 개운한 느낌이었다. 내 안에서 자고 있는 그 야수를 생각하면 여전히 혐오스럽고 두려웠고, 물론 그 전날 겪었던 간담을 서늘하게 만든 위험들을 잊지 않았는데, 그러나 다시금 집으로 돌아와 내 집에서 내 약들 가까이 있었기에, 내가 무사히 벗어난 데 대한 감사가 내 영혼 속에서 어찌나 강한 빛을 발하는지 밝은 희망의 빛과 거의 견줄 정도였다.

내가 아침 식사를 마친 후 안뜰을 한가로이 건너가면서 차가운 공기를 기분 좋게 들이마시고 있는데, 다시 변화를 예고하는 그 형언할 수 없는 감각들에 사로잡혀, 겨우 도피처인 서재로 돌아갈 시간밖에 없었다. 그리고 도피처로 돌아가자마자 하이드의 성질이 돌아와 분노에 사로잡히고 마비될 지경이었다. 이번에는 다시 나 자신을 회복하는 데 투약을 두 배로 늘려야 했지만, 처참하게도 불과 여섯 시간 후에 벽난로를 마주하고 앉아 있는데 그 진통들이 돌아와 다시 약을 복용해야 했다. 요약해서 말하자면, 그날부터는 마치 체조 연습하듯 힘겹게 씨름해야만, 그리고 약물의 즉각적인 효과하에서만, 나는 지킬의 외관을 지탱할 수 있었다. 낮이든 밤이든 한 시간도 빠짐없이, 나는 경고 증상에 몸이 떨렸고, 무엇보다 잠들었거나 심지어 의자에서 잠시 졸 때조차, 늘 깨어나서 보면 하이드로 변해 있었다. 이와 같이 지속적인 재앙이 임박한 긴장 상태에서, 아울러 내가 나 자신에게 잠을 안 재우는 형벌을 내린 상태에서, 심지어 내가 인간에게 가능하리라 생각한 경지 그 이상으로, 나라는 존재는 열병이 잡아먹어 황량해졌고, 육체와 정신이 모두 축 처져 늘어진 상태로, 오로지 한 가지 생각에만 붙잡혀 있었다 ― 바로 나의 또 다른 자아에 대한 공포에만.

그러나 내가 잠이 들었거나 약의 힘이 점차 사라졌을 때, 나는 거의 전이 과정도 건너뛴 채 (변신의 진통은 매일 점차 감지하기 어려워지고 있었기에) 곧장 겁에 질릴 모습들이 우글거리는 환상의 손아귀에 붙잡혀, 영혼은 원인 모를 혐오감으로 들끓고, 육신은 허약해진 상태라 안에서 펄펄 끓는 삶의 에너지를 감당할 수 없을 것 같았다. 하이드의 기세는 지킬의 허약함에 맞물려 더 강해진 것 같았다. 물론 이제 이 둘을 서로 갈라놓은 증오는 피차 균등한 수준이었다. 지킬 쪽의 증오는 살려는 본능의 발로였다. 그는 이제 자신과 의식 현상의 일부를 공유했고 자신과 죽음을 같이 상속받을 그 존재가 얼마나 뒤틀린 자인지 그 전모를 모두 보았는데, 이런 공동의 연결 고리들 자체가 그를 가장 괴롭게 하는 비수일뿐더러, 하이드는 삶의 기운이 넘쳐나는 자이긴 해도, 뭔가 지옥 같은 것일 뿐 아니라 무슨 생명체도 아니라고 생각했다. 충격적인 일은 바로 이것이었다. 진흙탕 구덩이 같은 놈이 목소리를 내고 소리를 쳐 댄다는 것, 이 몸체도 없는 먼지가 몸짓을 하며 죄를 저지른다는 것, 죽어 있고 또한 형체도 없는 것이 삶의 자리들을 찬탈한다는 것이었다. 더욱이 충격적인 것은, 이 공포의 반란 세력이 아내보다 더 밀착해서 눈알보다 더 가깝게 지킬에게 붙어 있다는 것, 자기 몸속 유치장에 갇혀 있지만 투덜거리며 태어나려고 발버둥치는 소리를 듣는다는 것, 그리고 약한 틈을 보이는 시간마다, 또한 마음 놓고 수면에 빠졌을 때, 그를 제압해 삶으로부터 쫓아 버린다는 것이었다. 하이드가 지킬을 증오하는 것은 그 급이 달랐다. 교수대에 대한 공포는 계속해서 그로 하여금 일

시적 자살을 자행하도록 강제했기에, 인격체 전체 대신 그 일부에 머무는 부차적인 위치로 되돌아갔으나, 그는 그럴 수밖에 없는 처지를 혐오했고, 지킬이 이제 빠져든 낙담 상태에 혐오했으며, 지킬이 자신을 싫어하는 태도를 보이는 것도 화가 났다. 그래서 그자가 나를 속이는 원숭이 같은 장난질들, 즉 내 손 글씨로 내 책들에다 하느님을 모독하는 낙서를 써 놓는다든지, 내 편지들을 태워 버리고 부친의 초상화를 파괴한다든지 하는 짓거리들이 생겨났고, 사실상 자기가 죽을 것에 대한 두려움이 아니라면, 아마 오래전에 나를 끌어들여 같이 망하도록 자신을 파멸시켰을 것이다. 그러나 그자의 삶에 대한 사랑은 놀라울 지경이었다 — 아니, 사실대로 말하자면, 그자를 생각만 해도 속이 뒤집히고 피가 얼어붙긴 해도, 그자의 삶에 대한 집착이 얼마나 처절하고 뜨거운지, 내가 자살을 통해 그와 인연을 끊을 힘이 있음을 어찌나 두려워하는지 떠올리면, 나는 심지어 가슴속에 그에 대한 동정심이 생길 지경이다.

이 묘사를 더 질질 끌어 봤자 무슨 소용일까. 시간만 끔찍하게 허비하는 일일 뿐, 그 누구도 그런 고통에 시달린 적은 없다고, 이렇게 말하는 것으로 충분하리라. 또한 이 고통들조차 익숙해지면서 점차 영혼 속에 — 아니, 완화는 아니다 — 경직성, 일종의 절망적 순응 같은 것이 생겨났기에, 내 형벌은 아마 수년간 계속 이어졌을 수도 있을 것이나, 이제 나에게 닥친 이 마지막 재난, 나를 나 자신의 얼굴과 속성으로부터 마침내 단절시킨 그 사건이 그를 막았다. 약에 들어가는 염분은 첫 번째 실험 후 다시 재고를 늘려

놓지 않아 바닥날 조짐이 보였다. 나는 새로 구입하도록 심부름을 시킨 뒤 약을 탔는데, 거품이 일고 첫 번째 색깔 변화는 있었지만, 두 번째 변화는 일어나지 않았다. 그걸 마셨지만 약은 효과가 없었다. 자네는 풀에게서 내가 런던 사방을 뒤져 보라고 시킨 이야기를 듣겠지만 지금 그게 헛수고였다는 확신이 드는 것은, 처음으로 사 온 성분이 순수하지 않았던 터라, 바로 그것의 알려지지 않은 불순수성이 혼합 약물에 효과를 제공했던 것이다.

이제 일주일 정도 지나갔고 나는 나의 옛 가루약 중 마지막으로 남은 것을 타 먹은 힘에 기대어 이 글을 마무리하고 있다. 결국 무슨 기적이 일어나지 않는 한, 헨리 지킬이 자신의 생각을 하거나 자신의 얼굴을(아, 이제 그 얼굴이 참으로 서글프게도 변했구나!) 거울에서 보는 것은 이것이 마지막이다. 내 글을 끝내는 것을 너무 미뤄서도 안 될 것이다, 내 자술서가 이제껏 파기되지 않은 것은 대단한 신중함과 대단한 행운이 결합된 덕분이기 때문이니. 이걸 쓰고 있는 도중에 변신의 고통이 나를 공격해 온다면, 하이드는 이 글을 갈가리 찢어 버릴 것이다. 하지만 좀 시간이 지나 내가 글을 치워 놓은 뒤라면, 그자의 놀라운 이기심이 그 순간 제동을 걸어 아마도 그자의 원숭이 같은 악의가 발동하는 것으로부터 원고를 한 번 더 지켜 줄 것이다. 또한 사실인즉 우리 둘 모두에게 바짝 다가온 종말은 이미 그자를 변하게 만들었고 기를 꺾었다.

지금부터 30분 후에 내가 다시 영원히 그 혐오스러운 인격체의 외피를 입고 나면, 나는 내 의자에 앉은 채 얼마나 치를 떨며 훌쩍일 것이며, (이 세상에서 나의 마지막 피난처인) 이 방을 왔다 갔다 서성거리며 극도로 경직된 채, 겁에 질린 흥분 속에서 협박 소리가 혹시 밖에서 들리지 않나, 얼마나 긴장해서 귀 기울이고 있을지 알고 있다. 하이드는 교수대에서 죽음을 맞이할 것인가? 아니면 그가 스스로 마지막 순간을 맞이할 용기를 찾을 것인가? 하느님은 아시겠지만, 나는 아무래도 상관없다, 이것이 진정으로 내 임종의 시간이고, 이어질 일은 나 말고 또 다른 자의 문제일 뿐이니. 자 그럼, 이제 펜을 내려놓고 내 자술서를 봉인할 것이고, 이것으로 저 불운한 헨리 지킬의 생애를 마감한다.

존 니컬슨의 불행한 모험들

제1장. 존, 바람을 심다*

존 배리 니컬슨은 멍청했다. 하지만 그보다 더 멍청한 자들이 지금 의회에 죽치고 앉아서는 자기들이 잘난 덕에 의원님 명예를 누리고 있다고 자화자찬한다. 그는 어릴 적부터 이미 체구가 뚱뚱한 편이었고, 인생살이의 기분 좋은 측면만 겉 핥듯 보고 마는 성향이 있었는데, 아마도 그런 태도가 그의 불행을 야기한 최초 원인이었을 법하다. 그가 살아온 행적에 대해 이 정도 지적 이상으로는 철학적으로 더 할 말이 없기에, 그 단계를 넘어서면 미신이 개입할 것이고, 신들이 그를 경멸했다, 이렇게 쉽게 말할 수 있을 것이다.

그의 부친은—그 쇠붙이같이 단단한 어른은—벌써 한참 전에 '분란주의'*의 고지 위에 왕좌를 틀고 앉아 있던 양반이다. '분란주의'란 게 무엇인지는(이게 이름은 좀 험상궂지만 실상은 순진무구한 '주의'인데) 아무리 많은 개념을 동원한다 해도 잉글랜드인의 사고방식에 맞게 이해시키기 불가하겠으나, 스코틀랜드인에게는 이 '주의'가 맛깔나게 입에 맞는 경우가 흔했고, 니컬슨 선생은 그것을 확 쏘는 독주처럼 즐겼다. 교단 대표들이 매년 총회를 하러 에든버러에 모일 무렵 그는 분란주의 왕좌에서 내려와 빨강 머리카락* 목사들 여럿과 어울리는 것을 목도할 수 있는데, 목사님들은 수다스럽고 그는 심오하게 고개만 끄덕이거나 짧게 "안 되지" 하며 거들거나 윗입술을 뻣뻣이 치켜든 근엄한 모양을 보여 줄 따름이었다. 이런 대화들을 할 때는 캔들리시와 베그* 두 사람의 이름이 자주 거론되었고, 이따금 이야기 화제가 '분란 후 남은 국가교회' 문제와 성이 무슨 '리'라는 자의 행적 쪽으로 쏠리기도 했다. 스코틀랜드의 이 똘똘 뭉친 조그마한 신학적 독립 왕국*에 대해 문외한인 사람은 그런 대화를 들은들 무슨 말인지 전혀 알아듣지 못했을 것이다. 니컬슨 선생은(전혀 둔감한 이가 아니었으니) 바로 그러하리라는 것을 알고 있어 거기에 대해 분노했다. 그는 '분란주의'를 마치 나무나 타는 원숭이들이 깩깩거리는 소리와 다름없게 여기는 자들이 사방 천지에 널려 있음을 알고 있었기에, 또한 신문 기사의 냉랭한 논조가 그러함을 상기시켰기에, 잉글랜드인들이 그를 만나면 대수롭지 않게, 선생도 혹시 스코틀랜드 국가교회에 소속되어 있는지 묻고 나서는, 그 말이 뜻하는 바의 중요한 측면들을 상세히 설명해 주면 관심 보이는 시늉을 제대로 하지 못하는 꼴들을 보았기에, 지금 세상 돌아가는 꼴은 사악하고 막돼먹고 뒤죽박죽이며 '식겁하게 엉망'(스코틀랜드 토종 말로밖에는 이 문제에 관한 스코틀랜드 사람들의 감정을 표현할 길이 없기에)이라 여겼다. 그래서 그는 랜돌프 크레선트*(남향쪽)에 있는 자기 집으로 들어와서 문을 걸어 잠그고 나면, 속에서 든든한 안

정감이 솟아나는 걸 느꼈다. 적어도 이곳만은 우파 이탈자들과 좌파 극단주의자들이 공략할 수 없는 견고한 성곽이었으니까. 적어도 이곳에서만은 한 식구가 늘 같은 시간에 같이 기도했고, 안식일에 읽을 책들을 흠잡을 데 없이 엄선해 놓았고, 이곳에 오는 손님이 행여나 그릇된 견해에 기울 경우 즉각 교정해 주었고, 이곳에서는 침묵과 침울함이 주 중에 계속 그리고 일요일에는 더욱더 짙어지므로, 그의 청각을 즐겁게 해 주었고 그에게 푸근한 느낌을 안겨 주었다.

니컬슨 씨의 부인은 서른 살쯤에 세 아이를 남편에게 남겨 둔 채 세상을 떠나 버렸는데, 당시 두 살 된 딸아이와, 아들로는 존보다 여덟 살 아래인 아이, 그리고 바로 우리 이야기의 불행한 주인공인 존이 있었다. 딸 마리아는 착한 소녀로 ─ 말 잘 듣고 경건하고 덤덤한 성격이었으나 워낙 손쉽게 깜짝깜짝 놀라곤 해서 그아이한테 말을 걸 때는 상당한 위험을 감수해야 했다. "그런 이야기라면 나는 별로 하고 싶지 않다는 점을 이해해 줘." 그녀는 이런 식으로 말하면서 명백히 고통스러워하는 기색을 보여, 아주 대범한 사람이라도 그녀 앞에서는 말문이 막혔는데, '그런 이야기'에 해당되지 않는 화제가 거의 없었다 ─ 복장, 쾌락, 도덕, 정치(이때는 "아빠 생각은 좀 다르시던데"로 고정된 표현을 살짝 바꿨다)는 물론, 심지어 종교도 유달리 애처로운 투로 접근하지 않는 한 예외가 아니었다.

둘째 아들인 알렉산더는 병약하고 총명하고 책과 그림을 좋아하고, 늘 비꼬는 말을 잔뜩 품고 다녔다. 이 둘 사이에서 존이 어떠했을지 상상해 보시라. 존은 자연스럽고 우둔하고 머리도 안 좋고 타고난 성격은 쾌활하고, 다른 사내애들과 비교하면 품행이 대단히 단정한 편이었고 — 비록 랜돌프 크레선트에 자리 잡은 다섯 집안의 기준에 다소 못 미치긴 해도 — 일종의 어리숙한 다정함이 흘러넘치고, 동생들이 자기를 따뜻하게 받아 준 적은 거의 없어도, 동생들을 늘 토닥거려 주었고, 툭하면 갑작스럽게 쩌렁쩌렁 웃어 대니 그 적막한 집에서는 무슨 욕같이 들렸다. 니컬슨 씨도 유머 감각이 상당한 편이었으나, 그것은 스코틀랜드풍의 유머로 — 지적인 유머로 주로 사람들에 대한 품평을 할 때 발휘되는 것으로, 예를 들어 자기 자신의 성격을 다른 사람에게서도 발견할 경우, 그는 신나서 비아냥거렸으나 자기 아들이 접시를 깨 놓고 허탈하게 껄껄 웃는 꼴이나, 거의 정신 나간 헛소리를 해 댈 때는, 어딘가 머리가 모자라는 애라는 표시 같아서 고통만 줄 뿐이었다.

존은 가족이 아닌 사람 중에서는 일찍이 앨런 휴스턴을 졸졸(개가 귀부인 뒤를 따라다니는 것과 매우 흡사하게) 쫓아다녔는데, 앨런은 존보다 한 살 위의 사내애로, 빈둥거리며 약간 사나운 면도 있고, 상당한 규모의, 아직은 엄격한 신탁 관리자가 관리하고 있는 자산을 물려받을 상속자로서, 본인을 몹시 귀하신 몸으로 여기는 터라 존이 자기를 충직하게 섬기는 것을 당연한 일로 받아들였다. 이 둘의 친분은 니컬슨 씨의 속을 뒤집어 놓았는데, 아들을 집 밖으로 끌어내니 샘이 많은 부친으로서는 못마땅했고, 그가 사무실 밖으로 돌게 하니 규칙을 엄격하게 지키는 사람으로서 그것도 문제였으며, 마지막으로 니컬슨 씨는 자기 자식들이 크게 성공하

길 바라는 아버지로서 (자식들과 '분란주의'가 그를 지탱해 주는 두 기둥이었기에) 자기 아들이 건달 같은 놈한테 굽실거리는 꼴이 혐오스러웠던 것이다. 약간 망설인 끝에 그는 아들에게 그놈과 절교할 것을 명하니, 그것은 앞날을 예견하는 지혜에서 비롯된 것 같기는 했으나 불공평한 명령이었기에, 존은 아무 말 없이 계속 암암리에 그 명령을 어겼다.

존이 열아홉 살이 거의 다 되었을 무렵 어느 날, 부친의 사무실에서 변호사가 되려고 수련을 받고 있던 그는 평소보다 더 일찍 풀려났다. 그날은 토요일이어서, 그는 호주머니에 갖고 있는 돈 400파운드를 브리티시 리넨 컴퍼니 소유 은행*에 가서 전해 줘야 하는 심부름 말고는 오후 시간을 온전히 맘대로 보낼 수 있었다. 그는 온화한 여름 햇살을 즐기며 프린시스 스트리트*를 따라 걸어가자, 나란히 늘어선 건물의 깃발들은 가볍게 떨리는 동풍에 너풀거렸고, 정원의 푸르른 나무들도 넘실댔다. 에든버러 캐슬 아래 골짜기 밑에서는 풍악대가 연주를 하고 있었는데, 백파이프 곡조가 갈라지는 대목에 이르자 그 격한 음악에 그의 속에서 피가 끓어올랐다. 뭔가 약간 전투적인 느낌이 그의 속에서 솟아나자, 그는 그날 저녁 식사 때 만나기로 한 매켄지 양*을 생각했다.

존이 곧장 은행으로 갔어야 했다는 점은 부인할 길이 없지만, 문제는 하필이면 그리로 가는 길에 호텔 당구장이 자리 잡고 있었고, 거기로 가면 거의 확실히 앨런을 볼 수 있었기에, 유혹이 너무나 강했다. 그는 당구장으로 들어갔고, 즉시 손에 큐를 든 친구의 환영을 받았다.

"니컬슨," 그가 말했다. "나한테 월요일까지 2파운드쯤 빌려 주면 좋겠어."

"번지수를 잘도 찾았군." 존이 대꾸했다. "난 딱 2페니밖에 없어."

"말도 안 돼," 앨런이 말했다. "좀 더 가져다줄 수 있잖아. 거래하는 양복점 주인한테 가서 좀 꿔 달라고 해. 다들 그렇게 하잖아. 아니면 네 시계를 전당포에 맡기는 건 어때."

"말이 되는 얘기를 하시지 그래," 존이 말했다. "우리 아버지가 가만히 있겠어?"

"어떻게 아시겠어? 너네 아버지가 밤마다 네 시계를 감아 주냐, 어?" 앨런의 말에 존은 허허 웃어넘겼다. "아니 농담 아니야, 지금 일이 꼬였다니까." 유혹하는 자가 말을 계속했다. "여기 있는 작자 하나한테 돈을 좀 잃었어. 오늘 밤에 따서 돌려주고, 너는 월요일에 다시 그 귀하신 보물을 찾아오면 되잖아. 이거 봐, 그게 뭐 그리 대단한 도움이라고 그래. 나라면 너한테 그것보다 훨씬 더 큰일도 해 줄 텐데 말이야."

이에 존은 그길로 나가서 자기의 금시계를 '존 프로그스, 플레선스* 가 85번지'라는 이름을 걸고 전당포에 맡겼다. 그러나 전당포 가게라는 그 부끄러운 장소의 문 앞에 섰을 때 그를 엄습한 불안감과, (왠지 가짜 이름을 사용하는 것이 일의 절차에 있어서 필요한 조치라고 생각되었기에) 가명을 지어내는 데 필요한 노력을 들이다 보니, 자기가 상상했던 것 이상으로 많은 시간이 소비되어, 그가 당구장으로 비자금을 들고 돌아갔을 때는 이미 은행이 문을 닫은 뒤였다.

아주 예리하게 한 방 먹은 느낌이었다. "업무 태만 건이로구나." 그는 그렇게 말하는 아버지의 준엄한 목소리가 들려오는 듯해 겁에 질려 떨고는 그 생각의 공세를 피했다. 따지고 보면, 그걸 누가 알겠나? 그는 월요일까지 400파운드를 지니고 있으면 될 일이고, 그가 방기한 업무를 월요일에 몰래 수행하면 될 것이고, 그러니 그동안 자유롭게 당구장을 에워싼 소파에 앉아서 오후 시간을 파이프 담배나 피우고 생맥주나 홀짝홀짝 마시면서, 친구를 흠모하는 소극적인 쾌락을 끝까지 맘껏 즐겨 보기로 했다.

젊은 사내들처럼 누구를 흠모할 줄 아는 친구들도 없다. 젊음의 모든 열정과 쾌락 중에서 이것은 아마도 가장 흔하고 순도가 가장 높은 것이라서 앨런의 검은 눈이 번뜩일 때마다, 그의 곱슬머리의 구불구불한 구석마다, 우아하게 팔을 뻗을 때나 느긋하게 별 신경 쓰지 않는 태도로 기다릴 때마다, 존의 눈에는 앨런의 모든 면이, 셔츠 소매에서 소매 끝동까지, 넘치도록 영광스럽게 보였다. 그는 이 귀하신 친구분을 소유했다는 점에서 자신의 가치도 높이 평가하며 뿌듯해했고, 신선처럼 구름을 탄 느낌이었는데, 반면에 자신의 약점은 이미 극복해 낸 어려움처럼 오히려 뻐기듯 내세울 장식으로 변해 있었다. 다만 그가 매켄지 양을 생각할 때 마음속에 후회의 그림자가 드리워졌으니, 그것은 이 젊은 숙녀는 학교 동기들 사이에서 여전히 '뚱보'라는 깔보는 별명으로 통하는 평범한 존 니컬슨보다 더 훌륭한 상대를 맞을 자격이 있기에, 마치 자기도 앨런처럼 대수롭지 않은 듯 우아하게 큐에 초크 칠을 하고 그렇듯 느긋하게 서 있을 수만 있다면, 자신의 마음을 주고 싶은 그 대상에게 열등감에 좀 덜 짓눌리며 다가갈 수 있으리라고 생각했다.

둘이 헤어지기 전에 앨런은 극도로 경악할 만한 제안을 했다. 자기가 그날 밤 자정 무렵에 콜레트네에 가 있을 것이라고 한 것이다. 존이 그리로 와서 꿔 준 돈을 받아 가면 어떻겠느냐는 것이었다. 콜레트네에 간다는 것은 삶을 좀 즐기자는 것이었으나, 옳지 않은 일, 그것은 위법 행위였고, 매우 칙칙한 방식이긴 하나, 뭔가 모험을 감행하는 일이었다. 만약 어떤 젊은이가 거기에 다닌다는 게 들통난다면, 진지한 축에 속하는 부류들은 두고두고 눈살을 찌푸릴 일이었으나, 놀아나는 축들 사이에서는 인정받을 만한 일이었다. 그렇다고 콜레트네가 지옥은 아니었고, 거창한 과장법으로 둘둘 포장하지 않는 한, 번지르르한 주점으로 분류될 만한 곳도 못 되었기에, 거기에 가는 것이 혹시 죄가 된다면, 그냥 뒷골목 동네 수준의 죄였다. 콜레트(그의 이름의 정확한 철자는 알지 못한다, 이 접대 잘하는 범법자와 편지를 주고받는 사이였던 적이 전혀 없으니)는 쉽게 말하면 그냥 무허가 술집 주인인데, 그는 에든버러 법정 폐업 시간인 밤 11시에도 술상을 차려 주었다. 어디 클럽 회원권이 있는 사람이라면 그 시간대에도 훨씬 더 번듯한 술상을 받아먹을 수 있고, 그걸 남들이 안다 해도 체통에 눈곱만큼의 손상도 입을 일이 아니었다. 그러나 그러한 자격증을 가지지 못한 자임에도 불법 영업 시간에 속이 출출하거나 같이 술잔을 부딪치고 싶은 기분이 들 때, 찾아갈 수 있는 곳이 바로 콜레트네 가게였다. 내놓는 음식은 볼품없었다. 동료 고객들은 정관계 고위

층이나 교회 인사들에서 선발한 수준은 아니었지만, 법조계는 제법 큰 지분을 차지하고 있었다. 내가 내 명예를 날려 버릴 위험을 감수하고 단 한 번 조국의 법을 대놓고 어기면서 그 음침한 식당 안으로 들어가 봤을 때 경험에 비춰 보면. 그래서 콜레트네 단골들은 법법 행위를 하고 있고, '문 앞에 준엄한 처벌자(경찰관)'*가 와 있다는 의식에서 짜릿한 느낌에 젖다 보니, 다소 흥분해서 과음하는 경향이 없지 않았을 것이다. 그러나 그곳이 몹시 좋지 않은 집이라고 할 만한 점은 전혀 없었는데, 세월이 지나고 나서 돌이켜보면, 그 시절에 그 집이 위험 불량 업소라는 평판을 얻게 된 것이 어딘가 이상해 보인다.

존은 앨런의 제안을, 한 남자가 마터호른을 등반하는 것과 아프리카를 종단하는* 것 중 어떤 계획이 더 좋을지 따져 볼 때와 정확히 똑같은 기분으로 고려해 본 다음, 대단히 과감하게도 앨런의 안을 채택했다. 그가 집으로 걸어가는 동안, 삶의 안전지대 밖으로의 원정길에 올라 험하고 힘든 길로 가 본다는 생각이 들썩거리자, 그것은 그의 상상 속에 떠오른 매켄지 양의 모습과 씨름했다 — 두 가지는 도무지 어울릴 수 없지만 또한 통하는 데가 있었던 것이, 사실인즉 둘 다 그의 결심 줄을 단단히 조여야 함을 의미했고, 각기 그에게 전진하도록 유혹하면서도 다시 뒤로 퇴각하도록 경고하지 않았던가?

이 두 가지 생각에 골몰하다 보니 적어도 그는 보통 때보다 더 심장이 요동쳤고, 그러다 보니 랜돌프 크레선트에 당도했을 때 그는 외투 안주머니에 있는 400파운드에 대한 생각을 까맣게 잊어

버린 채, 외투를 그 값비싼 물품이 들어 있는 그대로 자기가 늘 거는 모자걸이에 걸어 놓았으니, 바로 이 동작이 그의 운명을 결정지었던 것이다.

제2장. 존, 광풍을 거두다[*]

 10시 반쯤 존은 매켄지 양에게 자기 팔을 제공한 후 집으로 그
녀를 안내해 주는 멋지고 훌륭한 행운을 얻었다. 밤은 차가웠고
별이 촘촘히 빛났으며, 동편으로 길게 이어진 정원들마다 나무들
이 바람에 부석거리며 검은색을 띠고 있었다. 리스 워크[*] 돌 고랑
으로 다가가서 그 길을 건너려 할 때 바람이 휙 하고 불어와 가로
등의 불길들을 파르르 떨게 만들었고, 마침내 이들이 매켄지 대
위가 사는 로열 테라스에 올라서자, 바다에서 신선한 소금기 먹
은 바람이 큼직하게 불어와서 이들의 얼굴에 와 닿았다. 그날 밤
산책의 이런 장면들은 존의 기억 속에 두고두고 각인되었는데, 매
단계마다 그의 팔에 살포시 얹은 손길이 방점을 찍었으며, 밤 도
시의 이런 모습들 이면에 그의 마음속 시선에서는, 불 밝힌 거실
과 거기에서 그가 플로라 곁에 앉아 담소를 나누고, 아버지는 반
대편에 앉아 다정하지만 놀리는 기가 서린 미소로 바라보던 광경
이 아른거렸다. 존은 남들은 눈치채지 못했을 부친의 미소에 담긴

의미를 읽긴 했다. 니컬슨 씨는 자기 아들이 연정에 사로잡혀 있음을 파악하고는, 좀 우습게 생각하기도 했으나 흡족해했기에, 그의 미소는 다소 한심하다는 기색이 섞여 있었을지 몰라도, 승낙의 뜻을 함축하고 있었다.

대위의 집 문 앞에서 아가씨가 틀림없는 강조의 의미를 담아 손을 내밀자, 존은 그 손을 약간 오랫동안 잡고 있다가, "그럼 이만, 플로라, 잘 자"라고 말하고는, 이내 너무 주제넘은 말투가 아니었는지 두려움에 사로잡혔다. 그러나 그녀는 웃기만 할 따름이었고, 계단을 달려 올라가 초인종을 눌렀고, 문이 열리기를 기다리는 동안 현관에 바짝 다가서서는, 마치 그 지점이 무슨 요새라도 되는 듯 거기에서 존에게 말을 걸었다. 그녀는 머리 위로 니트 숄을 쓰고 있었는데, 그녀의 하일랜드 특유의 파란 눈은 이웃 가로등의 빛을 받아 반짝반짝 빛났고, 그래서 문이 열렸다가 그녀 뒤로 닫히자, 존은 고독이 잔혹하게 엄습해 옴을 느꼈다.

그는 로열 테라스를 따라 다정한 느낌에 젖어 천천히 돌아가다가 그린사이드 교회*에 이르렀을 때 미심쩍은 생각이 들어 멈춰 섰다. 그가 서 있는 데서 왼쪽으로 콜튼 힐 꼭대기에서는 콜레트 네로 가는 길이 연결되어 있었는데, 거기에서 앨런은 곧 그가 도착하기를 기대하고 있겠지만, 지금 그리로 간다는 것은 마치 진흙탕에 일부러 빠져 뒹구는 것과 마찬가지로 전혀 동의할 수 없는 일이었다 ― 손목에 닿아 있던 그 아가씨의 손길과, 부친이 바라보던 자애로운 눈빛, 둘 다 그에게 큰 소리로 금하고 있었으니까. 그러나 바로 그 앞에 집으로 가는 길이 펼쳐져 있지만, 그 길 끝에

선 침대만이 그를 기다리고 있었던 터라, 들썩거리는 마음이 서정적인 경지로 고조되어 있었고, 그다지 열정적인 편이 아닌 가슴이 그때 마침 격정적으로 요동치고 있어, 별로 위안을 줄 터전은 아니었다. 언덕 꼭대기에 가서, 차가운 밤공기를 마시며 장대한 기념물들*을 동료 삼아, 발아래에 펼쳐진 도시를 굽어볼 때 언덕과 평지들과 줄지은 등불들이 얽히고설킨 광경을 보고픈 마음이 그가 갖고 있던 시적인 심성을 모조리 동원해 그를 그쪽으로 방향을 틀게 만들었으니, 이렇듯 제법 순진하게 발길을 튼 덕분에 그의 경미한 실수는 무럭무럭 자라나, 운명의 낫에 추수를 당하게 된 것이다.

그는 그린사이드 위쪽 언덕에 30분 정도 앉아, 에든버러의 등불을 내려다보고 천상의 별빛을 올려다보았다. 그가 다짐한 각오들은 훌륭하기 그지없었고, 자기 앞에 한순간 펼쳐진 미래의 전망은 아름답고 다정해 보였다. 그는 플로라의 이름을 온갖 극적이며 심금을 울리는 어조로 소리 내어 불러 보고 또 불러 보았고, 그러다 보니 마침내 정감이 거의 온몸에 퍼져 나가 큰 소리로 노래라도 할 수 있을 지경이 되었다. 그 순간 그의 외투가 꾸겨지는 소리가 귀에 들렸다. 그는 손을 외투 주머니에 넣어 돈이 들어 있는 봉투를 꺼내고는 망연자실했다. 그 당시 콜튼 힐은 밤에 위험한 곳으로 알려져 있었기에, 그곳에서 자기 돈도 아닌 400파운드를 가지고 앉아 있는 것은 현명한 행동이라고 하기 어려웠다. 고개를 들어 올려다보니 웬 사내가 아주 남루한 모자를 쓴 채 그의 옆쪽에 서서 야경을 내려다보는 것 같았고, 다른 쪽에서 밤길을 배회하던 두 번째 사람이 존에게 아주 가까이 접근하고 있었다. 존은 벌떡 튀어 일어났다. 그때 돈 봉투가 손에서 뚝 떨어졌고, 그가 그것을 집으려고 몸을 숙이는 순간 두 사내가 달려들어 그를 공격했다.

잠시 후, 그는 몸이 매우 욱신거리며 비틀거리는 상태로 일어섰으나, 그가 가지고 있던 물품 중, 정확히 1페니 우표와 프랑스제 고급 손수건과 너무나도 중요한 그 봉투가 사라진 상태였다.

여기 이 젊은이는 한창 사랑에 겨워 기분이 최고로 고양된 순간에 너무나도 얼얼하게 강타를 당했으니 도저히 혼자서 감당하기 버거웠고, 게다가 몇 백 미터 떨어지지 않은 지점에 그의 가장 중요한 친구가 야참 밥상을 받아 놓고 앉아 그가 오기를 기다리고 있었다. 인간의 속성상 그가 그리로 달려가는 것이 당연하지 않겠나. 그는 동정을 얻으려고 그쪽으로 갔다, 우리 모두가 궁지에 처할 때 원한다고 가정하는, 그리고 그것을 충고라고 부르기로 합의한 그 괴상한 물품을 얻겠다고 — 게다가 막연하지만 다소 거창하게 역경에서 구출되리라 기대하며 — 그리로 갔다. 앨런은 갑부였다, 아니면 성년이 되어 상속을 받으면 그럴 것이었다. 그 친구가 수표에 사인 한 번만 하면 지금의 불행을 해소시켜 줄 것이었고, 니컬슨 씨와 독대한다는 극히 두려운 상황을 피할 수 있게 해 줄 것인데, 존은 그 상황을 상상만 해도 마치 불에 델까 봐 손을 빼듯이 겁에 질렸다.

콜튼 힐 바로 아래로 비좁은 골목길이 인도 같기도 하고 뒷골목 같기도 한 모양으로 나 있다. 길의 머리 쪽은 형무소의 문을 바라보고, 꼬리 쪽은 로 콜튼의 햇빛이 들지 않는 빈민가로 이어져 내려갔다. 한편에서는 언덕의 암벽들이, 다른 쪽에서는 오래된 묘지가 길 위로 돌출해 있었다. 그리고 이 둘 사이로 길이 도랑처럼 이어지는데, 밤에는 불빛이 침침하게 비치고 낮에도 음침하게 인적이 드물어, 무덤들이 있던 자리 근처에는 남루하고 정체가 불분명한 집들이 접해 있었다. 이런 집들 중 하나가 콜레트네 가게였는데, 그 문 앞에 서서 액운이 낀 우리의 존은 들어가게 해 달라고 문을 두드렸다. 불길한 그 시각에 그는 불법 영업 접객업소 주인의 잔뜩 경계하는 질문들에 만족스러운 답을 해 준 뒤, 불길한 그 시각에 뭔가 불쾌한 냄새가 밴 실내로 침투해 들어갔다. 앨런은 틀림없이 거기에 있었는데, 시끄러운 소리를 내는 가스 등불로 밝힌 방에, 더러운 식탁보 곁에 앉아, 조잡한 음식을 먹고 있었고, 법조계의 소장파들 중 술에 꼭지가 돈 몇 명과 한 패를 이루고 있었다. 하지만 앨런은 제정신이 아니었으니, 그는 경마에서 1천 파운드를 날렸고, 그 소식을 저녁 식사 때 알게 되자, 지금은 거기에서 벗어날 방도가 전혀 없는 형편에서 본인의 곤경을 술에 기대어 잊어버리려고 마셔 대는 중이었다. 그가 존을 돕는다고! 그건 가능치도 않았다, 자기 자신도 돕지 못하는 형편이니.

"네 아버지가 짐승 같은 인간이라면," 그가 말했다. "내 유산 관리인도 야수 같은 인간이야."

"내 앞에서 우리 아버지가 짐승이라는 소리는 못 듣겠다." 존은 말하고 나서 가슴이 두근거리며, 그를 삶에 연결해 주는 고리에서 제대로 작동하는 마지막 연결 못도 날려 버린 지경에 이르렀음을 느꼈다.

그러나 앨런은 상대의 기분을 달래 주었다.

"좋아, 그럼, 네 훌륭하신 아버님, 됐지?" 그가 말했다. 그러고는 모인 패거리들에게 자기 친구를 "뭐시기 하신 니컬슨 영감님의 아드님"으로 소개했다.

존은 벙어리처럼 앉아 고통에 시달리고 있었다. 콜레트네 가게의 너저분한 벽지와 덕지덕지 때 묻은 식탁보, 콜레트의 악당 같은 소금후추통에 이르기까지, 모조리 악몽에나 나올 소품들 같았다. 바로 그때 노크 소리에 이어서 후다닥 뛰어 들어오는 소리가 들리니, 콜튼 힐에서는 그토록 애석하게도 전혀 보이지 않던 경찰이, 이곳 현장에 나타난 것이었고, 거기 있던 일행은 술잔을 코앞에 두고 앉은 채 현행범으로 체포되어, 경찰서로 터벅터벅 끌려갔으며, 모두 시간이 되면 불법 주점 업자들의 괴수 콜레트에 대한 재판정에 증인으로 소환될 것이었다.

경찰서에서 나온 일당은 처량하고 엄청나게 빨리 술이 깬 모습이었다. 여론의 비난에 대한 막연한 두려움이 모두를 짓눌렀으며, 각자 자기만의 특별한 공포가 스며들었다. 앨런은 이미 유산 관리인을 숱하게 실망시킨 후라, 그가 뭐라고 할지 두려웠다. 같이 있던 사람 중 하나는 지방 법관의 아들이었고 또 다른 사람은 판사의 아들이었는데, 존은 이중에서 가장 불행하게도 데이비드 니컬슨을 아버지로 모시고 있는 처지였으니, 이토록 가증스러운 짓을 저지르고 그분 앞에 선다는 생각에 온몸이 저려 왔다. 그들은 세인 자일스 교회*의 버팀벽 밑에 서서 잠시 상의했는데, 회의를 마치고 노스캐슬 스트리트*에 거주하고 있던 한 친구 집으로 갔으니, 거기에 진작 갔다면(따지고 보면), 이들은 완패해서 물러난 그 위험한 낙원에서보다 훨씬 더 멀쩡한 밤참과 훨씬 더 나은 음료를 즐길 수 있었을 것이다. 그곳에서 이들은 거의 눈물이 섞인 술잔을 기울이며 자기들의 처지를 따져 보았다. 하나같이 만약 이 일이 알려지고 증인으로 출석하게 된다면 모든 걸 잃게 될 처지임을 설명했다. 참으로 놀라운 일은 거기 모인 몇 명 안 되는 젊은이들 모두 바로 그 시점에 찬란한 미래의 전망이 활짝 열리던 중이었고 가족들의 심정이 어떠할까 경건하게 반성하는 마음이 그 순간 샘솟고 있었다는 것이다. 게다가 하필이면 다음 주머니 사정이 별로 좋지 않을 때였다. 아무도 자기 몫의 벌금을 감당할 수가 없었고, 모두 예외 없이 바로 옆 사람이 (계속 릴레이로) 부족한 액수를 메워 줄 바로 그 인물일 것이라는, 경탄스럽게 번뜩 떠오르는 희망을 표명했다. 한 친구는 통 크게 장담하는 투로, 자기는 벌금 몫을 낼 수 없다, 그래서 재판까지 간다면 튈 것인데, 자기는 원래 잉글랜드 법조계에 잘 맞는다는 느낌을 늘 갖고 있다고 했다. 또 다른 친구는 자기 가족에 대한 가슴 저리는 사연을 상세히 늘어놓았으나, 아무도 귀담아 듣지 않았다. 서로 빈곤과 가련한 처지임을 내세우느라 뒤죽박죽으로 경쟁하는 와중에, 존은 얼이 빠진 채 앉아 산더미처럼 쌓인 그의 불행을 떠올리고 있었다.

마침내 각자 그냥 있는 그대로 사실을 고백하기로 맹세한 뒤 이 불운한 젊은 얼간이들은 회합을 해산하고 공동 계단을 내려가 이른 봄날 아침의 회색빛 속에 인적 없이 사방이 쥐 죽은 듯 텅 비어 있는 거리로 나오니, 가로등 등불들은 해가 뜰 때까지 점점 줄

어드는 빛을 내며 타고 있었고, 새들은 도시 정원의 나무들 사이에서 다가올 불행을 경고하는 듯한 소리로 지저귀기 시작했으며, 그들은 고개를 떨구고 발소리를 울리며 각자 갈 길로 걸어갔다.

랜돌프 크레선트의 까마귀들은 잠에서 깼으나, 창문들은 신중하게 블라인드를 내린 채 돌아온 탕자*를 내려다보고 있었다. 존이 마스터키를 가지고 다니게 된 것은 최근에 얻은 특권이었는데, 그날 처음으로 그는 그 특권을 행사했다. 기름칠 잘 해 놓은 열쇠 구멍에 열쇠를 집어넣고 이 예의범절의 아성으로 입장하려 할 때, 아! 자기는 참으로 그럴 자격이 없는 하찮은 존재라는 생각에, 가슴이 내려앉았다. 모두 잠들어 있었고, 거실 가스등은 그가 돌아올 것에 대비해 희미하게 켜져 있고, 끔찍한 적막이 지배하는 가운데, 8일에 한 번 감아 주는 시계추의 똑딱 소리만이 적막을 깰 뿐, 그는 가스등을 끄고는 거실 의자에 앉아 시계 분침의 움직임을 세면서 기다리며, 누구든 사람의 얼굴을 보기를 간절히 원했다. 그러나 마침내 아래층에서 알람이 딸랑딸랑 울리고 하인들이 움직이기 시작하는 소리를 듣자, 그는 자신감을 잃고 자기 방으로 도주해 침대에 몸을 던졌다.

제3장. 존, 거둔 바를 즐기다

존은 몹시 비극적인 안색으로 아침 식사에 참석한 뒤 얼마 지나지 않아 부친을 찾아가니, 아버지는 아마도 안식일 아침마다 하는 신앙 묵상을 하며 앉아 있는 것 같았다. 노신사는 싸늘하게 탐색하는 시선으로 올려다보았는데, 그 시선은 미소 짓는 표정에 가까웠으나 그 효과는 매우 달랐다.

"이 시간에는 아무도 날 방해하지 않으면 좋겠는데." 그가 말했다.

"저도 잘 압니다." 존이 대답했다. "하지만 제가요 — 말씀드리고자 하는 것은요 — 제가요, 일을 엉망으로 만들었어요." 그는 말을 해 버렸고, 창문으로 시선을 돌렸다.

니컬슨 선생은 제법 오래라는 느낌이 들 만큼 침묵 속에 앉아 있었고, 그사이 그의 불행한 아들은 뒤편 정원의 기둥들을 굽어보니, 웬 노란 고양이 한 마리가 담장에 둥지를 틀고 앉아 있었다. 낙담이 밖을 바라보는 존을 짓눌러 왔고, 그는 끔찍하게 이어진 자기의 범행과 그 이면에 깔려 있는 근본적인 무죄를 생각하자,

분노가 치밀어 올랐다.

"그래서," 부친이 겨우 힘을 내어, 그러나 매우 차분한 어조로 말했다. "무슨 일이냐?"

"매클린이 저한테 은행에 입금하라고 400파운드를 줬는데요," 존이 말하기 시작했다. "말씀드리기 죄송하지만 제가 그걸 강도한테 뺏겼어요!"

"강도한테 뺏겨?" 니컬슨 선생이 말에 강세를 주며 어조를 높여 외쳤다. "강도를 당했다? 지금 말을 정확히 하고 있는 것이냐, 존!"

"그렇게밖에는 말을 못하겠습니다, 그냥 강도질당했다고요." 존이 절망에 빠져 침울하게 말했다

"그렇다면 이 참으로 기이한 사건이 언제 어디서 벌어진 것이냐?" 아버지가 탐문했다.

"밤 12시경에 콜튼 힐입니다."

"콜튼 힐이라고?" 니컬슨 선생이 말을 반복했다. "그러면 넌 그 늦은 시간에 거기엔 뭐 하러 간 것이냐?"

"그냥 간 겁니다." 존이 말했다.

니컬슨 선생은 숨을 들이쉬었다.

"그러면 어찌해서 어젯밤 자정에 그 돈이 네 수중에 있었던 것이냐?" 그는 쏘는 듯이 물었다.

"제가 태만하게도 그 업무를 처리하지 않은 것입니다." 존이 말하며 논평이 이어질 것을 예상하다, 자기 식의 방언으로 덧붙였다. "그걸 완전히 까맣게 잊은 거예요."

"그래," 부친이 말했다. "참으로 기이한 이야기구나. 경찰에는 연

락했느냐?"

"네," 가련한 존이 대답했다. "경찰서에서는 그 짓을 한 자가 누구진 알 것 같다고 하네요. 돈을 회수할 수 있을 거라고 확신합니다, 그걸로 문제가 다 해결된다면요."

그가 자포자기하고 무심한 투로 말하자, 아버지는 아들이 경박하게 구는 것으로 생각했으나, 그것은 훨씬 더 심각한 문제가 뒤에 숨겨진 것을 의식한 데서 비롯된 것이었다.

"네 어머니 시계도?" 니컬슨 선생이 물었다.

"아니요, 시계는 멀쩡히 있어요!" 존이 큰 소리로 대답했다. "그러니까 제가 시계 이야기를 할 참이었는데요─사실, 말씀드리기 창피합니다만, 제가요─제가 그전에 시계를 전당포에 맡겼거든요. 여기 전당표 갖고 있어요, 그자들이 그건 발견하지 못했거든요, 그래서 시계는 다시 찾아올 수 있어요, 저당 잡힌 물건을 팔지는 않으니까요." 젊은 사내는 이 말들을 헐떡거리며 연이어 연발 대포 쏘듯 뱉어 냈는데, 하지만 마지막 말이 근엄한 실내에서 마치 무슨 욕설이라고 되는 듯 울려 퍼지자, 그는 가슴이 철렁 내려앉았고, 우려하던 침묵이 아버지와 아들 사이에 자리 잡고 앉았다.

침묵은 니컬슨 씨가 전당표를 집어 들 때 깨졌다. "존 프로그스, 플레선스 85번지." 그는 전당표를 읽더니 존에게 고개를 돌렸고, 잠시 역겨운 감정이 안색에 번뜻 비치면서, 소리쳤다. "존 프로그스가 누구지?"

"아무도 아니에요," 존이 말했다. "그냥 이름일 뿐이에요."

"가명이란 말이군." 부친이 토를 달았다.

"아! 전 꼭 그렇다고 생각하진 않아요." 범인이 말했다. "그냥 형식적인 거죠, 다들 그렇게 해요, 업자도 양해하는 것 같았고요, 그 이름 갖고 또 한바탕 우리끼리 웃기도 했는데……."

그는 그 말을 하다 멈췄는데, 그것은 부친이 그 광경을 떠올리면서 마치 몸을 부딪치기라도 한 것처럼 움찔했기 때문이고, 이에 다시 침묵이 흘렀다.

"내가 아버지로서 인색했다고 생각하지는 않는다." 니컬슨 씨가 마침내 말을 했다. "타당한 범위 내에서 밝힐 만한 목적이 있는 경우, 내가 너한테 돈을 주지 않으려고 한 적이 한 번이라도 있었더냐, 그저 나한테 와서 이야기하면 되지 않았더냐. 그런데 이제 보니 너는 일체의 체통과 일체의 도리를 망각하고 네 어머니의 시계를 정말로 전당…… 전당 잡혔구나. 뭔가가 너를 유혹했나 보구나, 네 사정을 감안하기 위해 강한 유혹이라고 가정하겠다. 이 돈이 왜 필요했느냐?"

"말씀드리고 싶지 않은데요." 존이 말했다. "화만 나실 것 같아서요."

"지금 나랑 장난하자는 거냐!" 아버지가 소리쳤다. "엉큼한 대답은 그만두거라. 그 돈이 왜 필요했느냐?"

"휴스턴에게 빌려 주려고 그랬습니다." 존이 말했다.

"그 젊은 녀석하고 상종하는 걸 내가 금지한 것 같은데?" 부친이 물었다.

"네, 아버지." 존이 말했다. "그냥 만나게 된 것뿐입니다."

"어디에서?" 치명적인 질문이 잇따랐다.

그러자 "당구장에서"라는 죄를 확정 짓는 대답이 나왔다. 이리하여 존이 진실에서 한 발짝 벗어난 결과가 즉시 벌을 초래했다. 사실인즉 그가 당구장에 들어간 목적은 앨런을 보기 위한 것 외에는 아무것도 없었을 것이지만, 그는 자신의 불복종을 변명해 보고 싶었기에, 지금은 자기가 이런 불미스러운 소굴들에 자기 혼자 드나든 것인가 하는 생각이 들었다.

다시 한 번 니컬슨 선생은 이 추악한 소식들을 침묵 속에서 되새김질했고, 존이 아버지의 표정을 살짝 훔쳐볼 때, 아버지가 괴로워하는 징표들을 면목 없게도 목도했다.

"자," 신사 어른이 마침내 말했다. "나는 완전히 맥이 풀린다는 점을 굳이 부인하지 않겠다. 오늘 아침에 일어날 때는 세상 사람들이 소위 행복한 사람이라고 할 만했는데, 적어도 아들은 잘 두었기에 행복한, 내가 그런대로 자랑할 만하다고 생각한 아들……."

그러나 인간 본성상 더는 참아 낼 수가 없었기에, 존은 거의 비명을 지르듯이 부친의 말을 끊었다. "아, 돌아 버리겠네!" 그가 외쳤다. "그게 다가 아니고요, 더 심한 게 있어요 ― 그건 아무것도 아니에요! 아버지가 저를 자랑스럽게 생각하시는지 제가 어떻게 알았겠어요? 아! 그걸 제가 알았으면 얼마나, 얼마나 좋았겠어요, 아버지는 맨날 내게 수치스러운 놈이라고 그러셨잖아요! 그리고 끔찍한 일이 뭔가 하면요, 어젯밤에 우리가 다 붙잡힌 거라고요, 콜레트네 벌금을 우리 여섯이 나눠서 내야 해요, 아니면 증인으로 서야 한다고요 ― 무허가 주점에서 술 마신 것 때문에요. 제가 아버지한테 말씀드릴 거라고 맹세하게 했어요, 걔들이, 하지만 저로서는," 이렇게 목소리를 높여 말하다가, 울음을 터뜨렸다. "저는 그냥 팍 죽어 버릴걸 그랬나 하는 생각뿐이에요!" 그러고는 의자 앞에 무릎을 꿇고 얼굴을 팔에 숨겼다.

그의 부친이 말을 했는지, 그 방에 오래 남아 있었는지, 아니면 곧장 나갔는지를 밝혀 줄 사료는 남아 있지 않다. 정신과 몸의 진 저리나는 소용돌이, 터져 나오는 울음, 파편처럼 사라지는 상념들, 어떤 때는 분노, 어떤 때는 회한, 망가진 기본 의식이 스쳐 지나가 고, 의자 바닥의 말 털 냄새, 땡땡 울리는 교회 종소리가 이제 도 시 안에 두루두루 퍼지며 대낮을 참담하게 만들기 시작했고, 딱딱 한 바닥에 무릎이 까지고, 그의 입속으로 스며들어 간 눈물의 짠 맛 — 한동안, 얼마나 오래 지속되었는지는 내가 추정할 수 없으나, 나는 더는 그 고뇌를 다루며 지체하기를 거부할 것이니 — 이 모 든 것이 존 니컬슨에게 주어진 하나님*이 지으신 세계의 전부였다.

마침내 스프링을 건드려 되돌려 놓듯, 그가 명료한 의식과 심지 어 어느 정도 차분함까지 되찾았을 때, 종소리가 막 멈췄으나, 안 식일의 고요함을 예배 시간에 늦어서 서둘러 가는 발소리들이 여 전히 망가뜨리고 있었다. 벽난로 위에 놓인 시계와 이렇듯 좀 더 명백한 신호들을 보니, 예배가 시작된 지 얼마 안 되었는데, 이 불 운한 죄인은 만약에 부친이 실제로 교회로 가셨다면, 거의 한두 시간 남짓 상대적인 불행함 정도만 예상할 수 있었다. 아버지가 돌 아오시면, 최고 강도의 불행도 영락없이 같이 올 것이었다. 그는 그 재난을 생각만 해도, 자기 신체의 모든 신경이 움찔거리고 그 의 뇌가 갑자기 어지럽게 빙빙 도는 걸 보니, 그러하리라는 것을 알 수 있었다. 한 시간 반, 아니면 만약 목사님이 말이 많은 양반이었다면 한 시간 45분 정도 후에 강도가 다시 세지기 시작할 고통, 그가 현재는 증상이 둔감해진 편인데도 그 생각만 해도 마치 불길에 깨물린 듯이 움찔거렸다. 그는 자기 가족 전용 예배석의 졸리는 쿠션과 성경책과 찬송가 책들, 약병을 들고 다니는 마리아, 안경을 끼고 비판적인 태도로 앉아 있는 아버지의 모습을 눈에 떠올리자, 즉각 분노가 치밀었는데, 뭐 그럴 만도 했다. 정말 비정하게도 자기는 교회로 가 버리다니, 죄인은 처벌이든 용서든 미결 상태로 불안하게 놔둔 채. 비판의 감정이 생각에 와 닿자 부친의 거룩함은 감소되었으나, 부친에 대한 공포는 더 커지기만 하니, 이 두 감정의 갈래는 그를 똑같은 방향으로 떠밀었다.

그러다 갑자기 그는 자기가 나가지 못하도록 아버지가 밖에서 문을 잠갔을지 모른다는 두려움에 사로잡혔다. 이 생각은 합리적인 근거는 없었으나 ─ 부친의 방은 늘 심문하는 방이자 벌 받는 무대였기에, 아마도 어린 시절 유사한 재난 사태를 떠올린 것에 불과했을 것이나 ─ 그 생각이 머릿속에 어찌나 엄중한 강도로 강타했던지, 그는 즉각 문으로 다가가서 사실이 아님을 입증해야만 했다. 그리로 가면서 그는 사무용 책상의 열려 있는 서랍에 몸이 툭하고 닿았다. 돈을 보관하는 서랍이었기에, 아버지가 얼마나 경황이 없었는지 말해 주는 표시 같았다 ─ 혹시 아니면 하나님의 섭리임을 말해 주는 징표인가! 누가 아는가, 심지어 신학자들도 어떤 사안이 섭리인지 유혹인지를 두고 의견이 갈리는 판에? 아니면 그 누가, 자기는 주렁주렁 널린 자기 과실나무 밑에 편안히 앉아 있으면서, 그 특정 일요일의 존 니컬슨처럼 가련하고 쫓기는 개 같은 처지에서, 비굴하게 겁먹고 비굴하게 반항하는 자의 행실을 심판하려 들 수 있는가? 그의 손은, 거의 그의 생각 속에 그런 희망을 품기도 전에, 서랍에 닿았고, 그러고는 자신의 새로운 상황에 부응하며, 아버지의 의자에 앉아서 아버지의 잉크 지우개를 사용해 다음과 같이 한심한 변명과 작별 인사를 썼다.

경애하는 아버님 —

제가 이 돈을 가져갑니다, 하지만 제가 갚을 능력이 되자마자 즉시 돌려 드리겠습니다. 제 소식을 다시는 듣지 않으실 것입니다. 제가 뭘 하든 해를 입혀 드리려 했던 것은 아니니까요, 가능하다면 저를 용서해 주시기 바랍니다. 알렉산더와 마리아에게도 제 작별 인사를 전해 주시길 바랍니다만, 원치 않으면 그만 두시고요. 제가 기다렸다가 아버지를 다시 뵐 면목이 없네요, 솔직히. 가능하다면 절 용서해 주시기 바랍니다.

아버지를 존경하는 아들, 존 니컬슨 올림.

동전을 추려 내고 통보 편지를 쓴 다음, 그는 부리나케 이 범행 장소를 떠났고, 한번은 아버지가 교회에서 예배를 보시다가 두 번째 찬송 도중에, 약간 몸이 불편하다며 집으로 일찍 돌아오신 적이 있음을 기억하고는, 갈아입을 옷 보따리도 챙기지 못한 채 서둘렀다. 입은 옷 그대로, 아버지의 집 대문을 슬쩍 빠져나와 밖으로 나오자, 선선한 봄 공기와 옅은 봄 햇살이 그를 맞이했고, 안식일인 그 도시 온 사방의 고요함을 오로지 까마귀 우는 소리만이 이따금 새삼 느끼게 할 따름이었다. 랜돌프 크레슨트에는 인적 하나 없었고, 퀸스페리 스트리트*에도 인적 하나 없었기에, 집 밖에서 아무도 자기를 못 봤고 또한 탈출했다는 안도감에, 존은 다시 기운을 냈으며, 마지막 인사라도 하려는 안쓰러운 생각에 그는 발길을 되돌려 세인트 조지 교회당* 서쪽 끝 편에 잠시 서 있었는데, 그 모습이 꼭 기묘한 낙원의 문간에 서 있는 괴상한 요괴 같았다. 안에서는 노랫소리가 들렸는데, 공교롭게도 곡조는 〈에든버러, 성조지 교회〉*였으니, 그 교회당 이름을 딴 이 찬송가를 처음으로 불렀던 사람들이 이 교회의 성가대였다. "영광의 왕이 누구이신가?" 안에서 이런 목소리들이 들려오자, 존에게는 그 소리가 모든 기독교 예배와의 작별처럼 다가왔으니, 그는 이제 이스마엘처럼 광야를 떠도는 자*가 될 것이고, 집 없는 황야에 내던져져 하나님을 모르는 백성들과 살아야 할 것이었다.

이렇듯 무슨 모험심이 솟구쳐서가 아니라, 순전히 적막감과 낙담에서, 그는 자기가 태어나고 자란 도시에 등을 돌리고, 캘리포니아를 향해, 일단 글라스고까지 걸어갈 작정으로, 떠났다.

제4장. 두 번째 파종

내 역할은 존의 숱한 모험을 다 이야기하는 것이 아니고, 단지 상대적으로 더 중대한 불행한 모험들만 다루는 것이기에, 이것들은 그가 바라던 것보다 더 많았고 인간적인 기준으로 치면 그가 당할 만한 몫보다 더 심한 것들이었으니 ― 그가 어떻게 캘리포니아까지 갔으며, 그가 어떻게 사기를 당하고, 강도를 당하고, 두드려 맞고, 굶으며 지냈는지, 어떻게 그가 마침내 자비로운 사람들이 돌봐 주어, 어느 정도 자기만족을 느낄 수준으로 회복되었고, 샌프란시스코의 한 은행에 사원 자리를 얻게 되었는지 등을 다 전해 주기에는 너무 긴 이야기이며, 게다가 이런 사건들에서는 특별히 니컬슨적인 운명이라고 할 만한 징표들이 없었다 ― 똑같은 날들과 같은 장소들에서 수천 명의 다른 젊은 모험꾼들에게도 마찬가지로 벌어지곤 하는 일들이니. 그러나 일단 은행에 안착하고 나서는 한동안 그런대로 높은 수준의 운이 따랐으나 그래 봤자 결국엔 새로운 재난으로 이어지는 좀 더 긴 길에 불과했기에, 이것은 내가 설명할 의무가 있다.

그는 소위 전문 용어로 '다이브*'라고 불리는 곳에서 운 좋게 한 젊은이를 만났는데, 그가 매달 받는 봉급에 힘입어 이 새로 사귀게 된 친구가 당장의 수치와 미래의 위험 상황에 처할 가능성에서 벗어나게 해 주었다. 이 젊은이는 납 힐*에 사는 한 거물의 조카로서, 숙부는 샌프란시스코 증권거래소를 경영하는 사람 중 하나였는데, 경영의 목적은 훨씬 더 초라한 모험가들이 에든버러 어디 공원 공터 한구석에서 소박한 구술 놀음 잔꾀를 부리는 것과 다를 바 없었으니, 그것은 본인들의 이득을 위해서, 그리고 대놓고 놀음하는 것을 방지하기 위해서였다. 따라서 그에겐 존을 부자가 되는 길에 갖다 놓을 힘이 있었고 — 그는 또한 고마움을 아는 성품이라 그것은 그가 바라던 일 중에 포함되었기에 — 따라서 이 운명의 노리개는 별생각이나 노력도 없이, 아니면 심지어 자기가 하는 게임을 이해하지도 못하면서, 단지 사고팔라는 것들을 사고팔아서, 현재 1만 1천에서 2천 파운드 또는 그의 계산대로라면 최대 6만 달러 정도의 자금을 주무르고 있었다.

존이 어쩌다 이런 거액의 부를 얻을 처지가 됐는지는, 그가 어쩌다 고향에서 그전에 수모를 당했는지와 마찬가지로, 그의 철학이 미치는 범위를 벗어나 있었다. 그가 은행에서 열심히 일한 것은 사실이었으나, 금전출납계 직원 또한 마찬가지로 열심히 일했고, 아이를 일곱이나 둔 그의 형편이 어려워지고 있는 것은 한눈에 알 수 있었다. 존의 팔자를 바꿔 놓는 결정적인 조치가 — 한 달 치 봉급을 호주머니에 넣은 채 무허가 술집을 방문한 것이 — 무슨 고매한 미덕의 발로이거나 심지어 지혜로운 행위로서, 딱히 신들의 호감을 살 만한 일은 아니었다. 본인도 뭔가 이러한 느낌을 받았는지, 천당에서 다시 지옥으로 떨어지는 그네타기 같은 운명이 될 수 있음을 의식해서였는지, 아니면 자기 재산의 뿌리가 푼돈이나 버는 텃밭에 심겨진 것이라는 의심을 받을지 모른다는 우려에서였는지, 그는 자기 업무에 몰두했고 자기 처지가 새롭게 변한 것에 대해서는 단 한 마디도 입 밖에 내지 않았으며, 도시의 다른 동네에 있는 은행에다 개인 계좌를 만들어 놓고 관리했다. 이러한 은폐가 별로 나쁠 게 없어 보이긴 하지만, 존의 삶에 두 번째 희비극을 야기한 첫 번째 빌미가 되었다.

그사이 그는 집으로 편지를 전혀 보내지 않았다. 주눅이 들어서인지 창피해서인지, 아니면 다소 화가 서려 있어서인지, 순전히 꾸물거리다 보니 그랬는지, (이미 살펴본 바대로) 글 짓는 재주가 없어서 그랬는지, (이쪽으로 내가 이따금 추정하고 싶은 유혹을 느끼곤 하는 대로) 인간 심성의 하나의 법칙이 있어서 젊은 남자들이 ─ 다른 점에서는 짐승 같지 않은데도 ─ 이 간단한 효심의 표현을 못하게 하는 뭔가가 있기 때문인지, 아무튼 수개월, 아니 수년이 흘러갔으나 존은 전혀 편지를 쓰지 않았다. 편지를 쓰지 않는 습성은 이미 그가 큰돈을 얻게 되기 전부터 안착한 터여서 이제 그토록 오랜 침묵을 깨는 일의 어려움 때문에 그는 자기가 훔친 아니면 (본인이 선호하는 표현대로) 빌린 돈을 즉각 원상복귀시키는 것을 막고 있었다. 그는 백지 앞에 앉아서 영감이 떠오르기를 기다려 보았으나, 그 신성한 정령은 '친애하는 아버님'이란 말들을 제안한 다음에는 고집스럽게 침묵을 지킬 따름이라, 존은 이내 종이를 구겨 버리고는 작정하기를, '괜찮은 기회'가 오는 즉시 직접 돈을 가지고 집으로 가기로 했다. 그리하여 이렇게 전혀 변명할 수 없이 일을 미룬 것이 운명의 덫에 걸려드는 두 번째 발걸음이 되었다.

10년이 흘러가 존은 이제 서른이 다 되었다. 그는 어릴 때 기대한 대로 잘 커서, 건장한 체구에다 다소 뚱뚱한 쪽에 가까웠고, 인상 좋고 눈 좋고, 상냥한 매너에 쉽게 웃고, 까칠까칠한 구레나룻을 양쪽에 길게 기르고, 미국식 발음도 슬쩍 섞어 놓은 말투에다, 미국인들이 즐기는 농담에 제법 정통했고, 내가 누구라고 이름은 대지 않겠으나 귀하신 왕실의 아무개 나리*와 사뭇 닮은 생김새가 사회생활에서 볼 수 있는 그의 외형적 모습이었다. 내면적으로는 그의 거대한 신체나 고도로 남성적인 구레나룻에도 불구하고, 그는 스물아홉 살 남성보다는 처녀 아가씨 쪽에 더 가까웠다.

그러던 중 보름간의 휴가 전날 밤에 마켓 스트리트*를 한가로이 걷다가 우연히 기차표 광고에 그의 눈길이 멈췄는데, 느슨한 정신상태로 셈을 해 보니 다음 날 출발하면 크리스마스를 고향에서 보낼 수 있을 것 같았다. 그래 볼까 하는 생각을 하자 욕구가 그를 설레게 했고, 한순간에 그는 떠나기로 결정했다.

해야 할 일이 많았다. 여행 짐을 싸야 하고, 그가 부유한 고객 대접을 받는 그쪽 은행에 가서 수표를 끊어 와야 했고, 별 볼일 없는 은행원인 또 다른 은행에 가서는 몇 가지 거래 업무를 처리했어야 하는데, 어찌하다 보니 사람의 마음이 대개 그렇듯이, 전체

할 일 중에서 하필이면 이 마지막 일을 방치하고 말았다. 그날 밤에 그는 자신의 돈을 챙긴 상태일 뿐 아니라 한 번 더 (예전 그때와 마찬가지로) 상당한 액수의 다른 사람의 돈을 들고 다니는 형편이 되었다.

그런데 마침 같은 하숙집에 같은 은행에 다니는 동료 직원이 살고 있었는데, 그는 술을 좀 좋아하는 게 약점이긴 하지만 정직한 친구로, 물론 이 경우에는 강점이라고도 볼 수 있었던 것이, 해당 피해자는 몇 주째 극히 짧은 중간 휴식도 없이 계속 취해 있는 상태였던 까닭이다. 이 불행한 친구에게 존은 은행 부장님께 전해달라고 편지와 채권들을 넣은 봉투를 부탁했다. 그런 부탁을 하면서도 존은 그 수탁자의 눈과 말씨에 모종의 흐릿한 구석이 있음을 감지하긴 했으나, 스스로를 만류하기에는 너무나 희망에 젖어 있었기에 가슴속에서 들리는 경고의 목소리를 묵살하고 단번에 즉각 돈을 그 직원에게 그리고 자기 자신은 운명의 손에 맡겼다.

나는 무료함을 줄 위험을 감수하면서도, 존의 사례가 윤리학자에게는 워낙 당혹스러운 터라, 그의 가장 사소한 실수를 시시콜콜 밝혔으나, 이제 그 단계는 마감되어 안건은 처리되었고, 독자는 우리의 가련한 주인공의 최악의 모습을 모두 본 셈이기에, 독자 본인과 존 중에서 누가 더 벌을 받아 마땅한지 각자 판단의 몫으로 남겨 둘 것이다. 이제부터 우리가 구경할 것은 한 인간이 재난의 채찍질을 당하는 팽이나 다름없이 겪는 일들이니, 그가 억울하게 당하는 고난을 보면 익살꾼이라도 동정심을 느끼지 않을 수 없을 것이고, 철학자라도 놀라움을 금치 못할 것이다.

바로 그날 밤 문제의 그 은행원은 술을 퍼먹기 시작했는데, 어찌나 꾸준히 마셔 대는지 심지어 그의 가장 친밀한 술친구조차 놀랄 정도였다. 그는 신속하게 하숙집에서 추출되었고, 생면부지 남에게 자기 짐 가방을, 자기 이름이 뭔지도 제대로 말해 주지 못한 채, 맡겨 놓고 어디로 가는지 아무 생각 없이 방랑하다가, 마침내 돛을 내릴 겨를도 없이 배가 새크라멘토*의 한 병원에 정박했다. 거기에서 그의 침상 번호라는 탄탄한 가명 뒤에 숨어서 과음으로 망가진 몸으로 며칠간 의식이 다 지워진 채 누워 있었는데, 오로지 경찰이 자기를 추적하고 있다는 생각만 남아 있었다. 두 달이 더 지나서야 새크라멘토 병원에서 회복 중인 환자가 커크먼* 이라는 종적을 감춘 샌프란시스코 은행원으로 신원이 밝혀졌는데, 그 뒤에도 거의 보름이 더 지나서야 짐을 맡겨 놓은 생면부지 낯선 자를 추적해서 찾아내고, 짐 가방을 되찾고, 존의 편지가 마침내 수취인에게 배달되었는데, 편지 봉투는 뜯지 않은 상태 그대로였고 같이 봉해 놨던 내용물도 그대로 있었다.

한편 존은 한마디 말도 없이 휴가를 가 버렸으니, 그것은 변칙적인 일이었고, 그와 함께 상당한 액수의 돈도 사라졌기에 그것은 전혀 정상 참작이 되지 않는 일이었다. 그러나 그는 세심하지 못한 직원으로 알려져 있었고, 정직한 친구라고 다들 믿었으며, 부장님 본인도 그를 좋게 보고 있었기에, 다들 속으로 무슨 생각들을 하고 있었겠지만 별말들이 없었으나, 마침내 보름이 다 지나고 존이 나타날 때가 되었다. 그러나 이제는 이 사건이 아주 불미스럽게 보이기 시작하니, 조사를 해 보자 땡전 한 푼 없던 이 은행원이 수만 달러를 축적했는데, 경쟁사 은행에 그 돈을 비밀리에 보관해 놓았음이 탄로 나자, 그의 가장 든든한 우군들도 등을 돌렸고, 장부를 샅샅이 뒤져 고질적이고도 교묘한 사기꾼의 자취를 찾아보았으나 아무것도 발견되지는 않았는데도, 여전히 뭔가 손실을 입었다는 인상이 지배적이었다. 전보를 쳤고, 존이 상당한 액수의 수표를 만들어 간 이유가 에든버러로 가기 위해서라는 추정하에, 그쪽 은행에 있는 대리인에게 경찰에 연락을 취하라는 경고를 보냈다.

그런데 이 대리인은 니컬슨 선생의 지인이었고 존이 에든버러에서 사라진 그 처참한 사건을 잘 알고 있던 터라, 한 사건에 다른 사건을 겹쳐 놓고는, 이번의 추문 소식을 듣자마자 경찰서에 간 것이 아니라 니컬슨 씨에게 달려갔다. 이 노신사는 오래전에 자기 아들은 죽은 사람이나 마찬가지라 생각하고, 아들의 잘못에 대한 기억도 이미 오래된 통증으로 밀려나 이따금 다시 깨어나긴 하지만 언제나 의지적인 노력으로 패퇴시킬 수 있었기에, 이미 잊은 지 오래된 기억이 새로운 수치와 함께 되살아나는 것은 이중으로 쓰라린 고통이었다.

"맥유언," 노인이 말했다. "이 일을 은밀히 처리하세, 그게 가능하다면. 내가 자네한테 이들이 확실히 파악한 액수만큼의 수표를 써 줄 테니, 이 문제를 덮어 버리도록 일을 처리해 줄 수 있겠나?"

"그러지요." 맥유언 말했다. "위험하긴 하지만 한번 해 보지요."

"자네도 알다시피," 니컬슨 씨는 또박또박, 그러나 입술이 창백해져서 말을 이어 갔다. "나는 가족을 위해서 이렇게 하는 걸세, 그 불운한 젊은이를 위해서가 아니라. 만약 이 의혹들이 옳았다는 게 드러나고 그가 거액을 횡령했다면, 자기가 펼쳐 놓은 멍석에 자빠져야겠지." 그러고는 맥유언을 쳐다보고 고갯짓을 하며 그의 괴상한 미소 중 하나를 지어 보였다. "가 보시게나." 맥유언은 보아하니 위로의 말을 건네기에는 너무나 중대한 사안이기에, 자리에서 일어났고, 집으로 가는 길에 자기에게 자식이 없다는 것에 하나님께 감사 기도를 올렸다.

제5장. 탕자의 귀환

크리스마스 전날 정오가 약간 지난 시간에 존은 여행 가방을 보관소에 맡겨 두고 프린시스 스트리트로 발을 내디디며, 사람들이 대개 오랫동안 품고 있던 계획을 실현했을 때 그렇듯이, 기가 살아 멋들어지게 활짝 펼쳐지는 느낌을 즐겼다. 그가 다시 고향으로 신분을 숨긴 채, 또한 부유해져서, 돌아온 것이다 ─ 또한 당장 그는 자기 아버지 집으로 가서, 그의 온갖 방황하는 와중에도 경건하게 보관해 온 마스터키로 열고 들어갈 수 있고, 빌린 돈을 던지듯 내려놓을 것이며, 그러면 화해가 이루어질 것이니, 그 세밀한 사항들은 그가 머릿속으로 자주 생각해 본 바들 그대로일 것이고 ─ 또한 그는 계속 상상하기를, 그러고 나면 다음 달 내내 그는 여러 거창한 저택들에서 열리는 여러 뻣뻣한 만찬 파티에서 환영받을 것이고, 사나이로서 또한 여행자로서 대화에 당당히 끼어들 것이며, 성공적인 투자자의 권위에 힘입어 재테크의 법칙들이 무엇인지 천명할 것이다. 그러나 이 프로그램은 저녁 전에는, 저녁 식사 직전까지는 가동시킬 수 없었다 ― 온 가족이 식탁에 다시 모여 환하게 꽃핀 표정으로 둘러앉아, 돌아온 탕자를 위해 잡은 살진 송아지*의 현대판 버전인 최상의 와인이 잔에 넘칠 그때까지는.

그사이 그는 친근한 길거리들을 걸어 다니자, 즐거운 추억들이 몰려들었고 슬픈 기억들도 그렇긴 했지만, 둘 다 똑같이 놀라울 만큼 진한 감동을 주었다. 예리하고 쌀쌀한 날씨, 낮게 깔려 장밋빛을 띠는 겨울 햇살, 오랜 친구인 듯 그를 부르는 것 같은 에든버러 캐슬, 대문 명패마다 박혀 있는 지인들의 이름, 길거리에서 누군지 알 것 같은 친구들의 모습들(물론 그들을 피하느라 진력하긴 했지만), 북쪽 나라 고국 말씨의 노래하듯 듣기 좋은 억양,* 세인트조지 교회당의 돔은 기억 속으로 교회 골목에서의 그의 마지막 참회의 순간들과 당시 들리던 찬송가 〈영광의 왕〉을 불러냈는데, 이 찬송가는 그 후로 늘 그의 기억의 가장 서글픈 구석에서 메아리쳤고 ― 또한 그가 미끄럼 타기를 배우던 도랑들, 그가 첫 스케이트를 샀던 가게, 그가 밟고 다녔던 포장도로 돌들, 그가 학교 가는 길에 돌팔매 딸랑이로 새를 쫓아 버리던 난간이며, 눈으로 보면서도 알아보지 못하는 수천 가지의 자질구레하고 이름 없는 소소한 것, 기억 속에 담아 놓지만 뭔지 알지 못하는 것들 ― 이것들을 하나씩 꺼내 놓으면 우리가 고향이라고 부르는 곳의 모습이 그려지는 ―, 이 모든 것들이 걸어 다니는 동안 그를 에워쌌고 그를 기쁘게 또한 서글프게 했다.

그가 첫 번째로 찾아간 곳은 휴스턴네 집이었는데, 그는 예전에 친척 아주머니가 봐주고 있던 집을 한 채 리젠트 테라스*에 갖고 있었다. 대문은 (놀랍게도) 쇠사슬 열쇠 뒤로 열리더니, 안쪽에서 무엇 때문에 왔느냐고 묻는 목소리가 들렸다.

"휴스턴 씨 만나려고요, 앨런 휴스턴 씨." 그가 말했다.

"그러는 댁은 뉘시여?" 목소리가 물었다.

존은 '이거 참 희한한 일이구나' 하고 생각한 다음 자기 이름을 크게 말했다.

"뭣이여, 존 도련님이라?" 목소리가 외쳤고 갑자기 스코틀랜드 억양이 확 늘어나면서, 친근한 감정을 갖고 있음을 증언했다.

"네, 바로 접니다." 존이 말했다.

그러자 집사 영감이 방어벽을 제거했는데, "난 자네가 그 인간인 줄만 알았구먼"이라는 설명만 덧붙일 따름이었다. 하지만 주인장은 거기에 없다며, 아마도 머리필드*에 있는 집에 머무르는 모양이라며, 집사는 주인을 대신해서 그 집안의 온갖 소식을 기꺼이 전해 줄 의향이 있었겠지만, 존은 다소 감기 기운이 있다는 핑계를 대고 서둘러 돌아섰다. 다만 문이 다시 닫히자마자 '그 인간'이 누구인지 묻지 않은 걸 후회하긴 했다.

그는 아버지를 뵙고 가족들과의 문제를 모두 해결하기 전에는 더 이상 어디든 방문하지 않기로 했던 터, 앨런은 유일한 예외였지만, 머리필드까지 갔다 올 시간은 없었다. 하지만 지금 그는 리젠트 테라스에 와 있으니, 그가 언덕 반대편으로 돌아가서 매켄지네 집을 바깥쪽에서 둘러보는 걸 막을 이유는 전혀 없었다. 그쪽으로 걸어가며 그는 이제 플로라가 자기 나이랑 거의 비슷한 여인이 되었을 것이고, 그 나이면 아마 결혼했을 가능성이 크지 않을까 하는 생각을 했지만, 그는 이 불미스러운 의구심을 꾹 눌러 놓았다.

집은 거기 확실히 그대로 있었지만 대문 색은 달라졌고, 또 이건 뭔가, 문패가 두 개라니? 가까이 다가가 보니, 위쪽에 달린 것은 근엄하고도 단순하게 '프라우드풋 씨'란 말을 담고 있었고, 아래쪽 문패는 좀 더 상세하게, 지나가는 행인에게 이곳이 '변호사 J. A. 던롭 프라우드풋 씨'의 거처이기도 함을 알려 주고 있었다. 프라우드풋네는 아마도 부유한 모양이었던 것이, 이렇듯 한적한 곳에 무슨 의뢰인들이 많이 찾아올 리 없을 터이니, 그래서 존은 그들의 부유함과 그들의 이름 때문에,* 또한 그 집을 그들의 존재로 더럽혔기에 그들이 미웠다. 그는 학교 다닐 때 성이 프라우드풋이던, 잘 아는 사이는 아닌 아이가 있었던 기억이 났는데, 작달막하고 안색이 창백하고 무슨 아랫것들 출신의 천박한 녀석이었다. 그 덜떨어진 놈이 출세해서 변호사까지 되었단 말인가, 그래서 이제 플로라의 생가이자 존의 가장 가슴 설레는 추억이 묻어 있는 그 집에서 산단 말인가? 휴스턴이 없다는 말을 들었을 때 처음으로 받았던 등골이 오싹한 느낌이 다시 강해지더니 속을 강타했다. 잠시 그는 이 생소해진 집 대문 밑에 서서 로열 테라스의 적막한 포장길 동쪽과 서쪽을 번갈아 둘러보았다. 고양이 한 마리도 돌아다니지 않았고, 외로움과 황량함이 엄습해 와 목이 메자, 그냥 샌프란시스코에 있을걸 하는 생각이 들었다.

그렇긴 해도 그가 지금 체구도 근사하게 통통하고, 멋진 구레나룻, 지갑에 두둑이 들어 있는 돈, 최상급 여송연을 막 피워 문 모습을, 그때부터 10년 전 봄철 어느 일요일, 예배 보느라 고요한 시간에 그 도시를 몰래 빠져나가서 글라스고행 길로 나섰던 정신 나간 한 젊은 사내와 비교하자, 모종의 위안이 되었다. 이런 변화들을 감안하니 자신의 팔자에 대해 불평하는 것이 불경스러운 일로 보였다. 결국 모든 게 잘 풀릴 것이다. 매켄지 가족들을 만나게 될 것이고, 플로라는 이전보다 더 젊고 더 아름답고 더 친절해져 있을 것이고, 앨런도 만나게 될 것인데, 이제는 행실이 신중해져서 한편으로는 니컬슨 선생의 값진 측근으로 변해 있을 것이고, 다른 한편으로는 존이 동료들에게 기대하는 정도에 딱 맞는 유쾌한 친구로 남아 있을 것이다. 이렇듯 다시금 존은 성급하게 미래의 기쁨을 맛보고자 했으니, 먼저 교회 가족석에 처음으로 모습을 보이고, 스스로를 금융의 대가라고 여기던 그레그 숙부를 방문해 그의 에든버러의 침침한 시야에다 존은 미국 서부의 눈부신 태양빛을 쬐어 줄 것이고, 그 유례없이 극적인 변신의 장면, 손가락질당하며 도망갔던 자가 위풍당당하게 성공한 신사로 금의환향한 모습을 에든버러 온 시내에 과시하는 장면을 두루두루 세세히 그려 보았다.

부친이 사무실에서 돌아올 시간이 가까워지자, 탕자가 안으로 들어갈 신호가 떨어진 셈이었다. 그는 올버니 스트리트를 통해 서쪽으로, 다 꺼진 저녁노을의 잿더미를 바라보며 걸어갔는데, 그 차가운 공기와 쪽빛 땅거미를 가로등이 별빛처럼 밝혀 주는 사이로 거닌다는 것이 왠지 모르게 기분 좋았다. 그러나 그 길에서 그는 한 번 더 환상이 깨지는 체험을 할 참이었다.

피트 스트리트*와 만나는 지점에서 그가 여송을 하나 더 꺼내 새로 불을 붙이려 할 때, 성냥 불빛이 그의 얼굴에 강한 조명을 비춰 주었고, 자기 나이 정도 되어 보이는 남자 하나가 그 모습을 보더니 발을 멈췄다.

"아마도 댁의 성이 니컬슨이신 것 같은데요." 낯선 사람이 말했다.

누군지 알아보는 걸 피하기에는 너무 늦었고, 게다가 존은 실제로 자기 집으로 가는 길이었으니 아무래도 상관없었기에 자기 성격의 충동이 이끄는 대로 내맡겼다.

"아니, 이게 누구야!" 존이 외쳤다. "빗슨!" 그러고는 감격에 젖어 악수를 했다. 상대방은 별로 반가워하는 것 같지 않았다.

"그럼 다시 돌아온 모양이구먼?" 빗슨이 말했다. "자네 그 긴긴 세월 동안 어디에 있었던 거야?"

"미국에," 존이 말했다. "캘리포니아. 한밑천 만들었거든. 그런데 갑자기 고향에 가서 크리스마스를 지내면 참 우아하겠구나 하는 생각이 들더라고."

"그렇군." 빗슨이 말했다. "그래, 그럼 여기 있는 동안 언제 한번 보겠군."

"어, 아마 그러겠지." 존이 다소 굳어지며 말했다.

"그럼, 안녕." 빗슨이 결론을 짓고 악수를 하고는 다시 걸어갔다.

잔인한 첫 경험이었다. 엄연한 사실들을―존은 고향에 다시 돌아와 있다는 것, 그리고 빗슨, 오랜 친구 빗슨이 전혀 신경 쓰지 않는다는 사실을 모른 척하려 해 본들 소용이 없었다. 그는 과거의 친구 빗슨, 쾌활하고 다정했던 친구 녀석을 떠올려 보았다 — 둘이 합작했던 모험과 같이 사고 친 일들, 인디아 플레이스*의 유리창을 새총으로 깼고, 에든버러 캐슬 벽을 사다리를 타고 올라갔으며, 그 밖에 끈끈한 우정의 인연이 될 법한 값진 일들을 떠올리자, 뜻밖의 반응에 입은 마음의 상처가 더욱 아파 왔다. 좋다, 아무튼 사람이 결국 기댈 데는 식구들밖에 없는 법, 피는 물보다 진한 법, 그는 이런 생각을 떠올렸고, 그래서 이 우연한 만남이 다 제하고 남겨 준 결과는 그가 자기 아버지 집의 문턱에 더 가까이, 좀 더 다정하고 부드러운 감정을 품고 다가가게 한 것이다.

어느새 밤이 찾아와 있었는지, 대문 위의 작은 창문에서 불빛이 밝게 비쳤고, 식탁보를 펼치는 중인 식당 방의 창문 둘, 그리고 마리아가 저녁 식사를 기다리는 거실의 창문 세 개에는 노란 블라인드 사이로 좀 더 잔잔한 불빛을 비추고 있었다. 그것은 마치 과거의 모습을 보여 주는 듯했다. 그가 없어진 시절 내내 삶은 차분히 앞으로 발걸음을 떼며 나가고 있었고, 늘 그 시간에 맞춰 불과 가스등은 켜지고 밥상이 차려졌다. 또한 늘 그 시간에 맞춰, 종을 세 번 울려 가족에게 예배 시간을 알렸던 것이다. 그런 생각을 하자, 자기가 한 못난 짓에 대한 후회의 쓰라린 감정이 엄습해 왔고, 생각해 보니 선한 일임에도 자신이 태만하게 무시했던 것, 또한 악한 일들임에도 그가 사랑했던 것이 기억 속에 떠오르자, 그는 입으로 기도를 중얼거리며 계단을 올라간 뒤 열쇠 구멍에 열쇠를 쑥 집어넣었다.

그는 불 켜진 홀로 발길을 옮기며 뒤로 가만히 문을 닫았는데, 놀라움에 사로잡혀 그 자리에서 움직이지 못했다. 생소하기 때문에 놀라는 것은 완전히 친숙한 광경이기 때문에 놀랄 때와 같은 급일 수 없다. 계단 난간 가까이에 있는 차머스의 흉상*도 그대로 그 자리에, 양복 솔도 늘 놓던 곳에 그대로 있었고, 모자걸이에 걸려 있던 모자들과 외투들도 자기가 기억하고 있던 것과 아마도 똑같은 것 같았다. 10년의 세월이 그의 삶에서, 마치 손가락 사이로 핀 하나 남기지 않고 미끄러져 없어지듯 뚝 떨어져 버린 것 같았고, 대서양과 산맥 광산과 샌프란시스코의 우글거리는 장터와 뒤섞인 인종들, 또한 자신의 행운과 수치가 그 한순간에는 이미 지나가 버린 꿈속 형상들로 보였다.

그는 자기 모자를 벗고 자동적으로 모자걸이로 이동했는데, 거기에서 한 가지 작은 변화가, 그에게는 제법 큰 변화가 발견되었다. 그가 아카데미 학교*에서 느긋하게 집으로 천천히 돌아와 교복 모자를 획 던지듯 걸던 거기, 그가 고등학교 때 또 사무실에 다닐 때 씩씩하게 돌아와서 처음으로 얻은 어른 모자를 걸던 전용 모자걸이 — 그것을 다른 사람이 사용하고 있었다. '내 전용 모자걸이만은 존중해 줄 수 있는 것 아닌가?' 이런 생각이 들자 그는 마치 무시당한 것 같은 기분이 들었으나, 즉각 자신의 처지를 기억하니, 자신은 낯선 집에 들어온 침입자요, 거의 도둑처럼 몰래 들어온 것이나 마찬가지, 어느 순간이든 어떻게 들어왔는지 추궁당해도 별 면목이 없는 처지였다.

그는 즉시 모자를 손에 든 채 아버지의 방문으로 이동해, 문을 열고 안으로 들어갔다. 니컬슨 씨는 그 마지막 일요일 아침과 똑같은 자리에 똑같은 자세로 앉아 있었는데, 다만 좀 더 나이를 먹어서 백발이 더 늘어나 있었고 더 엄격한 표정이었다. 그가 위로 눈길을 올려서 아들의 눈과 마주치자, 이상야릇하게 동요하는 기색과 어두운 분위기가 얼굴을 순간 덮었다.

"아버지," 존은 차분하게, 그리고 심지어 쾌활하게 말했다. 그는 오래전부터 이 순간을 준비해 왔다. "아버지, 제가 왔습니다, 그리고 제가 아버지한테서 가져갔던 그 돈이 여기 있습니다. 아버지의 용서를 빌러 다시 돌아온 것이고요, 또한 아버지와 동생들하고 크리스마스를 보내려고요."

"돈은 안 받는다," 아버지가 말했다. "그리고 나가!"

"아버지!" 존이 외쳤다. "하나님을 봐서라도 저를 이런 식으로 맞이하지 마세요. 제가 돌아온 이유는⋯⋯."

"내 말을 잘 듣거라," 니컬슨 씨가 말을 막았다. "너는 내 아들이 아니야, 또한 하나님 앞에서 나는 너와의 관계를 말끔히 청산한다. 한 가지 마지막으로 네게 말해 주마, 한 가지 경고해 주지, 모든 것이 들통 났고, 너는 지금 네가 저지른 범죄 때문에 수배 중이라는 걸, 만약 네가 아직 멀쩡하게 돌아다닌다면 그것은 내 덕택이라는 걸, 하지만 난 내가 하고자 하는 만큼 다 했고, 이제부터는 손가락 하나 까딱하지 않을 것이다 ─ 손가락 하나도 ─ 네가 교수대에 매달리든 말든! 자 그럼," 낮게 깔린 목소리에 절대적인 권위를 담아, 또한 단호하게 손가락에 힘을 주어 문을 가리키며 말했다. "자 그럼, 나가!"

제6장. 머리필드에 있는 집

존이 그날 저녁을 어떻게 보냈는지, 어찌나 정신이 휘몰아치듯 혼란스러웠는지, 분노가 폭풍처럼 몰아치다가 맥이 쑥 빠지며 속이 뒤집혔는지, 길거리를 왔다 갔다 서성거리다가 허탈한 발걸음을 술집으로 돌렸는지 등을 이야기해 보았자 별 유익할 것이 없을 것이다. 그의 불행이 점차 더 늘어나고 있지는 않았을지 몰라도 전혀 줄어들 기미가 보이지 않았으니, 그것은 그의 처량하고 화가 나기도 하는 상태가 가라앉는 정도에 맞춰 두려움이 대신 솔솔 샘솟기 시작했기 때문이다. 처음에는 아버지의 협박조 말씀을 기억의 안전한 서랍에 넣어 두고 시간이 되면 되새겨 보려 했다. 처음에는 온통 정을 줬으나 배반당했고 희망이 메말라 버린 절망을 느꼈으나, 이내 두드려 맞은 허영심이, 치명적인 상처를 한 스무 군데는 입은 모습으로 다시 고개를 쳐들었고, 그러자 아버지와의 인연은 그쪽에서 아들과의 인연을 끊었듯이, 아들도 끊어 버렸다. 멀쩡하고 규칙적인 삶을 살아왔다는 게 뭐 대수라고, 존이 그걸 존경해야 하나? 시계추처럼 기계적인 그런 미덕들이 다 무슨 소용인가, 사랑이 거기에서 빠져 있는데? 인자함이 잣대가 아니던가. 인자함이 목표요 정수인 터, 그 기준으로 판정하자면, 부친이 내친 탕자가 — 이제 빠른 속도로 목으로 넘기는 술에 그의 슬픔을 씻어 내며 그의 이성도 덩달아 흐려지는 중이라 — 자기만 잘났다고 뻐기는 아버지에 비해 더 아름다운 덕성을 갖춘 존재로 부상했다. '그럼, 내가 더 낫지.' 이런 생각을 하고 그걸 의식하며 기분이 좋아져서 그는 (발길이 어쩌다 보니 닿게 된) 하워드 플레이스* 모퉁이에 있는 한 주점으로 들어갔고, 자신이 훌륭한 사람임을 술 한 잔 따라 놓고 선언하니, 아마도 그게 집에서 쫓겨난 후 네 번째 잔이었을 것이다. 그것이 몇 잔째인지는 그가 아는 바 없는 일이고, 그가 뭘 했으며 어디에 와 있는지도 개의치 않았으며, 신경을 황급하게 꺼 버리려고 서두르는 통에 만취 상태에 근접하고 있음을 의식하지 못했다. 사실 그가 정말로 취하고 있었는지, 아니면 위스키가 처음에는 오히려 그의 정신을 멀쩡히 깨워 놓았는지는 논란의 여지가 있다. 그가 이 마지막 잔을 비울 때조차 아버지의 애매하고도 협박하는 말씀들이 — 기억 한곳에 숨겨 놓은 구석에서 톡 하고 고개를 들고서는 — 마치 그의 어깨에 누가 손을 얹기라도 한 것처럼 그를 화들짝 놀라게 했으니 말이다. "범죄, 수배, 교수대." 이런 흉측한 말들을 쓰다니, 게다가 죄 없는 사람의 귀에다 대고 쓰니, 아마 더욱 흉측하게 들렸을 것이고, 만약 무슨 법적인 오류가 지금 자신을 겨냥하고 있다면, 그렇게 말도 안 되는 일을 계속 밀고 가는데 누가 제동을 걸겠나? 존은 전혀 그럴 인물이 아니었다 — 존은 무죄의 힘을 믿는 사람이 아니었기에, 그의 저주받은 경험은 그와 다른 방향으로 믿음을 돌려 놓았기에, 그래서 두려움이 일단 솟아나자 매 시간 점점 불어났고, 도시의 길거리를 돌아다니는 그의 등 뒤로 계속 쫓아다녔다.

그때가 밤 9시쯤이라, 그는 점심 이후 뭘 먹은 것은 없으나 술은 상당히 많이 마셨고, 감정의 동요에 녹초가 된 지경에서 휴스턴 생각이 머릿속에 떠올랐다. 그는 단지 그를 친구로서 의지할 생각을 한 것이 아니라, 그의 집이 피신처가 될 수 있다는 생각을 한 것이었다. 그를 협박하는 위험이라는 것이 아직은 워낙 불투명해서 그가 무엇을 두려워해야 하고 무엇을 기대해야 할지 알 수는 없지만, 적어도 부인할 수 없는 점 하나는 공적인 장소인 여관보다는 개인 집이 더 안전하리라는 것이었다. 이런 충고를 스스로 받아들여 그는 즉각 (주위를 다소 경계하며) 캘리도니언 역* 진입로의 밝은 빛 안으로 들어갔고, 물품 보관소에서 여행 가방을 찾아 이내 택시 마차를 타고 글라스고 로드의 곡선 길을 달려갔다. 움직임과 위치가 바뀌고, 뒤에서 반짝거리는 가로등의 모습이 보이고, 마차에 배어 있는 습기와 곰팡이와 썩은 지푸라기 냄새를 맡자, 그는 정신이 말똥해졌다가 죽을 것처럼 어지러운 상태에 빠졌다가를 기괴하게 반복했다.

'아, 내가 술을 마셨지, 참.' 그는 생각이 돌아왔다. '곧장 침대로 가서 자는 게 좋겠어.' 그러고는 졸음이 물결치듯 몰려오자 하늘에 감사했다.

이런 몽롱한 상태에 다시 한 번 빠져 있을 때, 그는 마차가 갑자기 멈춰 서는 통에 깨어나 내려서 보니 거의 시골길이나 다름없는 곳에 와 있었는데, 교외 주택가의 가로등이 제법 멀리 저 아래쪽에서 비추고, 앞에는 정원의 높은 담벼락이 어둠 속에서 우뚝 솟아 있었다. 이곳 '산장'(그 집 이름이 그러했다)은 그야말로 적막하게 홀로 서 있었다. 남쪽으로는 또 다른 집과 닿아 있었으나, 워낙 넓은 정원 속에 집이 있다 보니 인기척을 알기 어려웠고, 나머지 방향으로는 온통 열린 들판들이 펼쳐졌는데, 코스토핀 언덕 숲쪽 오르막으로 이어지거나, 뒤쪽으로 래블스턴 골짜기에 닿거나, 아래쪽으로는 리스 계곡 방향으로 내려갔다. 이러한 은둔의 효과는 정원 담장의 엄청난 높이로 더 강화되었는데, 이 담장은 그 높이가 수도원 담벼락처럼 높아, 존이 옛날 초등학생 시절에 타 넘으려 시도했다 실패한 적이 있었다. 마차의 등불이 희미한 불빛을 비춰 주자 대문과 결코 반들거린다고 할 수 없는 초인종 손잡이가 보였다.

"내가 종을 쳐 드릴까?" 마차 기사가 운전석에서 내려와 말하면서, 밤공기가 아주 차가웠기에, 자기 가슴을 툭툭 쳤다.

"그렇게 해 주세요." 존이 손을 이마에 대면서 말하려는데, 어지럼증이 다시 근접해 왔다.

마차 기사가 손잡이를 잡아당기자 딸랑거리는 종소리가 정원 안쪽에서 대답했고, 충분히 간격을 두고 두세 번 더 그렇게 하자, 몹시 추운 밤공기 속의 엄청난 침묵 속으로 소리가 예리하게 울린 후 미미하게 사라졌다.

"댁이 오는 걸 아시나?" 마차 기사가 묻는데, 친근하게 관심을 보이는 태도가 포도주색처럼 발그레한 얼굴에 아주 잘 어울렸고, 존이 그렇지 않다고 말하자, 그가 말했다. "그렇다면 내가 충고를 조금 하지. 그냥 돌아가는 게 좋겠다 싶은데. 게다가 이건 나한테 남는 게 없는 거라고, 아시겠어, 내 마구간이 글레스기(글라스고) 로드에 있으니까."

"하인들이 아마 들었을 거예요." 존이 말했다.

"뭔 소리여!" 마차 기사가 말했다. "이 사람은 여기에 아무런 하인도 두지 않아요. 하인들은 다 시내 집에만 있어요, 내가 그리로 자주 태우고 갔으니까, 여기는 일종의 은둔처라고."

"내가 종을 칠게요." 존이 말을 하고는, 절박한 사람처럼 종을 세게 쳤다.

소란스러운 종소리가 채 가라앉기 전에 자갈을 깐 보행로로 발소리가 나는 것이 들렸고, 몹시 성가셔하며 짜증 내는 목소리가 문 사이로 외쳤다. "누구세요, 뭣 땜에 그러는 거예요?"

"앨런," 존이 말했다. "나야 ― 뚱보 ― 존, 알잖아. 내가 고향으로 막 돌아왔거든. 너랑 같이 있으려고 이리로 왔어."

한순간 아무 대답도 없다가 대문이 열렸다.

"여행 가방 좀 내려 주세요." 존이 마차 기사에게 말했다.

"절대로 그러지 마세요." 앨런이 말했다. 그러고는 존에게 말했다. "잠시 안으로 들어와, 할 말이 좀 있으니까."

존은 정원으로 들어갔고 그의 등 뒤로 대문이 잠겼다. 자갈 보행로에는 촛불이 하나 서 있었는데, 촛불은 바람에 날리며 약간 깜빡거리며 촘촘히 들어선 호랑가시나무에 변덕스럽게 광채를 던졌고, 앨런의 얼굴에 무슨 베일을 씌운 듯 빛과 어둠이 오락가락하게 했으며, 앨런의 뒤쪽으로 그림자를 만들어 맴돌게 했다. 그 이상으로는 전혀 눈으로 파악할 수 없었고, 존의 빙빙 도는 두뇌는 그림자와 함께 요동하고 있었다. 그렇긴 해도 그는 앨런이 창백한 안색이고 말을 할 때 목소리가 어딘가 부자연스럽다는 점이 특이해 보였다.

"오늘 밤에 여기 온 이유가 뭐야?" 그가 말을 시작했다. "나도 쌀쌀맞게 굴고 싶지 않아, 하나님도 아시듯이. 하지만 이거 봐, 니컬슨, 너를 맞이할 수가 없어, 그렇게는 못해."

"앨런," 존이 말했다. "그렇게 해야만 해! 내가 지금 처한 처지가 얼마나 엉망인지 모르겠지만, 내가 지금 여관에 감히 얼굴을 내밀 수가 없거든, 나는 살인죄인지 뭔지 혐의로 수배 상태니까!"

"뭐 때문이라고?" 앨런이 깜짝 놀라며 소리쳤다.

"살인죄인가 봐, 아마도." 존이 말했다.

"살인죄라고!" 앨런이 말을 되풀이하더니, 자기 손으로 두 눈을 가렸다 내려놓았다. "지금 뭐라고 했어?" 그가 다시 물었다.

"내가 수배 중이라니깐." 존이 말했다. "살인죄 혐의를 지고 있나 봐, 아마 내가 파악하기에는. 그리고 정말 오늘 하루 아주 끔찍했어, 앨런, 이렇게 추운 밤에 길거리에서 노숙을 할 수도 없잖아 — 게다가 이 여행 가방도 문제고." 그가 간청했다.

"쉿!" 앨런이 한쪽으로 머리를 기울이더니, "무슨 소리 안 들렸어?"라고 물었다.

"아니." 존이 말했는데, 이유는 모르지만 공포감이 전해지자 목소리가 떨렸다. "아니, 아무 소리도 못 들었는데, 왜?" 그러고는 앨런이 아무 대답도 없자, 그는 다시 사정하기 시작했다. "그렇지만 이거 봐, 앨런, 날 좀 재워 줘야 해. 네가 뭐 달리 할 일 있으면 곧장 가서 잘게. 내가 술을 좀 하긴 했는데, 그 정도로 충격이 컸던 거야. 야, 앨런, 네가 나처럼 이렇게 처참한 처지에 빠졌다면 나는 널 쫓아 보내지 않을 거다."

"아니라고?" 앨런이 대답했다. "그러지 않겠지. 들어와, 나가서 여행 가방 챙겨야지."

마차 기사에게 돈을 지불하자 그는 길게 가로등불이 이어진 내리막길로 마차를 몰고 갔고, 두 친구는 여행 가방을 옆에 두고 마차 바퀴 소리가 사라지고 조용해질 때까지 인도에 서 있었다. 존이 보기에 앨런은 택시 마차가 가 버렸는지 여부를 중요하게 생각하는 것 같았지만, 존은 누굴 비판할 처지가 아닌지라, 그냥 그러한 심각한 느낌을 말없이 공유했다.

마침내 완벽한 정적이 다시금 찾아오자, 앨런은 여행 가방을 어깨에 메고 안으로 들어간 후 정원 대문을 닫고 잠갔다. 그러더니 또다시 얼빠진 상태로 손에 열쇠를 든 채 그 자리에 서 있자, 냉기가 존의 손가락을 물어뜯기 시작했다.

"왜 우리가 여기 이러고 서 있는 거지?" 존이 물었다.

"어?" 앨런이 멍청하게 말했다.

"아니, 이 친구, 지금 제정신이 아닌 것 같아." 상대방이 말했다.

"맞아, 내가 제정신이 아니야." 앨런이 말하더니, 여행 가방을 내려놓고 두 손으로 얼굴을 가렸다.

존은 그 곁에 서서 약간 비틀거리며, 비틀거리는 그림자들과 나풀거리는 불빛과, 머리 위로 차분하게 떠 있는 별들을 둘러보니, 바람이 불지 않는데도 냉기가 옷으로 스며들어 와 맨살을 건드렸다. 비록 그의 머릿속이 어리벙벙한 상태이긴 했으나, 의아하다는 생각이 떠오르기 시작했다.

"자, 우리 이제 그만 집으로 들어가자고." 존이 마침내 입을 열었다.

"그래, 집으로 들어가자." 앨런이 말을 이어받았다.

그래서 그는 곧장 일어서서 여행 가방을 다시 어깨에 메고 다른 손으로는 촛불을 들고 산장을 향해 이동했다. 건물은 길쭉하고 천장이 낮았고 숨이 막힐 정도로 온통 담쟁이넝쿨들에 에워싸여 있었는데, 식당 방 셔터 사이로 새어 나오는 약간의 빛을 제외하면 어둠과 침묵에 푹 잠겨 있었다.

홀에서 앨런은 또 다른 초에 불을 붙여 존에게 준 후 침실 하나의 문을 열었다.

"여기," 그가 말했다. "여기서 자. 난 상관하지 말고, 존. 나중에 알게 되면 나를 불쌍하게 생각할 거야."

"잠깐만 기다려." 존이 대답했다. "내가 계속 밖에 서 있고 어쩌고 하다 보니 몸이 얼었거든. 식당 방에 잠시 가서 딱 한 잔만 하면 몸이 녹을 것 같은데, 앨런."

홀에는 잔과 위스키 레이블이 붙어 있는 병 하나가 쟁반에 놓여 있었다. 분명히 술병을 막 딴 모양이었다. 병마개와 병따개가 그 곁에 놓여 있는 걸 보니.

"이걸 가져가." 앨런이 존에게 위스키를 건네주며 말하더니, 다소 거칠게 자기 친구를 침실로 밀어 넣고는 밖에서 문을 닫았다.

존은 어안이 벙벙한 채 서 있다가, 병을 흔들어 보았고, 그가 더 놀란 것은, 자세히 보니 병이 약간 비어 있었다는 것이다. 서너 잔은 이미 사라진 상태였다. 앨런은 이 위스키 병을 개봉해서 서너 잔을 연달아 마셨나 보다, 앉지도 않고 서서, 왜냐하면 의자가 없었으니까, 게다가 이 얼어붙을 정도로 추운 밤에 자기 집 추운 로비에서! 그 친구가 워낙 괴상한 면이 있으니까 그럴 수도 있다고 존은 현명하게도 설명한 후, 한 잔 따라서 물에 탔다. 불쌍한 앨런! 그 친구가 술에 취한 거야, 술이란 게 참으로 끔찍한 거지, 게다가 이렇게 아무도 없이 혼자 불편하게 마시고 있으니, 얼마나 술의 노예가 된 것인가! 혼자 마시는 사람들은 ― 지금 자기가 하고 있듯이 ― 건강을 위해서 마시는 게 아니라면, 완전히 갈 데까지 간 셈이었다. 그는 술잔을 비웠고 정신은 더 흐릿해졌지만 몸은 따뜻해졌다. 여행 가방을 열고 잠옷을 찾는 게 쉽지 않았기에, 그가 옷을 갈아입기 전에 추위가 다시 한 번 그를 공격했다. "뭐," 그가 말했다. "그냥 딱 한 방울만 더 마시자. 이 고생을 다한 끝에 병에 걸리기라도 하면 지금까지 한 게 다 무슨 소용이겠어." 그러고는 이내 꿈도 꾸지 않고 깊은 잠에 파묻혔다.

존이 일어났을 때는 대낮이었다. 나지막한 겨울 햇살이 이미 중천에 떠 있었으나, 그의 시계가 서 버려 정확히 몇 시인지 알기가 불가능했다. 10시쯤 됐나, 하고 추측한 다음, 서둘러 옷을 주워 입자니, 울적한 생각들이 떼를 지어 머릿속으로 몰려 들어왔다. 하지만 지금 그를 힘들게 하는 것은 공포보다 후회였고, 그의 후회에는 가슴 아픈 참회의 예리한 아픔이 뒤섞여 있었다. 그가 한 대, 정말 무자비하게 얻어맞긴 했으나, 그것은 자기가 옛날에 잘못한 짓들 때문에 벌 받는 것일 뿐임에도, 거기에 반항해 새로운 죄에 빠져들었던 것이다. 징벌의 회초리는 그를 훈계하려고 사용된 것이지만 그는 훈계하는 손가락을 깨물었던 것이다. 아버지가 옳았고, 존이 한 짓을 보면 그러시는 게 당연한 일, 존은 멀쩡한 사람들의 집안에 끼어들거나, 멀쩡한 사람들의 아이들과 어울릴 자격이 없었다. 그리고 이보다 더 큰 근거가 필요하다면, 그의 옛 친구의 사례를 보면 되었다. 존은 이따금 술을 과하게 마시기는 해도, 주정뱅이는 아니었기에, 휴스턴이 말끔히 정제된 위스키를 자기 거실 탁자에서 마시고 있는 광경을 그려 보자, 뭔가 역겨운 느낌이 들었다. 그는 자기 옛 친구와 만나기가 꺼려졌다. 그는 이 친구한테 오지 말걸 그랬나, 하는 후회를 했지만 지금도 마찬가지로, 어디로 갈 데가 있었겠나?

이런 상념들이 옷을 차려입는 동안 그를 점령하고 있었고, 그가 집의 로비로 나갈 때도 따라다녔다. 정원 쪽으로 문이 열려 있는 것을 보니, 아마도 앨런이 바깥으로 나간 모양이라, 존도 친구가 그랬으리라는 가정대로 따라서 나갔다. 땅바닥은 강철같이 단단했고, 서리는 여전히 준엄했고, 호랑가시나무 사이를 스쳐 지나가자 고드름이 대롱거리다가 반짝거리며 떨어졌으며, 어떤 쪽으로 가건 한 떼의 참새가 열심히 그를 따라다녔다. 정말 크리스마스에 딱 어울릴 날씨에 크리스마스 아침을 제대로 맞이하는 셈이었기에, 어린아이들이 반기며 기뻐할 것이었다. 이날은 가족이 재회하는 날, 그가 그토록 오랫동안 기대했던 날, 랜돌프 크레슨트에 있는 자기 침대에서 잠이 깨어, 모든 사람들과 화해하고 어린 시절 발자국을 다시 밟을 수 있으리라고 기대했던 날이건만, 그는 이렇게 홀로 이곳에, 차가운 겨울 정원의 오솔길을 서성거리며 죄책감을 가득 담고 있었다.

그러자 이런 생각이 떠올랐다. 왜 혼자지? 앨런은 어디 간 거야? 축제의 날임을 기억하고 그날에 맞는 덕담이 생각나자 친구를 보고 싶은 욕망이 되살아나, 그의 이름을 부르며 그를 찾기 시작했다. 자기 목소리가 사라져 가자, 그는 엄청난 침묵이 자신을 에워싸고 있음을 감지했다. 참새들의 재잘거리는 소리와 얼어붙은 눈을 짓이기는 자기 발소리를 제외하면, 바람도 불지 않는 공기만이 사방에서 마치 뭔가에 도취된 듯 그의 위에 멈춰 있었고, 그 정적은 혼자 있기 두려운 느낌을 그의 마음에 전달하며 짓눌렀다.

여전히 이름을 사이사이 불러 대면서, 하지만 이제는 좀 목소리를 낮추어, 그는 황급하게 정원을 한 바퀴 돌았으나, 우거진 상록수들 사이 그 어디에서도 사람이건 사람의 흔적이건 아무것도 찾아볼 수 없었기에, 그는 마침내 다시 집 쪽으로 발길을 돌렸다. 집주변으로는 고요함이 더 이상야릇하게 깊어지는 것 같았다. 문은 분명히 예전처럼 열려 있었으나, 창문은 여전히 셔터를 내린 상태였고, 굴뚝에서는 맑은 하늘로 그 어떤 얼룩도 뿜어 내지 않았고, 집들이 안에 사람이 있다는 사실을 알리며 드러내 주느라 움찔거리는 잔잔한 소리를 (그것은 아마도 육체의 귀보다는 영혼의 귀에만 들리는 소리일 것이다) 집 주변에서 전혀 들을 수 없었다. 그럼에도 앨런은 분명히 거기 있을 것이다 — 앨런은 술이 덜 깨서 잠에 빠진 채, 다시 대낮이 되었고, 거룩한 축일이 시작되었고, 그가 그렇게 냉정하게 맞이했던 친구가 와 있고, 지금은 그 친구를 버릇없게 무시하고 있다는 것 등을 잊은 채. 이런 생각을 하자 존은 역겨움이 배로 증가했으나, 혐오감보다는 허기가 더 강해지고 있어, 다른 뜻은 없다고 쳐도 순전히 아침 식사를 얻어먹기 위한 조치로서, 자는 사람을 찾아서 깨워야겠다고 생각했다.

그는 집의 침실들을 하나씩 살펴보았다. 앨런의 방에 도착하기 전까지 나머지 방들은 모두 밖에서 잠겨 있고, 장기간 사용하지 않은 상태임을 보여 주는 표시가 배어 있었다. 그러나 앨런의 방은 사용 준비가 된 상태로, 옷가지, 인테리어 소품들, 편지, 책, 혼자 사는 남자의 편의를 위한 물품들이 갖춰져 있었다. 벽난로에 불을 때긴 했으나, 오래전에 다 타 버렸는지, 남은 재들은 돌덩이처럼 차갑게 식어 있었다. 침대는 잘 수 있게 준비되어 있었으나, 누가 잔 흔적은 없었다.

점점 더 안 좋은 징조였다. 앨런은 앉아 있던 자리에서 쓰러져 식당 바닥에 필시 짐승처럼 큰대자로 누워 있는 모양이니.

식당은 매우 길쭉한 방으로, 복도를 통해 접근할 수 있었기에, 존은 입구에 도착하자 촛불을 가져오지 않아 창문 쪽으로 두 팔을 벌리고 가구를 더듬어서 가구에 부딪히며 앞으로 나가야 했다. 갑자기 그는 발이 뭔가에 걸려 넘어져 뻗어 누운 사람 몸 위에 그대로 쓰러졌다. 그가 찾던 대상이기는 하나 그래도 충격을 받았고, 또한 거칠게 충돌했건만 이 술주정뱅이가 신음도 내지 않는다는 점이 놀라웠다. 예전에도 사람들이 지나친 음주로 인해 스스로 목숨을 잃은 경우가 있었다는 생각을 하니, 그 적막하고 처참한 종말 생각에 존은 몸서리를 쳤다. 정말 앨런이 죽었으면 어쩌지? 크리스마스 날에 그게 무슨 꼴이야!

이런 생각을 할 때쯤 존은 셔터에 닿았고, 셔터를 젖히고 다시금 대낮의 축복받은 얼굴을 바라보았다. 바깥의 빛에 비춰 보아도 그 방은 편치 않은 느낌을 주었다. 의자들은 흩어져 있는데 하나는 뒤집어져 있고, 식탁보는 마치 식사를 위해 깔아 놓은 것 같았으나 한쪽을 확 잡아당겨서 밀려 있고, 접시들 몇 개는 바닥에 떨어져 있었다. 식탁 뒤에는 술주정뱅이가 여전히 잠에서 깨어나지 않은 채 누워 있는데, 존에게는 발 하나밖에 보이지 않았다.

그러나 이제 방에 빛이 들어오니, 최악의 사태는 넘긴 것 같았는데, 물론 그게 역겨운 일이긴 해도 그저 역겨운 것 이상은 아닌지라, 존은 식탁을 돌아서 다가가며 딱히 큰 염려는 하지 않았으나, 그날의 비교적 평탄한 순간은 그것으로 마지막이었다. 그가 모서리를 돌자마자, 신체에 눈이 닿자마자, 그는 숨이 막힌 듯 넘어가는 외마디를 지른 뒤, 쏜살같이 방에서 나와 집 밖으로 도망쳤다.

누워 있는 사람은 앨런이 아니라, 훨씬 더 나이가 많아 보이는 남자로, 엄격한 표정에 곱슬머리는 희끗희끗했으며, 게다가 술에 취해 누운 것이 아니었다 ─ 몸은 검은 웅덩이를 이룬 피 위에 누워 있었고 두 눈은 뜬 채 천장을 응시하고 있었으니.

존은 문 앞에서 서성거렸다. 공기가 극도로 예리하게 차가웠기에 그의 신경에 마치 수축제처럼 작용하여 즉시 그를 긴장시켰다. 계속 흔들거리는 발걸음을 부산히 움직이다 보니, 이내 그가 방금 본 모습들이 점차 가까이 다가와서 그의 상상력 속에 더 오래 머물기 시작했고, 사고의 능력이 다시 그에게 돌아와서 자기가 처한 상황이 얼마나 끔찍하고 위태로운지 깨닫자, 그는 그 자리에 멈춰 선 채 두 발을 떼지 못했다.

그는 이마를 움켜잡고 바닥에 깐 자갈의 한 지점을 응시하면서, 그가 알고 있는 바와 그가 추측하는 바들의 앞뒤를 맞춰 보았다. 앨런이 누구를 살해한 것이고, 리젠트 테라스의 집사가 '그 사람' 때문에 문에 열쇠사슬을 풀지 않던 바로 그 사람일 수도 있고, 아니면 다른 사람, 아무튼 누구를 죽인 게 분명하니 — 영혼 있는 인간을, 사람을 죽였으므로 죽음으로 갚아야 할 죄를 지은 것이며, 그의 피가 바닥에 흘러 있었다. 그렇기 때문에 복도에서 위스키를 마신 것이고, 그렇기 때문에 존을 맞아들이기를 꺼려했고, 행동이 괴상했고, 당황스러운 말을 했던 것이며, 또한 그래서 살인이란 명사만 들어도 화들짝 놀라며 그 말을 계속 되뇌었던 것이고, 그래서 그가 가만히 서서 귀를 기울이고 있었고, 그 야밤에 앉아서 두 눈을 가렸던 것이다. 그리고 지금 그가 가 버리다니, 지금 비열하게 도주하다니, 자신의 곤경과 위험을 존에게 고스란히 물려준 채.

"생각을 좀 해 보자고 — 생각을 좀 해 보자니까." 그는 큰 소리로 말했는데, 안달이 나서, 심지어 간청하는 투로, 마치 어떤 무자비한 훼방꾼에게 말하는 것 같았다. 온갖 생각들이 소용돌이치는 와중에 수천 가지 암시와 희망과 협박과 공포들이 끊임없이 그의 귓속에다 떠들어 대니, 그는 마치 왁자지껄한 군중의 한복판에 던져진 처지 같았다. 어떻게 그가 기억을 할 수 있었겠나 ─ 차분한 생각을 하나라도 여분으로 떼어 놓을 겨를이 없는 그가 ─ 바로 자기 자신이 이 극심한 혼돈을 지어낸 자이며 그 현장을 제공하고 있다는 것을? 그러나 시련의 시간에는 인간의 심성들에서 평상시 유지하던 연정 체제가 와해되고, 무정부 상태가 그 뒤를 이어받는 법이다.

명백한 것은 그가 더 이상 그곳에 남아 있어서는 안 된다는 것이었다, 새로운 사법적 오류가 생겨나는 중이었으니. 보다 덜 명백한 것은 그가 어디로 가야 할지였는데, 이미 작동 중인 사법적 오류가, 그 내용이 구름처럼 불투명하기는 해도 사람이 살 만한 세상을 온통 메워 놓은 것처럼 보였던 터라, 그곳이 어디건, 그를 수색하고 있었다 ─ 에든버러에서는 그 오류가 완숙한 경지로 성장해서, 아마도 오류의 출생지는 샌프란시스코인 모양이고, 그가 자기 계좌에서 현찰을 찾으러 은행에 가도, 필시 무슨 용처럼 그를 경계하며 대비하고 있을 테니, 그 외에 갈 곳이 여러 군데 있다고 쳐도, 그것이 어디에서 어떤 형태로 잠복하고 있지 않다고 누가 장담할 수 있겠나? 정말로 그는 어디로 가야 할지 정할 수가 없었으나, 그렇다고 이 난제들에 묶여 더 이상 시간을 낭비해서도 안 될 일이었다. 그렇다면 처음 출발한 곳으로 돌아갈 수밖에. 명백한 것은 그가 지금 있는 그곳에 더 이상 남아 있으면 안 된다는 것이었다. 마찬가지로 명백한 것은 그가 지금 그 상태로 도주해서는 안 된다는 것이었기에, 그는 자신의 무거운 여행 가방을 들고 다닐 수도 없었으나, 그것을 거기 남겨 둔 채 도주한다는 것은 수렁에 더 깊이 빠지는 일이었다. 그가 할 일은 떠나는 것, 이 집을 무방비 상태로 놔두더라도, 그다음 택시 마차를 찾고, 다시 이리로 돌아오는 것이었다 ― 부재 후 다시 온다? 그럴 용기를 낼 수 있을까?

그런데 마침 그는 자신의 바지에서 손바닥 크기만 한 얼룩이 눈에 띄자, 손가락을 아래로 내려서 만져 보았다. 손가락이 붉게 물들었다, 피로. 그는 그것을 역겨움과 놀라움과 공포에 질려 응시하고는, 이 새로운 느낌이 날카롭게 자극하자 즉각 행동에 돌입했다.

그는 손가락을 눈으로 닦아 낸 후 다시 집 안으로 돌아간 뒤, 식당 방 쪽으로 살살 발걸음을 떼며 다가가서는 문을 닫고 잠갔다. 그러고 나서 이제 자기와 자기가 두려워하는 대상 사이를 적어도 떡갈나무로 만든 방벽이 막아 주고 있다는 생각에 약간 안도의 숨을 내쉬었다. 그다음엔 자기 방으로 서둘러 가서 얼룩 묻은 바지를 황급히 벗어, 마치 자기 눈에는 교수대에다 연결해 줄 흉물처럼 보였기에, 한쪽 구석으로 내던진 후 다른 바지를 입고 숨 가쁘게 잠옷 가지를 여행 가방에 쑤셔 넣고 닫은 뒤, 힘겹게 바닥에서 그것을 집어 들자 일순간 안도의 느낌이 몰려왔고, 집 밖의 활짝 열린 하늘 아래로 나왔다.

여행 가방은 서부에서 제작한 것으로 깃털처럼 가볍다고는 할 수 없어, 힘이 센 앨런도 그걸 힘들어했으니, 존은 그 덩치 큰 여행 짐에 깔려 으깨질 지경이었고 굵은 땀방울들이 연상 흘러내렸다. 그는 대문에 이르기 전에 두 번이나 짐을 내려놓아야 했는데, 거기에 도달하자 그는 앨런이 한 것과 마찬가지로, 한구석에 쭈그리고 앉을 수밖에 없었다. 거기에서 그는 그렇게 한동안 앉아서 헐떡거리며 숨을 내쉬었는데, 하지만 다시 정신이 좀 밝아지자, 트렁크를 대문에 기대어 놓았고, 그러고 나니 그는 이 범행 현장인 집에서 어느 정도 자신을 분리시키는 조치를 취한 셈이라, 운전사가 정원 담 안으로 들어갈 필요는 없을 것이었다. 그 생각이 그를 얼마나 안심시켰는지, 누가 보면 놀랄 정도였으니, 그 집은, 그의 눈에 보이기에는 아주 부주의한 사람도 마치 집의 창문들이 살인 사건을 고발하기라도 하는 듯, 보기만 해도 즉각 의심을 살 수 있는 대상이었다.

하지만 존이 운명의 공세를 감면받을 팔자는 아니었다. 그가 그렇게 앉아 있는 동안, 담벼락의 그림자에서 숨을 돌리며 참새들이 주위로 총총거리며 뛰어놀고 있는 것을 보며 그의 눈길이 대문 잠금장치 쪽으로 멈추게 되었는데, 그때 그가 본 대상은 즉각 그를 두 발로 번쩍 서게 만들었다. 자물쇠는 스프링으로 작동하는 것으로, 한번 문을 닫고 나면 자동으로 안에서 잠기게 되어 있어, 열쇠 없이는 밖에서 문을 여는 것이 불가능했다.

보아하니 둘 다 달갑지 않고 위태로운 방안 중 한 가지를 택해야만 하는 처지였다. 즉, 문을 밖에서 닫고 여행 가방을 인도 쪽에 내놓아 지나가는 사람들마다 저게 무엇인지 궁금해하게 하거나, 문을 약간 열어 놓는 것인데, 그러면 도둑질 기가 있는 떠돌이나 휴일이라 학교에 안 가는 아이들이 안으로 걸어 들어와서는 소름끼치는 그 비밀을 우연히 발견하게 될지 모를 일이었다. 이 두 번째가 그나마 덜 절망적으로 보여 그쪽으로 생각이 기울었지만, 먼저 자기를 보는 사람이 아무도 없는지 확인할 필요가 있었다. 길게 뻗은 길을 응시하며 살펴보니, 인적 없이 비어 있었다. 딘* 쪽으로 오는 길과 연결되는 사잇길로 가서 보니, 그쪽도 지나가는 사람이 없었다. 그렇다면 지금이 바로 문제를 해결할 수 있는 기회라, 이걸 놓치면 끝장이었기에, 그는 대문을 약간만 남기고 할 수 있는 최대한 밀어 놓은 후 조약돌 하나를 틈새에 끼워 넣고, 급히 발걸음을 옮겨 언덕 아래쪽으로 택시 마차를 잡으러 갔다.

반쯤 내려가자 대문이 하나 열리더니 크리스마스를 축하하는 아이들 한 떼가 지극히 쾌활한 기분으로 우르르 몰려나왔고, 그 뒤로 미소 짓는 어머니가 보다 점잖은 표정으로 따라 나왔다.

'크리스마스 날인데, 꼴좋다!' 이런 생각이 들자, 존은 가슴속에 몰려오는 처량한 쓰라림을 허탈하게 큰 소리로 웃어넘기고 싶은 심정이었다.

제7장. 택시 마차 안에서의 희비극

도널드슨 병원* 앞에 다다르자 존은 멀리서 택시 마차 한 대가 보이는 것을 행운으로 간주하고, 운전사의 주위를 끄느라 소리를 수없이 지르고 손을 연신 흔들어 댔다. 그것을 행운으로 간주한 이유는 한 시간이라도 빨리 앨런의 산장 집하고 영원히 인연을 끊고 싶었고, 마차를 찾으러 더 시간을 끌면 끌수록 불가피하게 모든 게 탄로 날 가능성이 더 커져, 그가 돌아갈 때쯤엔 그 집 정원이 성난 이웃들로 꽉 찰 것이기 때문이었다. 하지만 마차가 가까이 다가오자 전날 밤에 봤던 그 얼굴 발그레한 운전기사임을 알아보고는 현저히 울적해졌다. '이것은, 이건 그 사법적 오류의 또 다른 연결 고리인데.' 그는 이런 생각을 하지 않을 수 없었다.

반면에 운전사는 후하게 운임을 지불한다니 다시 만나서 반가워했고 — 독자가 이미 간파했겠으나 — 사람을 편안하게 대하고 친한 척까지 하는 면이 있었기에, 곧장 친근한 화제로 들어가서 날씨가 어떻고, 성탄절이 어떻고, 성탄절은 자기 생각에 넉넉하게 베푸는 것이 제일 중요한 의미라는 등, 또한 이렇듯 반가운 손님과 다시 재회한 것 역시 묘한 인연이라며, 전날 보아하니 존이 친구들하고 (본인이 택한 표현대로) "꼭지가 돌 때까지 마신" 모양이라는 등의 소견을 피력했다.

"그래서 오늘 댁의 상태가 멀쩡하지는 않아 보이는구먼, 내가 보니까." 그는 계속했다. "그럴 때는 해장술처럼 좋은 게 없다고 ─ 내가 충고를 조금 하자면, 게다가 날도 날이니 말이여, 크리스마스잖어, 그래서 나도 뭐," 그는 아버지처럼 인자한 미소를 띠며 덧붙였다. "같이 한 잔 거들 맘도 있고 해서 하는 말이지."

듣다 보니 존은 속이 뒤집혔다.

"다 끝내고 나면 한 잔 사 드릴게요." 그는 애써 발랄함을 연출하며 말했으나, 몹시 어울리지 않은 말투가 되어 버렸다. "그전까지는 단 한 모금도 안 돼요. 먼저 일을 끝낸 다음에 놀아야지요."

이 약속에 마차 기사는 승복하고는 운전석으로 겨우 올라가 앉은 뒤, 끔찍하게도 차근차근 산장의 대문 쪽으로 마차를 몰았다. 아직 이웃들이 동요하는 표시들은 볼 수 없었고, 두 남자만이 별로 멀지 않은 곳에서 대화를 나누고 있었는데, 이들의 모습을 멀리서 보자마자 존의 맥박이 쿵쾅거리며 뛰기 시작했다. 그가 이렇게 겁에 질릴 필요는 없었던 것이, 두 사람은 신학적인 내용과 닿아 있는 무슨 논쟁에 깊이 빠져 있었고, 윗입술을 길게 내밀고 손가락으로 논점을 세어 가며 피차 견해의 차이를 탐구하는 중이라, 존에게는 전혀 신경을 쓰지 않았다.

그러나 알고 보니 마차 기사가 그의 육체의 가시*였다.

그 무엇도 그를 자기 자리에 그대로 붙잡아 둘 수 없었으니, 그는 꼭 밑으로 내려와서는 문에 끼워 둔 조약돌에 대해서 뭐라고 언급하고 (그는 이게 기발하긴 해도 안전하지 못한 장치로 생각한다며), 존이 여행 가방을 들어 올리는 걸 돕고, 일을 즐겁게 하려고 끝없이 말을 해 대며, 특히 질문들을 쏟아붓는데, 이것들을 간추려 보면 다음과 같다.

"그 사람 여기 본인이 와 있는가, 모르겠네? 아니여? 글쎄, 워낙 별난 친구이긴 하지 — 제법 색다른 축이라고 — 이 표현을 아시는가 모르겠지만. 임차인들하고 말썽이 심했다는데, 사람들 하는 말이. 내가 그 집안 식구들을 태우고 다닌 게 한두 해가 아니니까. 그 친구 아버지 결혼식 때 내가 마차를 몬 사람 아니겠어. 그런데 댁은 이름이 뭐라고 하시는가? 얼굴이 눈에 익기는 한데. 베이그레이라고 하셨나? 길머턴 동네 어디에 베이그레이 가족이 살았으니까, 그 집안사람 아니셔? 그러면 이건 누구 친구 여행 가방인가 보구먼, 그렇지? 왜냐? 거기 적힌 이름이 누콜슨이니까! 아, 지금 급하게 가야 하신다면, 또 문제가 다르긴 하지만. 웨이벌리 브릿? 어디 멀리 떠나시는 모양이네?"

이렇듯 이 다정한 술고래는 수다를 떨며 심문을 해 존의 가슴을 계속 뒤흔들고 있었다. 하지만 해 아래 다른 불행*들과 마찬가지로, 이 불행도 끝날 때가 있었고, 존이 어찌할 수 없는 상황에 시달리는 동안 마침내 마차가 웨이벌리 브리지 기차역을 향해 덜컹거리며 접근하고 있었다. 시내를 통과하는 동안 존은 마차 승객석의 얼얼한 냉기와 곰팡이 썩는 악취 때문에 유리창을 올리고 앉아서, 공휴일 명절의 풍경을 곁눈질하며 셔터 내린 가게들이며 인도를 걸어가는 군중을 구경했으니, 아마도 타이번에 교수형*을 당하려고 수레에 실려 끌려가는 사형수가 자기 죽는 것을 구경하려고 모여드는 인파를 바라볼 때와 매우 흡사했을 것이다.

역에 도착하자 그는 다시 기가 살아나, 이제 다행히도 탈출을 향한 또 하나의 단계를 통과했다는 생각에, 푸른 바다가 이미 눈앞에 보이는 듯했다. 그는 역의 짐꾼을 불러서 여행 가방을 물품 보관소까지 운반하라고 시켰는데, 딱히 그가 좀 천천히 떠나고 싶어서가 아니라 — 무슨 수를 쓰건, 탈출, 곧장 탈출하는 것이 그의 계획이었다 — 자기 행선지를 말해 주기 전에, 아니 어디로 갈 건지 선택하기 전에 마차 기사를 떼어 놓고, 그리하여 또 다른 사법적 오류에 연결 고리가 될 소지를 미리 없애기로 작정했던 것이다. 이것이 그의 계책이었기에, 이제 한 발은 길바닥에 내려놓고 다른 발은 마차 위에 얹은 채, 서둘러 계획을 수행하려고 손을 바지 주머니에 쑥 집어넣었다.

아무것도 잡히지 않다니!

맞다, 이번만은 그의 탓이었다. 그가 피 묻은 바지를 버리고 올 때 그 안에 넣은 지갑도 같이 버리면 안 된다는 사실을 유념했어야 옳은 일. 그의 잘못을 최대한 인정하더라도 그 결과로 받는 벌과 이를 비교해 보시길! 그의 새로운 형편을 한번 생각에 담아 보시라, 나도 그걸 묘사할 말이 막히고 있으니 — 그에게 내려진 판결이 다시 그 집으로 돌아가는 것임을, 그 생각만 해도 그의 영혼이 반발할 터에, 그리고 바로 범행 현장에서 체포될 위험에 본인을 다시 노출시키는 것임을, 더욱이 그 곰팡내 나는 택시 마차와 친근하게 구는 마차 기사와 연줄로 묶인 상황임을 생각해 보시라. 존은 조용히 마차 기사를 저주했으나, 그는 자신의 여행 가방이 보관소에 감금되는 것을 막아야 한다는, 아니면 적어도 그것을 손이 닿는 곳에 두어야 한다는 생각이 언뜻 들자, 짐꾼을 다시 돌아오라고 불렀다. 그러나 그의 심사숙고는 비록 짧은 순간에 진행된 것이긴 하나, 자기가 생각했던 것보다 더 오랜 시간 차지했던 것 같았고, 그래서 그 사람은 이미 보관소 영수증을 들고 돌아오고 있었다.

그렇다면 그 문제는 끝난 것, 그는 여행 가방도 잃은 것이다 ― 그가 가지고 있는 돈이라고는 조끼 주머니에 어쩌다 홀로 남아 있는 머리필드 통행료로 지불하고 남은 6펜스밖에 없었으니, 이제 또다시 그 범죄의 집으로 들어가는 모험에 성공하지 않는 한, 그의 여행 가방은 물품 보관소에 영원히 저당 잡혀 있을 노릇이었다. 그것도 단돈 1페니가 없어서. 게다가 짐꾼은 어쩌지, 하는 생각이 들었다. 무슨 뜻을 전하려고 주의를 기울이며 고맙다는 말이 입에 걸려 있는 그 사람을.

오른쪽, 왼쪽 주머니를 샅샅이 뒤져 동전이 하나 잡히자 ― 하나님께 이것이 1파운드짜리 동전이기를 기도하며 ― 꺼내 보니, 반 페니였다. 존은 그것을 짐꾼에게 내밀었다.

사내의 입이 떡 벌어졌다.

"이건 반 페니밖에 안 되잖아!" 그가 깜짝 놀라 기차역의 예의를 잊고 말했다.

"나도 알아요." 존이 말했다, 서글픈 투로.

그러자 이제 짐꾼은 남자다운 품위를 회복했다.

"됐네요"라고 말하며 그는 이 저급한 봉사료를 다시 돌려주려고 했다. 그러나 존 또한 그걸 받으려 하지 않았고, 이에 둘이 실랑이를 벌이고 있는데, 이때 우리 마차 기사님이 끼어드셨다.

"허허, 이거 보시오, 베이그레이 선생." 그가 말했다. "오늘이 무슨 날인지 잊어버리신 게 확실하구먼!"

"정말이지 잔돈이 없다고요!" 존이 말했다.

"그래서," 마차 기사가 말했다. "그게 무슨 문제여? 이런 날에는 누구한테건 1실링을 주고 말지, 무슨 장난도 아니고 쩨쩨하게 반 페니를 던져 주고 그러시나. 그럴 사람이 아닌 줄 알았는데, 의외네, 베이그레이 선생!"

"내 이름은 베이그레이가 아니라고요!" 존은 완전히 어린애처럼 뿌루퉁해져서 괴로워하며 폭발했다.

"댁이 그렇다고 나한테 말해 놓고 뭔 소리여." 마차 기사가 말했다.

"내가 그런 거 알아요. 그렇지만 빌어먹을, 당신이 왜 이름을 물어요, 애초에?" 불행한 자가 소리쳤다.

"네네, 좋습니다." 마차 기사가 말했다. "내 주제에 감히, 댁도 주제에 맞게 처신한다면야 — 자기 주제에 맞게 처신한다면!" 그가 말을 반복했다, 심각한 의구심을 함축한 표시를 하는 듯, 그리고는 뭐라고 중얼거리는 소리를 웅웅거렸는데, 신사 양반이란 자가 뭐 그따위냐, 그런 말 같았다.

아, 이 괴물을 보내 버릴 수만 있다면 얼마나 좋을까. 하지만 뒤늦게 명료한 관찰력을 회복해서 살펴보니 그자는 크리스마스 축제 분위기에 때마침 젖어 들고 있는 게 아닌가! 그러나 이 버려진 자에게 축일이 위안의 빛을 비춰 주기는커녕, 그는 도움과 도움 줄 이들이 전혀 없이, 홀로 서 있고, 여행 가방은 한 곳에 격리되어 있고, 그의 돈은 다른 곳에 내버려진 채 시체 하나가 지키고 있으며, 본인은 그토록 남의 눈을 피하려 애썼건만 역 주위 모든 사람이 흥미롭게 쳐다보는 대상이 되어 있는 데다, 이 정도로도 불운의 몫이 다 차지 않았는지, 그는 자신의 무일푼 처지 때문에 사슬로 묶여 있는 이 인간과 감정까지 틀어지다니! 감정이 틀어지다니, 자기를 교수대에 달리게 하거나 아니면 살려 줄 증인이 될 수도 있는 사람하고! 시간을 더는 지체할 수도, 더는 이 공적인 지점에서 머뭇거리며 머물 수도 없었기에, 그가 체통을 내세우건 화해를 하건 아무튼 즉각 해결책을 처방해야 할 일이었다. 다행히도 아직 남아 있는 약간의 사내다움이 그를 전자 쪽으로 이끌었다.

"이건 이쯤에서 접죠." 그가 이렇게 말하고는 다시 마차에 타려고 발을 올렸다. "우리가 온 데로 다시 돌아갑시다."

목적지 이름은 언급하지 않았다. 이제 택시 마차 주위로 기차역 사람들이 제법 한 무리를 이뤄 모여 있었고, 그는 여전히 법정에 설 걱정을 하고 있었기에, 신빙성 있는 증거는 회피하려고 진력했다. 그러나 다시 이 치명적인 택시 마차꾼은 그의 작전을 무력화시키고 말았다.

"산장으로 다시 가자고?" 그는 날카롭게 소리를 치며 항의했다.

"당장 마차를 모세요!" 존도 고함을 치고는 안으로 들어가서 문을 꼭 닫자, 이 황당한 마차는 요동치며 덜컹거리는 소리를 냈다.

마차는 크리스마스 축일 길거리로 전진하며 굴러가기 시작했고, 그 안에 있는 승객은 거의 무감각 상태에 근접하는 깜깜한 낙담에 빠져 있었고, 운전석의 운전기사는 그의 질책과 그의 고객이 보여 준 이중성을 속으로 되새기고 있었다. 내가 이렇게 짝 지어진 두 사람이, 존의 경우는 비교할 수 없는 다른 차원이었기에, 서로 견줄 위치에 놓으려는 것은 아니니, 오해 없으시기 바란다. 그러나 마차 기사 또한 공평하게 보자면 동정받을 만한 것이, 그는 진심으로 친절하고 자존감이 강하고, 술김에는 더욱 그것이 강화되는 위인이었는데, 자기는 친해지려고 다가갔으나 상대방이 무자비하게 이를 거부하며 공공연하게 퇴짜를 놓았던 것이다. 따라서 그는 마차를 몰고 가며 자신의 억울함을 하나둘 따져 보았고, 동정과 술이 아쉬워 목이 탔다. 그런데 그에게는 마침 퀸스페리 스트리트에서 주점을 하는 친구가 있었기에, 그는 이날이 거룩한 축일이니만큼 공짜 술 한 잔 얻어먹을 수 있지 않을까 하는 생각이 들었다. 퀸스페리 스트리트는 머리필드로 곧장 가는 길에서 다소 비켜나 있었다. 하지만 리스 분지와 딘 공동묘지로 넘어가는 언덕길로 가로질러 갈 수 있었고, 퀸스페리 스트리트는 바로 그쪽으로 연결되었다. 이 마차 기사를 누가 막으리요, 그의 말은 말을 못하니, 그가 샛길을 택하는 것과 가는 길에 친구네 술집에 들르는 것을. 결정은 이렇게 내려졌고, 마부는 벌써 다소 진정되어 말을 몰아 오른편으로 길에서 벗어났다.

한편 존은 풀 죽은 채 턱을 가슴에 처박고 앉아 있었는데, 정신은 일시 정지 상태였다. 마차의 냄새가 그의 감각에는 여전히 희미하게 느껴지고 뭔가 발에 납덩이처럼 냉기가 달라붙는 것을 느꼈지만, 그 밖에 나머지는 모두 엄청나게 비참한 느낌과 몸에 도는 현기증 속에 함몰되었다. 이제 정오가 가까워지고 있었으니, 그가 입에 풀칠을 한 지 스물하고도 두 시간이 흘렀던 터 — 그사이 그는 슬픔과 불안의 고문에 시달렸고, 그 일부는 술에 취한 상태였는데, 그가 잠이 들었다고 말할 수는 없어도, 마차가 멈춰 서고 그가 창문 안으로 머리를 쑥 집어넣었을 때, 존의 정신이 어디 멀리 떠나 있는 것 같은 상태에서 겨우 돌아왔다.

"댁이 나한테 한 잔 사 주지 않을 모양이니," 마차 기사는 부당함에 항의하는 듯, 말하는 투나 분위기에 사뭇 준엄함이 배어 있었다. "내가 한 잔 알아서 걸치는 것도 반대하시진 않겠지, 아마?"

"네, 뭐, 맘대로 하세요." 존이 대답했다. 그러고는 그를 괴롭히는 자가 계단을 올라가서 위스키 가게로 들어가는 것을 보고 있자니, 갑자기 그의 생각 속으로 뭔가 오래전부터 친숙한 곳이라는 느낌이 날아들어 왔다. 그 순간 그는 정신이 완전히 깨어났고 주변 가게들의 진열창을 응시했다. 맞아, 여긴 아는 동네야. 그러나 언제? 또 어떻게? 아주 오래전인 것 같은데, 하고 생각하며 눈을 마차 앞쪽 유리창, 마부의 몸이 방금 전까지 가리고 있던 그쪽으로 돌리자, 랜돌프 크레선트의 까마귀 떼가 사는 나무들의 꼭대기가 보였다. 그는 자기 집에 가까이 와 있는 것이었다 — 집에서, 지금 이 시간쯤이면 너무나 생생히 기억나는 거실에 자기도 같이 앉아서 정담을 나누고 있을 것이라고 생각했건만, 웬걸, 지금 꼴이 — !

그의 첫 번째 충동은 마차 바닥으로 납작 엎드리는 것이었고, 두 번째는 두 손으로 얼굴을 가리는 것이었다. 그런 자세로 앉아 있는 동안, 마차 기사는 주점 주인과 주거니 받거니 건배를 하면서 나라 돌아가는 꼴에 대한 의견을 나눴으며, 그런 자세로 여전히 앉아 있는 동안, 그의 주인장이 자기 기분대로 자리에 돌아왔고, 마침내 마차를 움직여 언덕 내리막 린독 플레이스 곡선 길로 몰고 갔다. 하지만 그런 자세로 앉아 그는 아버지 집 길의 끝을 지나갈 때 방패 삼아 가린 손가락 사이로 흘낏 밖을 쳐다보니, 대문 앞에 무슨 병원 마차가 서 있는 것이 보였다.

'아, 일이 그렇게 꼬이다니.' 그는 생각했다. '내가 아버지를 돌아가시게 할 모양이군! 크리스마스 날인데, 꼴좋다!'

만약 니컬슨 씨가 죽은 거라면 이 똑같은 길을 통과해서 무덤으로 여행길을 떠나야 했을 것인데, 바로 이 같은 길로 같은 용무로 그의 부인이 여러 해 전에 먼저 길을 떠나갔고, 그 밖에도 다른 많은 지도층 시민이 격에 맞춘 장의 마차와 조문 행렬을 대동하고 그 길로 떠나갔다. 그런데 이 얼얼하게 춥고, 냄새 고약하고, 짚으로 바닥을 덮어 놓고, 의자는 너덜너덜한 택시 마차 안에서, 그의 입김은 유리창에 얼어붙고 있는 존 본인도 다름 아닌 인생 끝장 길로 가고 있는 셈 아닌가?

이 생각이 그의 상상력을 들쑤시자, 수천 가지 그림들을 제조해 내기 시작했으니, 밝게 번쩍거리며 지나가는 모양들이 마치 만화

경 속의 형상들 같았다. 그래서 어떤 때는 자기가 혈색 좋고 목도리를 두른 모습으로 도랑으로 미끄러져 내려가는 것을 상상하다가, 이내 다소 슬픔에 젖고 지친 표정의 어린 사내아이가 상복을 차려입고 이 똑같은 언덕 아래로 장의마차를 한걸음 정도 뒤에서 따라가고, 자기 어머니의 시신이 그를 앞서 가는 광경이 펼쳐지기도 했다가, 다시 또 그의 상상이 앞질러 한참 달려가서 그의 목적지를 보여 주다가 — 이제 해가 침침하게 비치는 곳에 서 있는데, 참새들은 주위로 총총 뛰어다니고, 죽은 자는 천장을 응시하고 있는 그 광경 — 다시 또 급작스럽게 장면이 변해서는 이웃 사람들이 창백한 얼굴로 두 손을 들어 손짓을 해 대며 몰려들고, 의사가 그 사이를 헤치고 나오면서 청진기를 꺼내 준비하고, 경찰관은 시체 옆에 서서 명민한 표정으로 머리를 설레설레 흔들고 있었다. 바로 이런 상황으로 그가 등 떠밀려 이르게 될까 두려워하는 것이었는데, 그 와중에 자기가 도착하는 것이 보였고, 뭔가 희미한 소리로 해명한다며 더듬거리는 게 들리다가, 경관의 손이 어깨에 닿는 것을 느끼는 듯했다. 세상에! 그가 좀 더 당당하게 대응하지 못한 것이 어쩌나 후회되는지, 그가 그 치명적인 동네에서 모든 것이 잠잠할 때 도주했다가 죽은 자의 원수를 갚으려는 자들로 우글거리는 그때 고분고분 다시 돌아간다는 것이 어쩌나 경멸스러운지!

감정의 강도가 셀 때는 심지어 가장 둔감한 자에게도 상상력에 힘을 실어 주기 마련이다. 그래서 그는 아마도 이 고통스러운 여정 끝에 그를 기다리고 있는 것으로 예상하는 바를 곰곰이 생각하자 — 존은 눈에 보이는 게 거의 없고 기억하는 것은 더더욱 없었기에 그것들을 다 설명할 수 없었겠으나, 마음속 눈에는 산장의 정원이 마치 상세한 지도처럼 선명히 들어오더니 ─ 그의 눈에 보이는 것은 또한 그 안에서 그가 이리저리 돌아다니며 공포감을 키워 놓고 있는 모습, 호랑가시나무들, 눈 덮인 정원 가장자리, 그가 앨런을 찾아 다녔던 보행로와 수도원처럼 높다란 벽, 닫힌 문이었는데 ─ 잠깐! 문이 닫혔다고? 아, 정말로, 문을 닫은 게 맞구나 ─ 자기 돈이며, 탈출, 미래의 삶도 거기에 같이 닫힌 채 ─ 게다가 자기 손으로 문을 닫았고, 이제 아무도 그것을 열 수 없다니! 용수철 자물쇠가 탁 하고 걸리는 소리가 들리자 마치 그의 두뇌 속에서 뭔가가 폭발하는 느낌 같았고, 몸이 돌처럼 굳어서 앉아 있었다.

그러다가 다시 깨어나니 공포감에 뼛속까지 저려 왔다. 빈둥거릴 시간이 없었다, 그는 정신을 차리고 행동에 들어가야 하고, 생각해야 할 순간이었으니. 이 터무니없는 여정이 끝난들, 다시 산장 문에 도착한들, 뭘 할 수 있겠나. 바로 마차를 돌려 다시 돌아오는 수밖에는. 그렇다면 무엇 하러 그리 멀리 가겠나? 무엇 하러 이미 상당한 의심을 사고 있는 이 사건에 또 다른 단서를 첨가하겠나? 그냥 즉시 마차를 돌리는 편이 낫지 않은가? 마차를 돌리세요, 라고 말하기는 어렵지 않은 일. 하지만 어디로 갈 것인가? 그는 아무데도 갈 수가 없었고, 그는 절대로 ─ 그는 혈서를 읽듯 선명히 깨달았다 ─ 절대로 마차 기사에게 운임을 지불할 수 없을 것이니, 그는 이 택시 마차 속에서 영원한 짐짝이 될 참이었다. 아, 이놈의 마차! 택시 마차에서 벗어나고파 그의 영혼은 간절한 열망에 타

들어 갔고, 그의 오장육부는 부글부글 끓었다. 그는 다른 걱정은 모조리 잊어버렸다. 일단 이 냄새 흉악한 운송 수단과 이것을 이끌고 가는 짐승 같은 인간을 떨쳐 버려야 했다 — 일단 그것부터, 적어도 그것만이라도, 즉각 실행하자.

마침 바로 그때 택시 마차가 갑자기 멈춰 서더니, 그를 핍박하는 자가 앞 창문을 똑똑 두드렸다. 존이 창문을 내리자 포트와인 빛으로 발그레한 얼굴이 지능의 승리감에 도취해 훨훨 타오르는 게 보였다.

"댁이 뉘신지 알겠구먼!" 허스키한 목소리가 외쳤다. "뉘신지 이제 알겠어. 댁은 누콜슨 집 아들이여. 내가 언젠가 크리스마스 파티 때 허미스턴*으로 태우고 간 적이 있잖여, 그리고 올 때는 운전석에 앉아서 왔고, 내가 댁한테 운전도 해 보라고 했고 말이여."

이것은 사실이었다. 존은 그 사람을 알았고, 둘은 심지어 친한 사이이기도 했다. 그의 원수, 이제 기억해 보니, 그 원수는 정이 많은, 한없이 정이 넘치는 아저씨였다, 어린아이들에게는. 그렇다면 성인에게는 다를까? 한번 그의 인정에 호소해 보는 것은 어떨까? 그는 이 새로운 희망을 덥석 움켜쥐었다.

"정말 말도 안 돼! 맞아요, 아저씨." 그가 마치 반가움에 겨워 감격한 듯이 소리쳤다, 그의 목소리는 자기 귀에 지어낸 가짜로 들렸지만. "네, 그게 그렇다면, 제가 뭔가 해 드릴 말이 있는데요, 그냥 내릴까 봐요. 어디까지 왔지요, 아무튼?"

운전사는 갈림길 통행료 징수원에게 눈에 보이게 통행권을 들어서 제시했고, 이들은 이제 샛길의 가장 높고 가장 적막한 지점에 이르렀다. 왼편으로는 일렬로 심어 놓은 나무들이 밭에 그늘을 만들고, 오른편으로는 아무것도 나지 않은 휴경지에 닿아 있었는데, 아래쪽으로는 물결치듯 내려가서 퀸스페리 로드로 이어졌고, 전면으로는 코스토핀 언덕의 여기저기 눈이 묻어 있는 어스레한 나무들이 솟아 있었고 그 뒤로는 하늘이었다. 존은 사방을 둘러보며, 마치 무슨 포도주라도 되는 듯 맑은 공기를 음미하며 마시다가, 그의 두 눈이 마차 기사의 앉아 있는 얼굴로 돌아가자, 상대는 어딘가 신난 듯 존이 하겠다는 말을 기다리고 있는데, 팁을 좀 받겠구나 하는 눈치 같았다.

그의 얼굴 생김새는 술 때문에 부어 있었고, 술이 워낙 붉은 벽돌 색에서 뽕나무 색 사이의 다양한 색조로 안색을 덧칠해 놓아, 자세히 파악하기는 쉽지 않았다. 자그마한 회색빛 눈과 입술은 탐욕으로 깜빡거렸고 벌름거렸으니, 탐욕이 그를 지배하는 열정이었던 터라, 비록 약간의 인간성과 약간의 인정, 진정한 인간적 면모가 이 술고래 영감에게 남아 있기는 해도, 그의 탐욕은 이제 기대심에 어찌나 활활 타오르는지, 그 밖의 모든 속성은 잠들어 있는 상태였다. 그는 게걸스러운 욕망을 상징하는 동상처럼 앉아 있었다.

존은 점차 자신감이 사라졌다. 그는 입을 열기는 했으나 거기에 우두커니 서서 아무 말도 밖으로 내지 못했다. 그는 자신의 용기를 저 깊은 데까지 뒤져 보았으나 별로 건져 낼 게 없었다. 그는 자신이 알고 있는 말들의 창고를 더듬거렸으나 그곳도 텅 비어 있었다. 무슨 벙어리 도깨비가 그의 목젖을 틀어쥐고 있었고, 무슨 공포의 도깨비가 그의 두 귀에다 대고 주절대고 있었던 터라, 갑자기 말 한마디 없이, 의지적으로 어떤 목적의식도 가지고 있지 않은 채, 존은 휙 몸을 돌려서 길가 담벼락을 굴러서 넘더니, 날 살려라 하고 줄행랑을 쳐서 휴경지를 가로질렀다.

얼마 가지 않아 첫 번째 들판 한가운데쯤 와 있을 때 그의 머릿속이 온통 천둥치듯 쿵 하고 울렸다. "이런 바보! 시계는 갖고 있잖아!" 이 충격이 그를 멈추게 했고 그는 다시 택시 마차 쪽으로 얼굴을 돌렸다. 운전사는 벽 너머로 몸을 기대고, 채찍을 흔들면서 시퍼렇게 달아오른 얼굴로 황소처럼 으르렁거리고 있었다. 그러니 존은 그가 기회를 놓쳤음을 깨달았다(아니면 그렇다고 생각했다). 시계 하나 건네줘서 그 사람의 억울함을 잠재울 수는 없을 것 같았고, 상대방은 복수하려 들 것 같았다. 그는 경찰에 고발될 것이고, 그의 이야기를 다 털어놓을 것이고, 그의 비밀을 샅샅이 들춰낼 것이니, 마침내 그의 운명은 영원히 끝장날 것 같았다.

그는 깊은 한숨을 내쉬었는데, 마차 기사가 용기를 모아 마침내 담벼락을 넘기 시작하자, 뺑소니 손님은 다시 달음질에 몰입해 더 멀리 떨어진 들판으로 사라지고 말았다.

제8장. 마스터키의 유용성을 보여 주는
유례없는 사례

어디로 먼저 달려갔는지 존은 명료히 알지 못했으며, 얼마나 오랫동안 그가 래블스턴 산장 근처 샛길, 담벼락에 기대고 있었는지 또한 알지 못했으나—풀무처럼 허파에서 숨을 헉헉 내쉬며, 다리는 납덩이처럼 무거운데, 생각을 사로잡은 것은 단 한 가지 욕망, 즉 바닥에 누워서 몸을 가리고 싶다는 것이었다. 그는 채석장 구멍 연못 근처에 나무가 촘촘해 숨기 좋은 데가 있음을 기억했는데, 그곳은 이 세상 그 누구의 발길도 닿지 않는 외진 곳이라 밤이 올 때까지 그곳에서 몸을 확실히 감출 수 있을 것 같았다. 그는 그쪽을 향해 길을 내려가 마침내 당도했다. 그러나 이런, 결빙되어 있으리라는 점을 잊었던 터, 연못에서는 젊은 사람들이 스케이트를 타느라 법석이었고, 연못가 은신처에는 구경꾼들이 빽빽하게 들어서 있었다. 그도 잠시 서서 구경했다. 키가 훤칠하고 우아한 아가씨 하나가 한 젊은이와 손을 마주 잡고 스케이트를 타고 있는데, 빛나는 눈빛으로 사내를 쳐다보는 속셈이 너무 뻔해 보여, 존은 그녀를 괴상하게도 분노에 찬 눈길로 바라보았다. 그가 욕지거리를 내뱉었는지도, 그곳에 서 있으면서 무슨 떠돌이 걸인이 굴욕감을 느끼며 주먹을 불끈 쥐고 흔들어 대듯 연신 그녀에게 독기를 뿜어 댔는지도 모를 일이었으나 — 아니면 그럴 것 같다는 생각이 들었을 것이나 — 이내 다시 그녀를 바라보니 마음이 쓰리게 아팠다. "불쌍한 것, 아직 뭘 알겠어!" 그는 한숨을 쉬었다. "즐길 수 있을 때 즐기게 내버려 둬라!" 하지만 플로라가 브레이드 연못*에서 자신에게 미소를 지었던 그때도 속이 뒤집힌 구경꾼의 눈에는 그렇듯 도가 지나친 모습으로 비쳤을 수도 있었겠구나!

채석장 한 곳을 생각해 내고 나니, 그의 머릿속이 얼어 있기는 해도 또 다른 채석장 생각으로 이어졌고, 그래서 그는 크레익리스 방향*으로 터벅터벅 발길을 옮겼다. 북서쪽에서 갑자기 불어오는 바람이 어찌나 잔인할 정도로 예리한지, 그를 마치 불에 말리듯 바짝 말려 놓았고, 손가락 마디마디에 주리를 틀었다. 게다가 구름도 몰고 오니, 창백하고 날쌔고 황급한 구름들이 하늘을 온통 가리고 땅 위에 음울함을 흩뿌렸다. 그는 재빨리, 솥처럼 둥근 채석장 주위를 에워싼 개암나무 밑 쓰레기 더미로 올라가서, 돌 위에 납작 엎드렸다. 바람은 땅을 지나가며 샅샅이 수색했고, 돌들은 살을 칼처럼 찌르고 얼음장처럼 찼으며, 가지만 남은 개암나무들이 사방에서 슬픈 곡소리를 내자, 이내 오후의 공기가 이 괴상하고 음산한 소리들로 웅성거리기 시작하는 것으로 보아, 곧 눈이 올 조짐이었다. 고통과 불행으로 존의 팔다리는 괴로움에 안절부절못하며 무조건 뭔가 변하기를 바라는 욕구에 사로잡히니, 어떨 때는 이 가혹한 동굴에서 뒤척거리면 돌조각들이 살을 긁는 게 오히려 반가웠고, 어떨 때는 거대한 채석장 구덩이의 가장자리까지 기어가서는 그 아래를 바라보며 현기증을 느꼈다. 아래를 내려다보니, 원형을 그리며 내려가는 운송로, 가파르게 깎아지른 바위, 대롱대롱 매달려 있는 관목들, 눈 더미들이 여기저기 걸쳐 있는 것과 맨 아래 쪽에 기중기가 있는 게 자그맣게 보였다. 여기서 아마도 모든 것을 끝장내면 될 것이었다. 그러나 어딘가 맘이 썩 내키지 않았다.

그러던 중에 그는 갑자기 자기가 허기를 느끼고 있음을 의식하자, 정말 추위의 고문이 극심하고 절망이 서리처럼 얼어 있었건만, 막무가내로 속에서 무지막지한 배고픔이 고개를 들고 무조건 당장 먹을 것을 달라고 추근거렸다. 시계를 전당포에 맡겨 볼까? 그것은 안 될 일이었다, 크리스마스라서 ─ 오늘이 크리스마스 날이라니! ─ 전당포가 문을 닫았을 것이다. 아니면 근처 블랙홀에 있는 주점에 가서 시계를 내놓고, 그게 한 10파운드 가치는 있으니, 빵과 치즈 식사 값을 치러 볼까? 그것은 너무나 명백히도 말이 안 될 일이었다, 상식적으로 주인이 그를 문밖으로 내쫓거나 경찰을 부르고 말 것이니. 그는 주머니를 차례차례 까뒤집어 보았으나, 나오는 것이라고는 샌프란시스코 전차표 몇 개, 여송연 하나(그러나 성냥이 없고), 부친 집 마스터키, 향기가 약간 배어 있는 손수건 등 ─ 아니다, 이것들을 가지고는 어떤 돈도 만들 수 없었다. 그러면 결국 굶는 수밖에 없구나, 하지만 어차피 무슨 상관인가, 그것이 이 세상에서 나가는 문이 될 것이니.

그는 관목들 가까이 몸을 대고 움직였는데, 바람은 그의 주위에서 채찍질하듯 희롱했고, 입은 옷은 얇은 종잇장마냥 별 소용이 없었으며, 관절에서는 불이 났고, 피부는 뼈에 바짝 얼어붙어 버렸다. 그의 눈에는 캘리포니아 고지대의 목장이 어른거렸는데, 마른 개천 바닥의 진흙 섞인 웅덩이 곁에서 카우보이들이 텐트를 치고 있고, 근사한 태양이 내리쬐는 가운데 큼직한 모닥불을 지펴 놓고, 나무 꼬치에 쭉쭉 찢어 놓은 암소 고기를 끼워 놓고 누렇게 익히자 김이 무럭무럭 솟아나니, 어찌나 따뜻하고, 어찌나 고기 굽는 냄새가 향기로운지! 그러다가 다시 그는 자신의 겹겹이 꼬인 재난이 생각 났고, 자신의 불명예와 수치의 느낌 속으로 기어들어가 허우적거렸다. 그러다가 그는 이번에는 샌프란시스코 몽고메리 스트리트*의 프랭크네 레스토랑으로 들어가고 있었는데, 고기 찜과 (그가 과도하게 좋아했던) 사슴 고기 요리를 주문한 다음 앉아서 기다리며, 반가운 웨이터 먼로가 위스키 펀치 칵테일을 가져다주니, 그 맛깔나는 잔 위에서 딸기가 동동 떠다니는 게 보였고, 얼음이 빨대에 땡그랑 닿는 소리가 들렸다. 그러다 다시 자신의 혐오스러운 숙명을 깨닫고 보니, 지금 채석장 쓰레기 더미의 바람 센 골짜기에 등을 쭈그리고 앉아 있고, 사방에는 어둠이 짙게 내려앉고 산발적인 눈발이 휴지 조각처럼 여기저기 날아다니며, 몸이 격하게 후들거리면서 무슨 딸꾹질이라도 하는 듯 이빨이 딱딱 부딪치고 있었다.

우리는 이제껏 존이 가장 극심한 형편에 처한 모습, 무모하고 절망적이며 본인의 별로 대단치 않은 역량에서 벗어나는 시련에 처해 있는 모습만 봐 왔지, 그의 일상적인 모습, 쾌활하고 규칙적이고 나름대로 부지런한 면은 전혀 본 바가 없기에, 독자로서는 그가 자기 건강 관리를 세심하게 하는 사람이란 걸 알면 놀랄 법하다. 바로 건강 챙기기를 즐기는 그런 그의 태도가 지금 되살아났다. 만약 거기에 앉아서 얼어 죽는다고 해도 별로 이득을 볼 수는 없는 일, 차라리 경찰서 유치장으로 가서 배심원 재판에 운명을 맡겨 보는 쪽이 더 나아 보였으니, 만약 그렇지 않을 경우 비참하게도 확실한 것은 다음 날 겨울 해가 뜨기 전에 구덩이 언저리에서 죽거나, 아니면 약간 늦게 병동에 누워 가스등이 비치는 침대에서 죽는 것이었다.

그는 푹푹 쑤시는 다리를 펴고 일어나 쓰레기 더미 사이로 이리저리 뒤뚱거리며 길을 찾았는데, 여전히 채석장의 딱 벌린 구멍에 포위당한 상태로, 아니면 그렇다고 생각만 했는지도 모르는 것이, 어둠은 이미 짙어졌고 눈발도 굵어졌던 터라, 그는 마치 눈이 먼 사람처럼 눈먼 자의 공포에 사로잡혀 움직이고 있었던 것이다. 마침내 그는 무슨 담장을 기어올랐고 넘어가면 길일 것 같다고 생각했는데, 담을 넘어 겨우 균형을 잡고 보니, 쇠처럼 단단하게 굳은 밭고랑이었고, 끝없는 벌판이 사방 끝까지 이어진 것 같았다. 다시 또 걸어가다가 이번에는 숲으로 들어가서는 어린 나무들 사이를 헤집고 들어가자 집이 한 채 나타났는데 불빛을 밝힌 유리창이 여러 개 보이니, 크리스마스 마차들이 문 앞에서 기다리고 있었고, 크리스마스 마차 기사들은 (크리스마스 때 고생하는 사람도 있는 법이므로) 이내 눈을 뒤집어썼다. 인간적인 즐거움의 모습을 언뜻 보자마자 그는 카인처럼 줄행랑*을 쳐서는, 밤의 어둠 속으로 안내자 없이 어디로 가는지도 개의치 않고 헤매다 보니, 넘어졌다 자빠졌다 다시 또 일어나서 더 멀리 헤매게 되었고, 마침내 극에서 장면이 확 바뀌듯이 앞을 보자 불을 밝힌 도시의 입구에 서 있는데, 가로등이 이미 잠옷 모자*처럼 비스듬히 눈을 머리에 덮고 있는 모습을 응시하고 있었다. 눈이 이제 촘촘히 내리며 눈보라로 변하는 중이었고, 눈을 깜빡거리며 여전히 등을 쳐다보다 보니 발이 눈에 덮여 버렸다. 그는 지금과 비슷한 광경을 예전에도 봤던 기억이 났다 ― 가로등 정수리에 눈이 바람 부는 쪽으로 수북이 덮여 있고 바람은 처량하게 울부짖는데, 지금처럼 우두커니 그것을 바라보던 때가 ― 그러나 그의 정신이 추위에 너무나도 심하게 강타당한지라 그때가 언제였으며 그다음에 어떻게 되었는지는 기억해 낼 수 없었다.

그가 그다음으로 의식한 순간은 딘 브리지*에 와 있었다는 것이었으나, 자기가 주소가 캘리포니아 어디인 무슨 은행에 다니는 존 니컬슨인지, 아니면 자기 아버지 사무소에서 일하던 예전의 존인지 말끔히 잊어버린 상태였다. 또다시 의식이 끊긴 다음, 그는 지금 자기 아버지의 집 대문에다 마스터키를 쑤셔 넣고 있었다.

시간이 제법 흘러간 모양이었다. 그가 차가운 돌 위에 쭈그리고 앉아 있었는지, 아니면 눈을 맞으며 벌판을 헤맸는지까지는 알 수 없었으나, 시간이 제법 흘러가긴 했다. 거실 시곗바늘이 12시 가까이 와 있고, 거실의 홀쭉한 가스등이 그림자를 만들고 있었으며, 뒤편 방인 아버지의 서재는 문이 열려 있고 푸근한 빛을 뿜어

내고 있었다. 이렇게 늦은 시간인데, 이미 불을 다 끄고 문을 잠그고 집안사람들 모두 안전하게 잠자리에 들어가 있어야 할 텐데, 이 모든 것이 이상한 광경이었다. 그는 이런 변칙적인 상황에 놀라면서 거실 탁자에 기댔는데, 자기가 거기에 있는 것도 놀라웠고, 몸이 녹자 허기가 다시 찾아왔으며, 자기 집의 따뜻한 온기가 느껴졌다.

시계가 예고조로 틱 소리를 내니, 이제 5분만 지나면 크리스마스 날도 지나간 예전 크리스마스 날들과 합류할 터 — 크리스마스! — 무슨 크리스마스가 이래! 하지만 기다린들 무슨 소용, 그는 이 집으로 들어왔고, 어떻게 왔는지는 전혀 모르겠지만, 그를 다시 쫓아낸다면 즉시 당하는 편이 더 나을 것이라 여겨, 뒤쪽 방의 문을 향해 갔고 안으로 들어갔다.

아, 그럼, 정신이 돌았구나, 그런 확신이 든 지가 제법 오래되었는데, 정말 그렇구나.

거기, 아버지 서재에, 자정에, 벽난로 불이 활활 타오르고 가스등이 눈부시게 빛나고 있었으며, 또한 서류들, 그 신성한 서류들은 — 거기에 손을 대는 것만으로도 범죄 행위였는데 — 모조리 치워져 바닥에 쌓여 있고, 또한 사무용 책상에 식탁보를 펼치고 그 위에 밥상을 차려 놓았으며, 아버지 의자에는 웬 여인이 수녀 복장을 하고 앉아서 뭔가 먹고 있는 게 아닌가. 그가 출입구에 나타나자 수녀가 나지막하게 탄성을 지르면서 그를 응시하며 서 있었다. 여인은 몸집이 큼직하고 튼튼하고 차분하고 다소 남성적인 면모에다, 용기와 현명함이 배어 있는 인상이었는데, 존이 눈을 깜빡거리며 바라보자 그의 기억 주위로 뭔가 유사한 모습이 희미하게 맴돌았다, 마치 곡조는 계속 떠오르는데 무슨 노래인지 기억해 내지 못하듯이.

"진짜로, 존이구나!" 수녀가 외쳤다.

"난 내가 필시 미치긴 했지만," 존은 자기도 모르게 리어 왕 대사*를 따라 하며 말했다. "내가 장담하는데, 당신 플로라 맞지?"

"그럼, 물론이지." 여인이 답했다.

'그렇지만 전혀 플로라가 아닌데'라고 존은 생각한 것이, 플로라는 날씬했고 수줍고 얼굴을 쉽게 붉히고 눈이 촉촉했기 때문이고, 또 플로라가 언제 저렇게 에든버러 말씨를 썼던가? 그러나 그는 이런 생각들을 말로 표현하지는 않았는데, 아마 그렇게 한 것이 잘한 일이었을 것이다. 대신에 그는 이렇게 말했다. "그런데 왜 수녀가 된 거지?"

"무슨 헛소리!" 플로라가 말했다. "나는 간호사야, 지금 네 여동생 간호하러 여기 와 있거든, 걔가 지금, 우리끼리 얘기지만, 무슨 큰 탈이 난 것은 아니지만, 그러나 그게 지금 문제가 아니지. 그런데 여기 어떻게 왔어? 모습을 나타내는 게 창피하지도 않아?"

"플로라," 존이 곡소리를 하듯 말했다. "나는 3일간 아무것도 먹지 못했어. 아니, 오늘이 무슨 날인지 잘 모르겠지만, 아무튼 지금 굶어 죽어 가는 중인 것 같아."

"이런 가련한 인간!" 그녀가 목소리를 높여 말했다. "자, 이리 와서 내 저녁밥 먹어, 나는 다시 위층으로 올라가서 환자를 보고 올 테니까, 아마 푹 잘 자고 있을 게 뻔하지만, 마리아가 '말라드 이마지네르(아프다고 상상하는 환자)'이니까."

이렇게 프랑스어, 그것도 스트랫퍼드 앳 보우 프랑스어*가 아니라 모리 플레이스* 숙녀 수업 과정에서 제대로 배운 프랑스어 솜씨를 보여 준 후, 그녀는 존을 자기 아버지의 범접할 수 없는 내실에 남겨 둔 채 나갔다. 그는 즉시 음식을 공략하니 ― 플로라는 올라가 보니 환자가 깨어 있었고 간병 관련 몇 가지 업무 때문에 내려오지 못하는 것이라고 가정해 주자 ― 그사이 존은 먹을 수 있는 것은 모조리 먹어 치우고 차 주전자 하나를 다 비웠을 뿐 아니라, 아버지의 벽난로 위에서 이따금 달랑거리며 끓고 있는 주전자에서 다시 물을 따라 채울 만큼 시간이 충분했다. 그러고는 멍청하게, 기분 좋고 어리둥절해하며 앉아 있었는데, 불행을 한 반 정도 잊어버리자 그의 마음에 다소 회한이 섞여, 그의 옛사랑에게 별로 감상적이라고 할 수 없는 상황에서 다시 돌아왔구나, 하는 생각에 젖었다.

그가 이런 생각을 하고 있는데, 이 부산한 여인이 아무 소리 없이 다시 들어왔다.

"다 먹었어?" 그녀가 말했다. "그럼 나한테 모든 걸 털어놔."

이야기는 (독자가 알다시피) 길고도 비참한 이야기였으나, 플로라는 입술을 굳게 다물고 들었다. 그녀는 인간의 운명이란 과연 무엇인가 하는 상념에 빠져들지 않았는데, 그런 의문들 때문에 이야기를 쓰는 나도 이따금 진도를 못 나가고 주춤거리지만, 그녀와 같은 여인들은 철학자가 아니기에 오직 구체적인 사실만 파악하는 법이다. 그리고 그녀와 같은 여인들은 불완전한 사내들에 대해 매우 준엄하다.

"좋아, 그럼." 그가 이야기를 끝내자 그녀가 말했다. "즉시 무릎을 꿇어, 그리고 하나님께 용서를 빌어."

이 덩치 큰 어린아이는 시키는 대로 털썩 무릎을 꿇었으니, 또 그렇게 안 한들 무엇하겠나! 그러나 그가 나름대로 진지하게 일반적인 원칙에 의거해서 용서를 요청하고 있다 보니, 그의 이성적인 측면이 본인의 특수한 경우를 구분해 내자, 여기에 해당되는 부분에 대해서는 사과할 이유가 없지 않은가 하는 생각이 들었다. 그래서 그가 이 합당한 행동을 한 후 다시 일어섰을 때, 그는 옛 여인의 얼굴을 눈에 의심을 담고 바라보았고, 큰마음 먹고 본인의 억울함을 표명했다.

"하지만 플로라, 한마디 해야겠어." 그가 말했다. "이 모든 일이 별로 내 잘못 때문은 아닌 것 같아."

"만약 집으로 편지를 보냈다면 몰라." 숙녀가 대답했다. "그렇다면 전혀 잘못이 없었겠지. 그리고 머리필드로 갔을 때도 술이 덜 취해 있었다면 거기에서 자지 않았을 것이고, 최악의 상황은 면할수 있었잖아. 게다가 이 모든 게 여러 해 전에 시작되었고. 사고를 쳤고, 네 훌륭하신 아버님은 실망한 것이고, 너는 삐졌거나 아니면 두려워서 벌을 받지 않으려고 도망갔잖아. 결국 네 맘대로 한 일들이야, 존, 또한 그걸 잘했다고 생각하지는 않겠지."

"어떤 때는 내가 백치보다 나을 게 별로 없는 것 같다는 생각이들어." 존이 한숨을 내쉬었다.

"우리 존은," 그녀가 말했다. "별로 나을 게 없지!"

그는 그녀를 쳐다보았지만 눈을 맞출 수가 없었다. 속에서 무슨 분노가 솟아오르며 드는 생각이, 지금 이 플로라는 자기랑 상관없는 남이고, 냉정하고 경직되고 무게 잡고 무례하고, 말투도 그저 그렇고 옷차림도 그저 그렇고, 얼굴도 ─ 그는 거의 이런 말까지 할 지경에 이르렀다 ─ 그저 그렇다는 것이었다. 그런데 이런 변신한 자가 예전의 그 다채롭고 애교 넘치던 아가씨의 이름을 사칭하다니, 쉽게 잘 웃고 한숨도 잘 쉬며 다정한 눈길을 몰래 주던 그 사람을. 게다가 더 불쾌한 것은 그녀는 위에 있고 자기는 밑에 있었으니, 이것이 (존이 매우 잘 알듯이) 남녀 관계의 본모습은 아니었다. 그는 이 간호사를 향해 차디찬 적대감을 가슴에 품었다.

"그런데 너는 어쩌다 여기 와 있는 거야?" 그가 물었다.

그녀가 존에게 한 말은, 자기 아버지가 오랜 병환을 앓는 동안 아버지를 간호했고, 돌아가신 후 혼자 남게 되자, 다른 사람들을 간호하는 일을 한편으로는 습관에서 다른 한편으로는 뭔가 세상에 봉사할 겸, 또 어쩌면 약간은 재미로 하게 되었다는 것이었다. "사람의 취향이란 게 다양한 법이니까." 그녀가 말했다. 또한 그녀는 자기는 주로 잘 아는 지인들 집에 필요가 생기면 다닌다며, 일단 잘 아는 사람이고 그다음으로 숙련된 간호사이기에 그쪽에서 자신을 반기고, 의사들이 자기한테 매우 심각한 환자들도 믿고 맡긴다고 했다.

"그리고 정말, 내가 불쌍한 마리아 때문에 여기 있는 건 완전히 웃기는 이야기야." 그녀가 계속했다. "하지만 너네 아버지가 걔 아픈 것을 얼마나 걱정하시는지, 그분의 부탁을 마냥 거절할 수가 없었어. 우린 아주 친한 사이거든, 너네 아버지랑 나는 ― 아주 오래전, 10년 전에 나한테 참 잘해 주었어."

뭔가 이상야릇한 기운이 존의 가슴속에서 돌았다. 그런 세월 내내 존은 오로지 자기 생각만 하고 있었단 말인가? 그런 세월 내내, 왜 플로라에게 편지도 보내지 않았던가? 참회하는 마음에서 다정하게 그는 그녀의 손을 잡았는데, 삼가 두렵고도 마음 거북하게도 상대방은 손을 빼지 않으며 순순히 응하는 듯했다. 아무튼 플로라가 맞지 않니, 하는 목소리가 들렸다 ― 매우 고요한 목소리였으나, 노래하듯 설레는 목소리가.

"그런데 결혼은 전혀 안 했었나 봐?" 그가 말했다.

"안 했어, 존, 결혼은 전혀 안 했어." 그녀가 대답했다.

거실 시계가 두 번 울리며 이들이 시간을 다시 의식하게 해 주었다.

"자 이제," 그녀가 말했다. "뭔가 먹었고 몸도 녹였고 네 이야기도 들었으니, 이제 남동생을 부를 시간이 되고도 남았다."

"아!" 존이 외쳤다, 풀이 죽어서. "그게 정말 절대로 필요한 거라고 생각해?"

"너를 여기에 놔둘 수는 없잖아, 난 이 집에서 남이니까." 그녀가 말했다. "다시 또 도망가고 싶어? 아마 그건 이제 질릴 때가 된 것 같은데."

그는 이 꾸지람을 들으며 고개를 숙였다. 그녀가 자기를 경멸한다고 생각하며 그는 다시 혼자 앉아 있었다. 여자가 남자를 경멸한다는 것은 아주 망측한 일, 그런데 몹시 기괴하게도 그녀는 자기를 좋아하는 것 같았다. 동생도 자기를 경멸할까? 또한 동생도 자기를 좋아할까?

그때 동생이 플로라의 안내를 받으며 나타나서는, 멀찌감치 출입구 옆에 서서 이 이야기의 주인공을 유심히 바라보았다.

"형 맞아?" 그가 마침내 말했다.

"맞아, 알릭, 나야 — 존이야." 형이 맥없이 대답했다.

"이리로 어떻게 들어온 거야?" 동생이 물었다.

"어, 마스터키를 갖고 있었어." 존이 말했다.

"웃기고 있네!" 알렉산더가 대답했다. "아, 어디 좋은 데 살다 왔나 보군! 요즘 누가 마스터키를 써."

"글쎄, 아버지는 늘 그걸 싫어하셨는데." 존이 한숨을 내쉬었다. 그러고는 대화가 끊겼고, 형제는 말없이 서로를 의심쩍은 눈짓으로 바라보았다.

"그래서, 이제 도대체 어쩔 참이야?" 알렉산더가 말했다. "만약 경찰이 낌새를 챘으면 붙잡혀 가는 거 아냐?"

"시체를 찾았느냐 아니냐에 따라 다르지." 존이 대답했다. "그런데 또 그 마차 기사도 문제야, 정말로!"

"야, 무슨 시체 소리야!" 알렉산더가 말했다. "그것 말고 다른 사건. 그게 심각하단 말이야."

"아버지가 얘기한 거, 그거 말이야?" 존이 물었다. "난 그게 뭔지 알지도 못해."

"형이 캘리포니아에서 다니는 은행 돈을 훔친 사건이지, 물론." 알렉산더가 대답했다.

플로라의 얼굴을 보니 이것이 그녀가 들은 첫 번째 사건임이 분명했고, 존의 얼굴을 보니 무죄임이 분명했다.

"내가!" 존이 소리쳤다. "내가 은행 돈을 훔쳐! 하나님 맙소사! 플로라, 이건 너무 심한 거 아냐, 자기도 그건 인정해 줘야 해."

"그럼 안 그랬단 말이야?" 알렉산더가 물었다.

"난 이제껏 살면서 누구의 돈을 훔친 적이 절대로 없어." 존이 언성을 높였다. "아버지 돈은 예외지만, 그걸 훔친 것이라고 한다면, 하지만 이 방으로 내가 돈을 다시 가져왔는데, 그걸 받으려 하지도 않으셨단 말이야."

"이거 봐, 형." 동생이 말했다. "문제를 똑바로 파악하자고. 맥유언이 아버지를 만났는데, 형이 샌프란시스코에서 다니던 은행에서 문명 세계 온 사방에 전보를 보내 형을 붙잡으라고 했다는 거야─형이 수천을 챙겼다고 추정하는데, 300을 챙긴 것은 아주 확실하대. 그게 맥유언의 말이었으니까, 뭐라고 대답할 건지 신중하게 생각하고 말하면 좋겠어. 그 말을 듣고 형의 부친이 바로 그자리에서 3천을 지불했다는 것도 말해 주지."

"300이라고?" 존이 말을 반복했다. "300파운드란 말이지? 그건 천 500달러인데. 아니, 그럼, 커크먼의 짓이야!" 그는 소리쳤다. "하늘이 도우셨구나! 그건 내가 다 설명할 수 있어. 내가 커크먼에게 그 돈을 줬거든, 내가 떠나기 전날 밤에 ─ 천 500달러를. 부장님께 보내는 편지하고. 아니, 내가 왜 천 500달러를 훔칠 거라고 생각하는 거야? 나는 부자란 말이야, 주식을 좀 해서 부자가 됐다고. 그런 황당한 소리는 처음 듣겠네. 지금 할 일은 간단해, 부장

님한테 전보를 쳐서, 커크먼이 천 500을 갖고 있음 — 커크먼을 찾을 것, 하면 돼. 걔는 나랑 회사 동료인데 좀 문제가 있는 친구긴 하지만, 그 친구에게 공평하게 말하자면, 그 정도로 막갈 거라고는 차마 생각 못했어."

"그럼, 이 제안에 대해 어떻게 생각해, 알릭?" 플로라가 물었다.

"오늘 밤에 전보를 보내자!" 알렉산더가 힘을 얻어 소리쳤다. "회신 전보도 미리 지불하고. 이 사건을 해명할 수 있으면 — 정말로 나는 그게 가능할 거라고 믿어 — 우리 모두 다시 고개를 들고 다닐 수 있게 될 거야. 자, 이거 봐 존, 형네 은행 부장 주소 좀 적어 줘. 그리고 플로라 누나는 존을 내 침대에다 눕혀 줘요, 오늘 밤에는 내가 침대를 쓸 일이 없을 테니. 나는 우체국으로 달려간 다음, 하이 스트리트로 가서 시체 문제를 처리할게. 경찰서에 이걸 알려야 하거든, 특히 존을 통해서 그 정보를 알아야 하니까, 내가 경찰서에다 우리 형은 신경이 매우 예민한 사람이라서 어쩌구저쩌구하다 그랬다고 이야기를 꾸밀 수 있어. 그리고 존, 또 한 가지 — 택시 마차 이름 기억나?"

존은 운전기사 이름을 댔는데, 내가 그 마차를 불러서 타 본 적이 없기에, 이름은 밝히지 않겠다.

"좋아." 알렉산더가 다시 말을 이었다. "내가 돌아오기 전에 그 사람 집에 들러서 형이 낼 돈을 대신 지불하고 올게. 그렇게 하면 아침 먹기 전에 형은 완전히 멀쩡한 새 사람이 될 거야."

존은 입속으로 고맙다는 말을 중얼거렸다. 동생이 이렇듯 자기를 도우려고 힘을 내는 것을 보자 말할 수 없는 감동을 받았던 터라, 그가 느낌을 입 밖에 내지 못했다 해도 그의 얼굴 표정에서 읽을 수 있었기에, 알렉산더는 그것을 읽었고, 그렇게 벙어리처럼 마음을 전하는 쪽이 더 맘에 들었다.

"하지만 한 가지," 동생이 말했다. "전보가 비싼데, 우리 집 노인 양반이 어떤 분이신지 기억한다면 내 재정 상태가 어떨지 감이 잡히겠지."

"문제는 말이야," 존이 말했다. "내 종잇장들이 모조리 그 야수 같은 집에 있거든."

"뭐가 거기 있다고?" 알렉산더가 물었다.

"종잇장들 — 지폐." 존이 말했다. "미국식 표현이야, 아마 미국 말이 내 입에 좀 밴 모양이네."

"나한테 좀 있어." 플로라가 말했다. "위층에 가면 1파운드 지폐가 있어."

"플로라 누나," 알렉산더가 대답했다. "1파운드로 될 일이 아니에요, 게다가 이건 우리 아버지의 업무이니 지불할 사람이 아버지가 아니라면 매우 놀랄 일이지."

"아직 그분은 개입시키지 않는 게 좋겠어, 별로 현명한 조치가 아닌 것 같아." 플로라가 반대했다.

"다들 내 밑천이 어떤 상태인지 정확히 모르시는가 본데, 내가 얼마나 뻔뻔한지도 잘 모르시고." 알렉산더가 대답했다. "자, 잘들 보세요."

그는 존을 밀치고 밥상에서 튼튼한 나이프를 하나 골라 놀랍도록 신속하게 아버지의 서랍을 침범했다.

"해 보면 이보다 더 쉬운 게 없거든." 이런 의견을 피력하며 그는 돈을 챙겼다.

"그렇게 하지 말았으면 좋았을걸." 플로라가 말했다. "일이 어떻게 될지 걱정이네."

"아, 그건 나도 모르지요." 젊은이가 대답했다. "이 노인 양반도 결국 인간이긴 하니까. 자, 존, 그 유명한 마스터키 좀 보여 줘. 침대로 가서 내가 올 때까지 누가 뭐라고 하건 움직이지 마. 노크하는데 아무 대답 안 해도 별로 개의치 않을 거야, 난 대개 대답을 안 하니까."

제9장. 니컬슨 씨가 용돈을 주는 안을 수용하다

낮 동안 끔찍한 일들을 겪었고 밤늦게 차를 마시긴 했어도 존은 아기처럼 편하게 잠을 잤다. 그는 마치 10년 전으로 돌아간 것처럼 하녀가 문을 두드리자 잠에서 깼다. 겨울의 해가 뜨면서 동쪽 하늘에 색조를 입히고 있었고, 창문이 집 뒤편에 있어 햇살이 방 안으로 비치며 반사해 온갖 희한한 색깔들을 만들어 냈다. 바깥에는 집집마다 지붕에 눈이 깔끔하게 덮여 있었고, 정원 담벼락도 한 30센티미터는 족히 될 눈을 망토처럼 두르고 있었으며, 정원에 누워 있는 잔디는 반짝반짝 빛났다. 존은 샌프란시스코 만에서 여러 해 살다 보니 눈이 생소해 보였으나, 실내를 둘러보며 한층 더 놀랐다. 왜 그런가 하니, 바로 자기 방으로 알렉산더가 승격한 것이라, 거기에는 꽃무늬를 집어넣은 옛날 벽지가 그대로 있었고, 예민하게 관찰해 보면 아카데미 학교 다닐 때 '삐삐 마른 짐' 선생님 얼굴 비슷한 모양을 분간해 낼 수 있는 것도 그대로였고, 옛날 서랍장도 그대로, 의자들도 ― 하나, 둘, 셋 ― 옛날처럼 세 개 그대로였다. 다만 카펫만은 새것이었고, 알렉산더의 옷가지와 책이며 그림 그리는 도구들이 있었고, 벽에 걸린 연필 소묘들은 (존의 눈에는) 능수능란한 놀라운 솜씨를 과시했다.

그는 그렇게 누워서 바라보며 꿈꾸며, 말하자면 자기 인생의 두 시대 사이에 걸쳐 있었는데, 알렉산더가 문으로 다가와서 귀에 들리게 속삭이며 자기가 온 것을 알렸다. 존은 그를 들어오게 한 다음 다시 따뜻한 침대로 튀어 돌아갔다.

"그래, 존." 알렉산더가 말했다. "전보는 형 이름으로 보냈고, 회신 전보도 20개 단어로 지불했어. 택시 마차 사무실에 가서 그 영감 양반을 만나고 마차 값을 지불했어. 사과도 제대로 했고. 사람이 쉽게 기분 풀더라고, 자기 생각엔 아마 형이 술에 취해서 그랬을 거라는 말도 했고. 그다음에는 맥유언 아저씨 집에 가서, 문을 두드려 자는 것을 깨워서 잠옷에 가운 차림으로 추워서 부르르 떨며 앉은 사람 앞에서 이 사건을 설명해 주었고. 또 그전에 하이 스트리트에 들렀는데, 거기서는 형이 말한 그 시체 얘기를 전혀 듣지 못했더라고, 그래서 난 그게 혹시 형이 꿈속에서 본 것 같다는 쪽으로 생각이 기울긴 해."

"절대로 아니야!" 존이 말했다.

"하긴, 경찰들이 뭐 아는 게 있어, 맨날 그 모양이지." 알렉산더가 동의했다. "아무튼 그래서 지금 사람을 보내 조사할 것이고 형 바지랑 돈을 가져오도록 했으니까 형 돈은 이제 제법 멀쩡한 셈이고, 자 이제 내가 보니 형의 길을 막는 것은 사자 한 마리밖에 없다─우리 노인 양반."

"다시 쫓아내시겠지, 두고 봐." 존이 음울하게 말했다.

"내 생각에는 그럴 것 같지 않은데." 상대방이 대답했다. "플로라랑 내가 준비해 놓은 대로 하면 안 그럴 거야. 지금 형이 할 일은 옷을 입는 것이니 서둘러야 해. 시계 맞게 돌아가지? 자, 지금 시간이 한 15분 있어. 시계가 30분 되기 5분 전에 식탁으로 와 있어야 해, 옛날에 형이 앉던 자리, 더피 숙부 초상화 밑에 알지? 플로라가 구색을 맞추려고 거기 와 있을 거니까, 일이 어찌 될지는 두고 보자고."

"나는 그냥 침대에 있는 편이 더 현명하지 않을까?" 존이 말했다.

"형이 알아서 문제를 해결할 거면 맘대로 해." 알렉산더가 대답했다. "하지만 만약 30분 되기 5분 전에 형이 식탁에 와 있지 않으면, 나는 더 이상 상관 안 할 테니, 그런 줄 알아."

그러고 나서 그는 나갔다. 그는 힘을 주어 말했지만 사실인즉 본인도 속으로 걱정되기는 했다. 그래서 계단에 기대어 아버지가 나타나는지 보는 동안 그는 이어질 만남에 대비하느라 마음을 단단히 먹으려 했으나 쉽지 않았다.

'만약 좋게 받아들이신다면, 운이 따를 것이고,' 그는 생각에 젖어 있었다. '만약 안 좋게 받아들이신다면, 존에게서 관심을 돌릴 미끼는 될 테니. 그것도 뭐 결국엔 나쁘지 않은 일이지. 아주 엉망으로 일을 망치는 인간이야, 우리 형이라는 자는, 인간성은 괜찮은 것 같지만 말이야.'

바로 그 지점에서 아래층 문이 하나 사뭇 의미심장하게 열렸고, 니컬슨 씨가 근엄하게 계단을 내려가서 자기 서재로 들어갔다. 알렉산더는 속은 파르르 떨리지만 차분한 얼굴로 뒤따라갔다. 그가 문을 두드리자 들어오라고 해서 들어가 보니, 아버지는 강제로 딴 서랍 앞에 서서 그것을 손가락으로 가리키며 말했다.

"이건 극히 기이한 일이로구나." 그가 말했다. "누가 내 돈을 훔쳤어!"

"아버지가 눈치채실까 봐 저도 걱정했어요." 아들이 소견을 피력했다. "탁자에 아주 재수 없이 심한 칼자국을 냈으니까요."

"내가 눈치챌까 봐 너도 걱정을 했다?" 니컬슨 씨가 말을 반복했다. "그렇다면 이게 무엇을 의미하지?"

"제가 도둑이란 것을 의미합니다, 아버지." 알렉산더가 대답했다. "제가 혹시 하인들의 손이 닿을까 봐 돈을 모조리 가져갔고요, 이게 남은 돈이랑, 제가 쓴 영수증입니다. 아버지는 주무시고 계셨거든요, 그래서 감히 노크해서 깨울 엄두가 나지 않았던 건데요, 하지만 어떤 정황이었는지 얘기를 들으시고 나면, 저를 양해해 주실 것입니다. 사실이 뭐냐 하면요, 우리 형 존에 대해서 뭔가 끔찍한 오해가 있었다고 믿을 만한 이유들이 있더라고요, 그래서 그걸 가급적 빨리 해명하는 게 모든 사람에게 좋으리라고 생각했는데요, 이게 업무 처리를 해야 하는 것이라서요, 아버지, 그래서 제가 그 일을 떠맡고 결정해서 제 책임하에 샌프란시스코로 전보를 보내기로 했던 것입니다. 제가 신속히 조치한 덕에 아마 오늘 밤이면 답장이 올 것입니다. 확실히 존이요, 아버지, 심하게 당했더라고요."

"언제 이런 일이 벌어졌느냐?" 아버지가 물었다.

"어젯밤입니다, 아버지 주무실 때요." 그의 대답이었다.

"극히 기이한 일이구나." 니컬슨 씨가 말했다. "그러니까 네가 밤새 돌아다녔다는 말이냐?"

"네, 밤새 그랬습니다, 아버지 말씀대로. 전보 보내러 가고, 경찰서에도 들르고, 맥유언 씨한테도 다녀왔어요. 휴, 엄청 정신없었어요." 알렉산더가 말했다.

"아주 변칙적이로구나." 아버지가 말했다. "너는 오직 네 생각만 하는구나."

"제가 형을 다시 데리고 와서 뭐 얻을 게 있는지 잘 모르겠네요." 알렉산더가 민첩하게 대답했다.

이 대답에 노인은 기분이 좋아져서 미소를 지었다. "좋아, 그럼 이 문제는 아침 식사 후에 검토하겠다."

"책상이 그렇게 돼서 죄송합니다." 아들이 말했다.

"책상이 문제겠냐, 그건 개의치 않는다." 아버지가 말했다.

"그런데요." 아들이 말을 계속했다. "이번 일이 남자가 자기 돈 없이 산다는 게 얼마나 어색한 형편인지 보여 주는 예 아닌가요. 저한테 제 나이 또래 다른 친구들처럼 용돈을 제대로 주셨다면 그렇게까지 할 필요가 전혀 없었을 테니까요."

"제대로 된 용돈이라!" 아버지가 신랄하게 빈정거리는 투로 말을 반복했는데, 이런 소리를 처음 들은 것은 아니었다. "제대로 쓸데가 있으면 내가 너한테 돈 갖고 인색하게 군 적이 없다."

"물론이지요, 물론이지요." 알렉산더가 말했다. "그렇지만 항상 현장에 계셔서 제가 용건을 설명해 드릴 수 있는 건 아니잖아요.

어젯밤 일도 그렇고요, 예를 들면……."

"어젯밤에 나를 깨우면 됐을 것 아니냐." 아버지가 말을 끊었다.

"존이 처음에 그 지경에 빠지게 되었던 것도 비슷한 상황 아니었나요?" 아들이 솜씨 좋게 논점을 회피하며 물었다.

그러나 아버지도 못지않게 민첩했다. "이거 봐, 너는 어떻게 이 집에서 나갔다 다시 들어왔지?"

"대문 잠그는 걸 잊어버리고 그냥 갔었나 봐요." 알렉산더가 대답했다.

"내가 그러지 말라고 수없이 지적했건만." 니컬슨 씨가 말했다. "그래도 여전히 난 이해가 안 간다. 하인들도 깨워 놓았던 거냐?"

"아침 식사 후에 제가 모든 것을 자세히 설명드리고자 합니다." 알렉산더가 대답했다. "곧 30분이 될 텐데, 매켄지 양을 기다리게 해서는 안 되잖아요."

그리고 아주 대범하게 그는 문을 열었다.

알렉산더조차 — 그가 자기 부친과 비교적 친근하게 지내는 사이임을 독자들이 파악했을 터이지만 — 이제껏 이렇게 아버지와의 면담을 고압적으로 도중에 중단해 본 적이 없었다. 그러나 사실인즉 이 노신사 쪽에서도 자기 아들이 저지른 비행 정도가 워낙 엄청나서 다소 주눅이 들어 있었다. 그는 계획이 온통 뒤죽박죽된 사람 같은 상태였다 — 완전히 그의 상상을 초월하는 사태! 알렉산더가 자기 책상을 망가뜨리고, 자기 돈을 가져가고, 밤새 밖에 있었고, 그러고는 이 모든 것을 대수롭지 않게 인정하는 것은 니컬슨 씨의 철학 체계에서는 꿈조차 꿔 본 적 없는 일이고 논평을 초월하는 경지였다. 남은 돈을 돌려준 것도, 노신사는 여전히 그걸 손에 들고 있었는데, 당당하고 뻔뻔스러운 태도를 보여 주었기에, 한 대 얻어맞은 듯 어안이 벙벙했다. 게다가 존이 처음으로 도주한 사건도 언급하다니 ─ 이 화제는 그가 늘 자기 생각 속에 굳게 가둬 두고 있었던 터였는데, 그는 실수를 전혀 하지 않는다는 점을 자랑으로 여겼던 사람인지라, 그가 혹시 실수를 하지 않았나 걱정할 만한 일은 기억 속에 봉해 놓고 펼쳐 보지 않았던 것이다. 이렇듯 놀라운 일과 다시 상기시킨 온갖 일을 고려하고, 또한 자기 아들의 차분하고도 능숙한 처신을 고려하자, 니컬슨 씨는 속으로 불안감이 새록새록 솟아나 거북해지기 시작했다. 그는 자기 능력이 미치지 못하는 지경에 빠져든 것 같았고, 그래서 만약 그가 무엇을 하건 무슨 말을 하건 나중에 후회할 것 같았다. 사실 이 젊은 청년이, 본인이 지적한 대로 형을 생각해서 수고를 아끼지 않은 것이긴 하다. 또한 만약 뭔가가 부당한 일을 당하고 있다면 ─ 당하는 자가 사실 그 모든 짓들에도 불구하고 니컬슨 성을 쓰는 자기 아들이라면 ─ 분명히 시정해야 할 것 아닌가.

모든 것을 감안하자, 자기가 묻는 말을 끊고 가 버린 게 흉측하기 짝이 없지만, 노신사는 굴복했고, 잔돈을 챙겨 넣은 후, 자기 아들을 따라서 식당 방으로 갔다. 이 몇 걸음 안 되는 거리를 가며 그의 생각은 한 번 더 저항했으나, 한 번 더, 그리고 이번에는 최종적으로, 그는 무기를 내려놓았으니, 그것은 자기 가슴속에서 가만히 조그마한 목소리가 그에게 신빙성 있는 소식을 하나, 자신이 알렉산더를 두려워한다는 소식을 전해 주었기 때문이다. 이상야릇한 것은 그가 두려움을 느끼는 게 싫지 않았다는 것으로, 그는 자기 아들이 대견했던 것인데, 아이가 성격이 분명하고 용기 있고, 사리 판단이 뚜렷하니 대견해할 만했다.

이런 생각들을 하면서 그는 식당 방 문으로 들어가 몸을 돌렸다. 매켄지 양은 귀한 손님 자리에 앉아서 차 주전자와 주전자 보온 퀼트로 마술을 부리고 있는데, 보시라, 또 다른 사람이 거기에 앉아 있는 게 아닌가, 덩치 크고 통통하고 구레나룻 수염을 기른 남자가 아주 편안하고 멀쩡한 표정으로! 그 사내는 앉아 있던 자리에서 일어나 앞으로 오더니 손을 내밀었다.

"잘 주무셨는지요, 아버지." 그가 말했다.

니컬슨 씨의 풀칠한 듯 뻣뻣한 가슴속에서 감정이 서로 심하게 충돌했건만, 밖으로 나타나는 표시는 볼 수 없었고, 그가 취할 행동을 선택하는 것도 오래 걸리지 않았다. 그러나 그사이 그는 과거와 미래에 걸쳐 펼쳐진 광활한 가능성들을 검토해 보았다. 혹시 자기가 존을 다룬 방식이 완벽하게 현명하지 않았을 수도 있지 않을까, 혹시 존이 죄 없을 가능성이 있지 않을까, 그의 권위에 도전한 게 괘씸해하는 마음대로 하자면 존을 두 번째로 내쫓고 싶지만, 혹시 그 경우 온갖 소문이 나도는 것을 피할 수 있을까, 혹시 그가 그러한 극단적인 조치를 취한다면 알렉산더가 들고 일어나지 않을까.

"흠!" 니컬슨 씨는 이렇게 말한 뒤, 자신의 죽은 듯 축 처진 손으로 존의 손을 잡았다.

그러고는 곤혹스러운 침묵이 흐르는 가운데 각자 자리에 앉으니, 심지어 신문도 ── 매일 이 노신사의 습성이 신문을 읽으며 쓰디쓴 입맛을 쩍쩍 다시며 나라의 기강이 점차 흐트러지고 있는 징조를 개탄하는 것이었으나 ― 심지어 신문도 접어 놓은 그대로 그의 곁에 방치되어 있었다.

그러나 이내 플로라가 구원의 손길을 내밀었다. 그녀는 이 침묵 속으로 기술적인 안건 하나를 슬쩍 밀어 넣으며, 존에게 지금도 옛날처럼 차에 설탕을 심하게 많이 타 먹느냐고 물었던 것이다. 거기에서 한 발자국만 더 가면 바로 그날의 화급한 문제로 나아갈 수 있고, 그래서 약간 흔들리는 어조로 그녀는 이 탕자를 위해 마지막으로 차를 만들어 준 게 언제였던가 말을 꺼낸 다음, 그가 돌아온 것을 축하했다. 그러고는 니컬슨 씨한테 말을 걸며 축하의 말을 상냥하게 건네자, 그의 언짢은 심기가 무색해졌고, 거기에서부터 존의 불행 이야기에 본격적으로 몰입했고, 또한 적당히 뺄 것은 뺐다.

차차 알렉산더도 거들기 시작해 둘이 합세하여 존이 원하건 아니건 몇 마디 말을 하지 않을 수 없게 만들자, 존이 말을 어찌나 떨리는 목소리로 또한 어찌나 설득력 있게 공포감에 짓눌린 마음을 토로했던지, 니컬슨 씨의 노여움이 수그러들었다. 드디어 그는 본인이 직접 질문도 하나 했고, 식사가 끝나기 전에 네 사람 모두 제법 편하게 이야기를 주고받았다.

기도회가 이어졌는데, 하인들은 아무도 이 새 식구를 들어오게 한 적이 없었기에 놀라서 입이 벌어져 있었으며, 기도회가 끝나자 시곗바늘이 도달한 지점이 니컬슨 씨가 떠날 때라는 표시를 해 주었다.

"존," 그가 말했다. "물론 너는 여기 머물러 있거라. 마리아를 자극하지 않도록 매우 조심하거라, 만약 매켄지 양이 네가 그 애를 보는 것이 좋다고 생각하신다면. 알렉산더, 너랑 둘이 이야기 좀 하자." 그러고 나서 두 사람이 뒤쪽 방으로 갔을 때, 아버지는 "오늘은 사무실에 나올 필요 없다"라고 했다. 그러고는 미소를 지으며 덧붙였다 "집에 있으면서 네 형과 함께 시간을 보내도록 하고, 아마도 그레그 숙부네 집에 문안을 다녀오는 것도 좋을 것 같구나. 그리고 말이야(이 대목에서 어딘가 ─ 감히 그런 표현을 쓰자면 ─ 쑥스러워하는 듯했다), 용돈 주는 안을 수용하기로 하겠다 ─ 그래서 두리 박사한테, 그 친구가 세상물정에 밝고 아들들을 데리고 있으니, 액수에 대해 자문을 구할 참이다. 그러니 이 녀석아, 너 운이 아주 좋은 줄만 알고 있어!"

"감사합니다." 알렉산더가 말했다.

정오가 되기 전에 형사 한 사람이 존에게 그의 돈을 다시 찾아 주었고 소식을 전해 주었는데, 실상 슬픈 소식이긴 하나 그나마 제일 덜 슬픈 소식이었다. 앨런은 리젠트 테라스의 자기 집에서 발견되었는데, 겁에 질린 집사가 돌보고 있었다. 그는 정신이 완전히 돌았고, 그래서 감옥으로 가는 대신 모닝사이드 정신병원*으로 이송되었다. 살해당한 사람은 퇴거당한 세입자로, 그는 예전의 건물 주인 앨런을 1년 가까이 쫓아다니며 협박과 욕설을 해 댔던 것으로 밝혀졌는데, 그 이상으로 이 비극의 원인과 세부 사실들은 파악된 바가 없었다.

니컬슨 씨가 저녁 식사 시간에 집으로* 돌아오자 그의 손에 다음과 같은 전보를 전해 줄 수 있었다. "존 V. 니컬슨, 랜돌프 크레선트, 에든버러. 커크먼 실종, 경찰 수색 중. 모두 밝혀짐. 걱정할 것 전혀 없음. — 오스틴." 이 전보를 설명해 주자 노신사는 와인 창고 열쇠를 꺼내 1820년산 포트와인 두 병을 가지러 갔다. 그레그 숙부도 그날 와서 함께 식사를 했고 사촌 로비나도 왔는데, 기막힌 우연인지 맥유언 씨도 오자, 이렇게 남들이 자리를 같이한 덕분에, 다소 서먹서먹했을 법한 분위기가 부드러워졌다. 이들이 떠나기 전에, 가족은 다시금 제법 단란하게 하나로 뭉친 식구의 모습을 갖추고 있었다.

4월 마지막 날에 존은 플로라를, 아니, 좀 더 정확히 묘사하자면, 플로라가 존을 결혼식 제단으로 — 그러니까 니컬슨 씨 집 거실의 벽난로 선반을 제단이라고 친다면 — 이끌고 갔고, 난로 앞 카펫에 신학박사 두리 목사님이 주례의 사제 역을 맡아 자리 잡고 서 있었다.

내가 이들을 마지막으로 본 것은 최근 북쪽에 다니러 갔을 때 내 오랜 친구 젤러틀리 맥브라이드네 집 디너파티에서였는데, 고전적인 표현대로 우리가 '다시 숙녀들과 합류했을 때'* 나는 플로라가 또 다른 결혼한 여인과 남편들이 담배를 얼마나 피우는지 열심히 서로 조사하는 대화를 하는 것을 엿들을 기회가 있었다.

"아, 그래!" 그녀가 말했다. "나는 니컬슨 씨에게 하루에 여송연 넉 대만 허락해. 석 대는 정해진 시간에 피우고 — 매끼 식사 후에 말이야, 네 번째는 자기가 원할 때 원하는 친구랑 같이 피우고."

'멋져!' 나는 속으로 생각했다. '내 친구 존에게 딱 맞는 부인이야!'

7   **괴상한 사건**   이 작품의 제목인 'The Strange Case of Dr. Jekyll and Mr. Hyde'를 흔히 '지킬 박사와 하이드 씨의 기이한 사례'로 옮긴 역자들이 있으나, 'case'는 법적인 의미의 사건 또는 의학적인 환자 케이스라는 의미이니 '사례'는 아님. 전치사 'of' 또한 소유의 의미가 아니라 동격의 의미. 형용사 'strange'는 '기이한'보다 훨씬 더 일반적인 말이기에 '괴상한'으로 옮김. 또한 이 작품에서 'strange'는 가장 자주 등장하는 단어이고(총 20회, 명사형 파생어 2회), 등장할 때마다 '괴상한/괴상하다'로 일관되게 옮기므로, 그 반복 주제 효과를 재현하려 함.

9   **캐서린 드 매터스**   로버트 루이스 스티븐슨의 절친한 사촌 밥 스티븐슨의 누이. 그녀는 잉글랜드인 무신론자인 시드니 드 매터스와 결혼했다가 나중에 이혼함.

12   **카인의 이단 교리**   구약성서 「창세기」 4장에서, 카인이 형제 아벨을 죽인 후, 남들이 자기를 죽일까 봐 두려우니 하느님에게 보호를 요청해 보호를 받음.

15   **저거노트**   Juggernaut. 힌디어로 '자가나스'. 힌두교 크리슈나 신상을 이끄는 거대한 수레로, 그 바퀴 앞에 신도들이 신을 섬긴다며 누

위서 깔려 죽었다고 함.

에든버러 사투리가 심하고 백파이프만큼이나　당시 잉글랜드에 비해 의학 교육이 앞섰던 스코틀랜드의 에든버러 대학 출신 의사들이 많았다. '백파이프'는 스코틀랜드인을 풍자한 비유.

16　**100파운드**　당시 런던 숙련공의 1년 수입이 80파운드 정도였음을 감안할 때 경미한 사고 합의금치고는 상당히 큰 액수.

17　**쿠츠 은행**　런던에서 1692년에 설립된 은행으로, 설립 당시부터 오늘날까지 스코틀랜드와 인연이 깊음.

23　**캐번디시 스퀘어**　캐번디시 스퀘어는 런던 웨스트엔드 옥스퍼드 스트리트 북쪽에 있는 부유층 거주지로, 당시 유명한 의사들의 거처 겸 의원이 모여 있었음.

25　**데이먼과 피티아스 사이**　데이먼과 피티아스는 고대 그리스 설화에 나오는 두 친구로, 피티아스는 사형을 당할 데이먼이 죽기 전에 가족을 만날 수 있도록 자신의 목숨을 내놓음.

26　**권세를 받은 자**　신약성서 「요한계시록」 13장 5절을 말세에 악의 화신인 '짐승'(사탄)에 대한 언급을 인용하고 있음. "또 짐승이 과장되고 신성 모독을 말하는 입을 받고 또 마흔두 달 동안 일할 권세를 받으니라."

27　**하이드 씨라면, 그럼 나는 시크 씨**　'하이드'는 '숨는다'는 말과 소리가 같고, '시크'는 찾는다는 의미이므로, '하이드 앤 시크'는 숨바꼭질을 뜻함.

28　**곤트 스트리트**　실제 런던의 곤트 스트리트는 템스 강 남쪽 외곽지대인 뉴잉턴에 있음. 캐번디시 스퀘어까지는 어터슨이 래니언을 만나러 부담 없이 걸어갈 수 있는 거리가 아님. 아마도 작가는 '곤트(Gaunt, 깡마른)'의 상징적인 의미 때문에 이런 주소를 택했을 것 같으나, 에든버러가 고향인 작가가 런던의 지리에 대해서는 상대적으로 덜 세심하다는 증거이기도 함.

31　**주는 것 없이 그냥 싫은 건가?**　원문은 "옛날이야기에 나오는 펠 박

사". "펠 박사님, 당신이 싫어요. 이유는 말할 수 없지만"이라는 옥
스퍼드 대학교에서 내려오는 펠 박사(교수)를 비아냥거리는 학생
들의 시를 언급하고 있음.

친구 해리 지킬아 원문은 'old Harry'로 사탄을 지칭하는 속어적
표현 중 하나. 여기에서 '헨리' 대신 '해리'라고 한 것은 친근한 표현
이기도 하지만, 지킬을 사로잡았다고 생각하는 사탄에 대한 언급
이기도 함.

33 **늦기는 해도 반드시 온다는 옛말대로** 원문은 "절름거리는 발로도 벌
이 악인을 내버려 두는 법은 없다"는 호라티우스의 시에 나오는 표
현 'pede claudo'를 라틴어로 인용하고 있음.

34 **투시화처럼** '투시화'로 옮긴 말은 'transparency'로, 이것은 종이
나 유리에 그린 연속 그림에 암실에서 조명을 비추어 보여 주어 실
물 같은 효과를 내는 장치였음.

42 **택시 마차** 오늘날 택시처럼 도시를 돌아다니며 손님을 태운 영업
용 마차들.

43 **소호** 런던 시티와 웨스트엔드 사이 동네로 17세기부터 프랑스 개
신교도 등 유럽 이민자들의 거주지였고, 이국성, 환락, 빈곤 등을
연상시키는 지명.

44 **스코틀랜드 야드** 런던 경찰청의 별칭.

57 **죄인 중의 괴수** 신약성서 「디모데전서」 1장 15절, "예수께서 죄인
을 구원하시려고 세상에 임하셨다 하였도다. 죄인 중에 내가 괴수
니라"를 인용하고 있음. 스코틀랜드 (장로) 공식 '신앙고백' 문서에
나오는 구절이기도 함.

66 **스퀘어에 이르자~나무들은 난간에다** 런던의 '스퀘어'라고 불리는
주거지 군락은 가운데 철제 난간으로 막아 놓은 정원 사방을 건물
들이 에워싸고 있는 형태.

81 **게이브리얼 존 어터슨** 게이브리얼(가브리엘)은 천사장, 존(요한)
은 사도 요한 또는 세례자 요한의 이름. '어터슨'의 '어터(utter)'도

'단호한', '철저한'의 의미를 연상시킴. 변호사 어터슨의 이름은 신학적, 도덕적, 법적 권위를 듬뿍 담고 있음.

83 **12월 10일** 정확한 날짜는 1월 9일이어야 함. 작가의 실수임. 아마도 원래 크리스마스 책으로 이 작품을 구상했기에 자동적으로 '12월'이라고 적은 듯함.

94 **믿지 않을 걸세** 무엇을 믿지 않는지를 의도적으로 애매하게 남겨놓았음. 생략된 목적어는 지킬의 변신이기도 하고 초자연적인 영혼의 세계일 수도 있음.

헤이스티 Hastie. 스코틀랜드의 성씨를 이름으로 사용함(예를 들어, 스티븐슨이 싫어했던 '윌리엄 헤이스티 목사' 같은 사람의 성). '성급하다'는 뜻의 '헤이스티(hasty)'도 연상시킴.

97 **두 쌍둥이가 끊임없이 투쟁하고** 「창세기」 25장 22절, 에서와 야곱 두 쌍둥이가 리브가의 "태 속에서 서로 싸우는지라"라는 구절을 떠올리고 있음.

99 **장막** 신약성서 「고린도후서」 5장 1절, "만일 땅에 있는 우리의 장막" 등 신약성서에서 육체를 의미하는 표현.

102 **필립포스의 죄수들처럼** 신약성서 「사도행전」 16장 25~34절에 대한 언급. 사도 바울과 실라는 필립포스(빌립보)에서 복음을 전파한 죄로 고문과 구타를 당한 후 감옥에 갇혀 있었으나 찬송과 기도를 하던 중, 지진이 일어나 감옥 문이 열림. 하지만 성서에서는 두 죄수가 감옥에서 "밖으로 달려 나가지" 않고, 오히려 당황한 간수를 위로하고 그리스도를 전함.

107 **바빌론 왕에게 경고하는 벽의 손가락** 구약성서 「다니엘」 5장 5절, 바빌론의 벨사살 왕은 이스라엘 성전에서 탈취해 온 그릇으로 술잔치를 벌이던 "그때에 사람의 손가락들이 나타나서 왕궁 촛대 맞은편 석회벽에 글자를" 씀. 그날 밤 벨사살은 죽임을 당함.

110 **내 안의 악마는~으르렁거리며** 신약성서 「베드로전서」 5장 8절, "너희 대적 마귀가 우는 사자같이 두루 다니며 삼킬 자를 찾나니"를 떠

올리는 대목.

정신이 멀쩡한 인간이라면 정신이상은 1835년부터 질환으로 인정되었고, 이후 점차 형사재판에서 정상 참작의 논거로 사용되기 시작함.

112 **베일이 머리에서 발끝까지 찢어지더니** 신약성서 「누가복음」 23장 45절, 예수 그리스도가 십자가에서 숨을 거두기 직전, "성소의 휘장 한가운데가 찢어지더라"를 떠올리는 표현.

113 **도피성** 구약시대 율법에 의하면 "부지중에 살인한 자"(「민수기」 35장 11절)가 도피성에 들어가면 정식 재판을 할 때까지 체포와 복수를 면할 수 있었음.

114 **리젠츠 파크** 런던 시내 북쪽에 위치한 공원. 1814년에 개방됨.

115 **포틀랜드 스트리트** 아마도 '그레이트 포틀랜드 스트리트'를 잘못 쓴 것 같음. 포틀랜드 스트리트는 소호에 있는 작은 골목이나, '그레이트 포틀랜드 스트리트'는 옥스퍼드 스트리트와 닿아 있고 래니언이 사는 캐번디시 스퀘어와 가까움. 스코틀랜드 작가 스티븐슨이 런던 지리에 정통하지 못하다는 또 다른 증거.

125 **바람을 심다** 구약성서 「호세아」 8장 7절, "그들이 바람을 심고 광풍을 거둘 것이라"를 인용하고 있음.

분란주의 스코틀랜드 국가교회인 스코틀랜드 장로교회 내부의 1843년 분열을 지칭함. 국가로부터의 교회의 자율권을 두고 복음주의적인 성직자와 장로들이 주류와 갈등을 빚은 나머지 '스코틀랜드 자유 교회' 교단을 만듦. 장로교 종교 개혁의 기반에 서 있는 스코틀랜드 역사에서 이 엄청난 교회 분열이 갖는 의미는 상당했음.

126 **빨강 머리카락** 스코틀랜드 고유의, 또는 원조라는 의미. 빨강 머리카락은 스코틀랜드인들 사이에서 유달리 많이 발견됨.

캔들리시와 베그 로버트 스미스 캔들리시(1806~1873)는 스코틀랜드 장로교회의 목사이자 신학자로 교회 '분열'에 신학적인 이론을 제공한 인물 중 하나. 제임스 베그(1808~1883)는 '스코틀랜드 자유 교회'의 유명한 목사.

신학적 독립 왕국 1707년 잉글랜드와 의회 통합 시 스코틀랜드는 잉글랜드와 뚜렷이 다른 (장로교) 국가교회와 (로마) 법체계의 독립을 보장받았음.

랜돌프 크레선트 에든버러 뉴타운의 고급 주택가.

129 **브리티시 리넨 컴퍼니 소유 은행** 브리티시 리넨 컴퍼니는 1746년 에든버러에 세워진 리넨 전매 회사로, 18세기 말부터 은행 업무를 시작했고, 19세기에는 상당한 규모의 전국적인 금융 회사로 발전함.

프린시스 스트리트 에든버러 올드 타운과 뉴다운 사이를 가로지르는 도시의 중심 도로. 이 길 옆 동산 위에 에든버러 캐슬이 서 있음.

매켄지 양 매켄지는 하일랜드 켈트 계열 성씨로, 백파이프 음악 또한 하일랜드 지방에서 유래함.

130 **플레선스** 플레선스는 존이 사는 뉴타운과 반대편에 있는 에든버러 올드 타운 주소지.

133 **문 앞에 준엄한 처벌자** 존 밀턴의 「리시더스」(1637)에서 타락한 교회 지도자들에 대한 하느님의 심판을 예견하는 비유로, 원문 그대로 옮긴다면 "손잡이 둘 달린 기계".

마터호른을 등반하는 것과 아프리카를 종단하는 마터호른은 알프스 산맥 봉우리 중에서 유달리 등반이 힘들다고 생각되었고, 1860년대 후반에 와서야 최초의 등반에 성공한 이들이 나옴. '아프리카 종단'은 당시 언론에 자주 거론되었던 세실 로즈(1853~1902)의 남아프리카에서 이집트까지 아프리카를 종단하는 대영제국 식민지 개발 계획에 대한 언급일 수도 있음.

135 **광풍을 거두다** 주석 125쪽 참조.

리스 워크 웨이벌리 역에서 북동쪽으로 나 있는 길로, 거기에 (괜찮은 동네인) 로열 테라스로 가는 길이 닿아 있음.

136 **그린사이드 교회** 로열 테라스 입구에 있는 교회로 19세기에 건물을 재건축했는데, 스티븐슨의 조부와 부친이 교회 건축 및 발전에

기여한 바가 많음.

137 **장대한 기념물들** 콜튼 힐에는 스코틀랜드 국가 기념비, 넬슨 기념비, 더거드 스튜어트 기념비 등이 있음.

140 **세인 자일스 교회** 스코틀랜드 국가교회의 가장 중요한 교회 건물. 12세기에 지어진 주교좌 대성당이나 종교 개혁 이후 일반 교회로 사용하였음. 대개 '하이 커크'로 불리고, 중세 때부터 에든버러의 대표적인 랜드 마크 건물의 지위를 누려 왔음.

노스캐슬 스트리트 뉴타운에 있는 거리.

142 **돌아온 탕자** 「누가복음」 15장 11절에서 32절에 걸쳐 나오는 '탕자의 비유'에 대한 언급. 아버지의 재산을 탕진하고 비참한 생활을 하던 끝에 아버지 집으로 돌아온 둘째 아들을 아버지가 받아들임.

148 **하나님** 칼뱅주의 장로교 문화가 이 소설의 배경이기에 한국 장로교회의 관행대로 '하느님'이 아닌 '하나님'으로 표기함.

151 **퀸스페리 스트리트** Queensferry. 랜돌프 크레선트에 바로 연결되는 길.

세인트 조지 교회당 19세기 초에 건축한 에든버러 뉴타운의 대표적인 교회 중 하나.

에든버러, 성조지 교회 앤드루 톰슨(1779~1831)이 시편 24편에 곡을 붙인 찬송가.

이스마엘처럼 광야를 떠도는 자 「창세기」 21장, 아브라함이 자식이 없어 여종 하갈의 몸에서 낳은 이스마엘을 아브라함의 부인 사래가 본인도 아들을 낳은 후, 하갈과 함께 광야로 쫓아냄. 이스마엘은 광야에 살며 큰 민족을 이룸.

153 **다이브** 미국의 지하 무허가 주점.

납 힐 샌프란시스코의 언덕 주거지 중 하나로, 철도 개발로 거부가 된 부유층들이 살았음.

155 **귀하신 왕실의 아무개 나리** 건장하고 뚱뚱한 체구에 구레나룻 등에 비춰 볼 때 빅토리아 여왕의 장남 에드워드 황태자일 듯함(1902년

에드워드 7세로 즉위).

마켓 스트리트　샌프란시스코의 중심 대로.

157　**새크라멘토**　샌프란시스코에서 내륙 쪽 북쪽으로 약 140킬로미터 떨어져 있음.

　커크먼　이름을 보아 존처럼 스코틀랜드 출신이고, 그래서 둘이 같은 하숙집에 살았을 것임. 이 이름은 스코틀랜드 국가교회('커크')의 목사라는 의미이기도 함.

161　**살진 송아지**　「누가복음」15장 23절에 나오는 탕자의 비유를 인용하고 있음. 아버지는 돌아온 탕자를 위해 "살진 송아지를 끌어다가 잡으라 우리가 먹고 즐기자"고 함.

　노래하듯 듣기 좋은 억양　스코틀랜드 영어는 잉글랜드 영어에 비해 말꼬리가 부드럽게 올라가는 말씨임.

162　**리젠트 테라스**　콜튼 힐 남쪽 언덕에 닿아 있는 고급 주택가.

　머리필드　에든버러 시내 서쪽에 있는 외곽 지역 거주지.

163　**그들의 이름 때문에**　이름이 '거만한 발'이라는 뜻이므로.

165　**피트 스트리트**　오늘날 에든버러의 던더스 스트리트. 올버니 스트리트에서 이어지는 동서 도로 북쪽으로 나 있는 길.

166　**인디아 플레이스**　에든버러 뉴타운의 주택가. 랜돌프 크레선트에서 멀지 않음.

167　**차머스의 흉상**　토머스 차머스(1780~1847), 스코틀랜드의 신학자, 철학자, 경제학자.

　아카데미 학교　1824년에 설립된 에든버러의 명문 사립 초중등학교.

170　**하워드 플레이스**　같은 뉴타운 지역이긴 하나 랜돌프 크레선트에서 제법 떨어진 거리에 있음.

171　**캘리도니언 역**　프린시스 스트리트 서쪽 끝에 있던 기차역으로, 지금은 없어지고 역에 붙어 있던 호텔 건물만 남아 있음.

186　**딘**　에든버러 뉴타운 북서쪽과 닿아 있는 딘 빌리지.

187　**도널드슨 병원**　출판업자 제임스 도널드슨(1751~1830)의 기부로

1830년에 설립된 병원.

188 **육체의 가시** 「고린도후서」 12장 7절, 사도 바울이 자신의 지병을 지칭하며 쓴 표현으로, 아무리 기도해도 하느님이 고쳐 주지 않는 고통이라는 의미.

189 **해 아래 다른 불행** '해 아래'는 세상사의 허망함과 모순을 열거하는 구약성서 「전도서」에 자주 나오는 표현.

190 **타이번에 교수형** 18세기까지 런던 타이번에서 공개적으로 사형수를 처형했는데, 뉴게이트 감옥에서 그곳까지 수레로 죄수를 싣고 갈 때나 사형 집행 시 많은 군중이 몰려들곤 했음.

199 **허미스턴** 에든버러 남서쪽에 있는 주거지. 스티븐슨의 미완성 소설 『허미스턴의 강둑』(1896)의 배경이 되는 지역.

203 **브레이드 연못** 에든버러 남쪽 브레이드 힐스의 연못. 스티븐슨이 에든버러에서 살던 시절, 겨울철 스케이트장으로 인기 있었음.

   크레익리스 방향 래블스턴 쪽에서 크레익리스로 가면 존의 가족이 사는 집 방향이기도 함.

205 **몽고메리 스트리트** 샌프란시스코의 금융가를 가로지는 번화한 거리.

207 **카인처럼 줄행랑** 「창세기」 4장 12절, 동생 아벨을 죽인 최초의 살인자였던 카인은 "땅에서 피하며 유리하는 자가 되리라"는 선고를 하느님에게 받음.

   잠옷 모자 잠자리에 들 때 머리를 추위에서 보호하는 면 모자, 주로 하얀색.

   딘 브리지 존의 집인 랜돌프 크레선트와 가까이 있는 위치.

209 **리어 왕 대사** 이와 똑같은 대사는 셰익스피어의 『리어 왕』에 나오지 않음. 1막 5장이나 2막 4장에서 "나를 돌게 하지 마라"라는 리어왕의 말이 가장 근접할 것임.

210 **스트랫퍼드 앳 보우 프랑스어** 제프리 초서의 『캔터버리 이야기』에 나오는 수녀가 배운, 파리 프랑스어가 아닌 '지방 프랑스어'를 뜻함.

   모리 플레이스 에든버러 뉴타운 지역의 주거지.

228 **모닝사이드 정신병원** 에든버러 정신병원, 1813년에 개원함.

  저녁 식사 시간에 집으로 원문은 "returned from dinner"이나 맥락상 "returned for dinner"의 오식으로 판단됨.

229 **다시 숙녀들과 합류했을 때** 숙녀들과 함께 저녁 식사 후 남자들끼리 따로 가서 술을 한 잔 더 한 후 돌아오는 관습을 지칭함.

스코틀랜드 작가 로버트 루이스 스티븐슨이 지어낸
두 편의 '크리스마스 책'

윤혜준(연세대 영어영문학과 교수)

에든버러 토박이, 로버트 루이스 스티븐슨

로버트 루이스 스티븐슨의 작품을 한국어로만 읽은 독자들은 그를 『지킬 박사와 하이드 씨』와 『보물섬』, 오직 이 두 작품의 지은이로만 알고 있다. 하나는 으스스한 괴기 소설로 분류될 것이고, 다른 하나는 아동 모험 소설로 분류될 것이니, 이 둘을 묶는 작가적 정체성이 과연 무엇인지 쉽게 설명되지 않을 듯하다.

로버트 루이스 스티븐슨은 누구인가? 한마디로 대답하자면 스코틀랜드, 특히 에든버러 사람들이 가장 자랑으로 여기는 토박이 작가 중 하나다. 다른 한 사람은 월터 스콧, 에든버러 한가운데 그의 동상이 서 있고, '서울역'에 해당되는 기차역 이름은 스콧의 소설 제목을 딴 '웨이벌리 스테이션'이다. 스코틀랜드 작가 중 그 누구도 월터 스콧이라는 거장과 같은 급일 수 없으나 스콧 다음으로 에든버러 사람들이 사랑하는 작가가 스티븐슨이라고 할 수 있다. 에든버러의 '작가 박물관'에서 기념하는 작가는 딱 세 사람, 시인 로버트 번스(1759~1796), 월터 스콧(1771~1832), 로버트 루이스 스티븐슨(1850~1894)이다. 나이로 치면 번스는 스티븐슨보다 한 세기 전 사람이고, 스콧은 두 세대 이상 앞선 대선배이니 19세기 후반에 활동한 스티븐슨이 이들 '스코틀랜드 민족문학'의 대가들 틈에 낀 것은 상당한 영예가 아닐 수 없다.

번스나 스콧은 스코틀랜드의 방언과 토속적인 소재들을 고급문학 속에 끌고 들어와 영문학 및 나아가 세계문학에서 스코틀랜드를 대표하는 인물들로 인정받은 작가들이기에 당연히 스코틀랜드의 '작가 박물관'에 입성할 만하다. 반면에 스티븐슨의 문학적 성취에 대한 평가는 이들보다 덜 확고한 면이 있을뿐더러, 『지킬 박사와 하이드 씨』나 『보물섬』만으로 그를 접한 독자들이라면 그의 작품들에 무슨 스코틀랜드적인 주제나 소재가 배어 있는지 의문을 가질 것이다. 하지만 스티븐슨의 시나 소설에서는 스코틀랜드 방언이나 스코틀랜드 역사를 소재로 삼은 작품들이 제법 많다. 그리고 『지킬 박사와 하이드 씨』와 『보물섬』은 오늘날에도 세계적인 명성을 누리고 있으니 스티븐슨이 '국위를 선양'한 공로를 인정해줄 수 있다. 문학적인 성취라는 것도 평자들마다 시각이 다를 수밖에 없다. 비교적 길지 않은 삶을 산 스티븐슨은 다양한 장르의 소설은 물론이요, 시와 여행기, 서간문, 평론문 등 많은 글을 후세에 물려준 다재다능한 에든버러 출신 작가다. 에든버러 '뉴타운'의 스티븐슨이 어릴 때 살던 집은 '스티븐슨 하우스'로 보존되고 있고, 스티븐슨을 흠모하는 이들을 위해 숙박 서비스를 제공하고 있다.

오늘날 스티븐슨의 원전 비평 정본 전집인 '100주년 기념본'이 에든버러 대학교 출판부에서 1995년부터 간행되고 있다.

물론 『지킬 박사와 하이드 씨』나 『보물섬』의 배경은 스코틀랜드나 에든버러가 아니기에, 이 두 작품만 놓고 보면, 스티븐슨을 스코틀랜드 작가로 인식하기가 쉽지 않다. 기존의 『지킬 박사와 하이드 씨』 번역본에 해설이 달린 경우에도 스티븐슨의 스코틀랜드적인 면모를 속 시원하게 지적해 준 바가 없으니 더욱 그럴 법하다. 일단 그러한 의문에 대한 가장 명확한 해답은 『지킬 박사와 하이드 씨』와 함께 이 번역서 제목에 등장한 『존 니컬슨』에 담겨 있다. 이 작품은 본 번역자가 새롭게 발굴하여 한국어로 처음 옮긴 것으로, 배경과 정서, 어투와 분위기가 철저하게 에든버러와 스코틀랜드풍이기에, 작가의 스코틀랜드적인 면모가 궁금한 독자는 『지킬 박사와 하이드 씨』보다 『존 니컬슨』을 먼저 읽어 보기를 권한다.

『지킬 박사와 하이드 씨』는 이 땅에서 일찍이 1926년 조선예수교서회에서 출간한 번역본부터 시작해 많은 번역본이 나온 바 있다. 굳이 이 작품을 왜 새로 번역해야 하는지는 번역자가 옮겨 놓은 결과물이 변명해야 할 것이나, 이 유명한 작품과 함께, 생소한 제목인 『존 니컬슨』을 같이 소개하려는 것도 주요 동기 중 하나였다. 홀로 출간하기에는 너무 단출한 『지킬 박사와 하이드 씨』 번역본들에는 대개 성향이나 내용이 『지킬 박사와 하이드 씨』와 비슷한 몇 개의 단편들을 뒤에 붙여 놓는 것이 영어권이나 국내 출판의 관행이다. 그러한 버전으로만 읽고 나면 스티븐슨은 괴담 소설 작가로 머리에 각인될 것이다. 하지만 이는 사실이 아니다. 스티븐슨은 에든버러와 스코틀랜드 전통이 만들어 낸 작가다. 『지킬 박사와 하이드 씨』는 강렬한 작품이기는 하나, 당시 런던 출판계를 풍미하던 런던을 배경으로 한 음산한 범죄 소설 대열에 잠시 합류했던, 스티븐슨으로서는 예외적인 작품이다. 따라서 이 소설이 스코틀랜드인 스티븐슨의 '본모습'을 대변한다고 할 수는 없다. 그뿐만 아니라, 『지킬 박사와 하이드 씨』의 특이성과 매력은 이 전통과 분리해서 이해할 수 없다. 『존 니컬슨』은 문체적인 묘미가 남다르고 따뜻한 해학이 줄곧 흐르는 가운데 해피엔드로 끝나는, 번역자가 보기에 전형적인 스코틀랜드 소설이다. 본 번역자는 『지킬 박사와 하이드 씨』의 음산한 분위기도 중화시킬 겸, 스티븐슨의 성향과 고민, 기질을 보다 뚜렷이 보여 주는 『존 니컬슨』을 발굴해 최초로 번역했고, 이 작품을 『지킬 박사와 하이드 씨』와 나란히 배치하였다.

스코틀랜드의 칼뱅주의 종교 개혁

그렇다면 스코틀랜드적인 성향은 무엇인가? 이 질문은 스코틀랜드 역사를 둘러보지 않으면 대답할 수 없다. 스코틀랜드는 어떤 나라인가? 두 가지 기본적인 사실들을 먼저 지적할 필요가 있다. 첫째, 스코틀랜드는 '영국'이 아니다. '영국'이란 말이 '잉글랜드'의 중국식 이름인 한 그러하다. 근대 시대에 와서 잉글랜드와 정치·경제적으로 통합되었고 잉글랜드와 같은 브리튼 섬에 위치했으나, 북쪽에 있는 이 나라는 오랜 세월 동안 독자적인 영토를 지켜 왔고 고유한 문화를 이어 왔다. 둘째, 스코틀랜드는 사실상 언어·문화적으로 한 나라가 아니라 두 나라였다. 상대적으로 평지가 많고 잉글랜드와의 문화적 교류가 많았던 동남부 '로우랜드' 지방은 영어의 변종이라고 할 수 있는 '스콧스'를 사용한 반면, 서북 고지대인 '하일랜드' 지방은 켈트어인 '게일'어를 사용했다. 스콧스는 이 번역서 두 번째 작품인 『존 니컬슨』에서 택시 마차 기사의 대화에만 나오지만, 앞서 소개한 로버트 번스의 시, 또한 월터 스콧의 소설에서 인물들의 대화에 자주 등장하는 언어다. 스티븐슨도 스콧스로 쓴 시들이 있고 스코틀랜드를 배경으로 한 그의 소설 속 인물들의 대화에서 스콧스가 자주 등장한다. 잉글랜드 언어와 스콧스를 비교하면 많은 공통점이 있지만 발음과 억양이 현저히 다르고, 어휘와 구문의 차원에서도 차이점이 있는 등, 남쪽 왕국 잉글랜드의 언어와 비슷하긴 해도 분명히 구분된다. 반면 하일랜드 지방의 언어는 잉글랜드의 그것과는 물론 로우랜드 스코틀랜드의 언어와도 전혀 다른, '외국어'나 다름없었다. 주로 스코틀랜드 하면 연상되는 치마바지 '킬트'나 백파이프, 위스키 등은 하일랜드가 원산지이나, 스코틀랜드의 정치, 경제, 문화를 주도한 지역은 로우랜드이고 스코틀랜드 왕의 궁전이 있던 곳은 에든버러다.

잉글랜드와 용맹스럽게 맞서긴 했으나 단일한 민족국가의 모습과 거리가 멀었던 스코틀랜드에 획기적인 전기가 찾아온 것은 대륙에서 촉발된 종교 개혁이었다. 16세기 중반, 유럽 일부 지역에서 가톨릭교회 및 가톨릭 국왕 또는 신성로마제국 황제로부터 독립하려는 프로테스탄트 운동이 등장한다. 잉글랜드의 국왕 헨리 8세는 종교 개혁의 이념 같은 것에는 별 관심이 없었지만 본인의 정략적인 계산에 따라 로마 교황청에 반기를 드는 세력에 합류했다. 단, 이 종교 개혁은 철저히 왕과 의회가 위에서부터 통제하는 개혁이었다. 세속 군주 헨리 8세는 '영국교회(성공회)'의 수반으로 군림했고 수도원들을 접수해 본인 맘대로 처분했다. 애초에 교리보다는 교회 재산에 더 관심이 많았던 헨리 8세가 유발한 개혁보다 한 단계 더 진전된 개혁을 원하는 지식인 및 성직자들도 적지 않았다. 소위 '청교도'로 불린 이들은 교회 조직과 예배의 변혁을 열망했다. 헨리 8세의 아들인 에드워드 6세 때는 이 개혁파들의 뜻이 어느 정도 실현될 것 같기도 했다. 그러나 에드워드 6세가 일찍 죽고 메리 튜더 여왕이 집권하자 다시 왕국의 종교는 로마 가톨릭으로 되돌아갔다. 이때 청교도들의 핵심 세력은 스위스 제네바로 피신했다. 제네바는 종교 개혁자 중 가장 치밀한 이론가였던 프랑스인 장 칼뱅의 영적인 지도를 받고 있는 칼뱅주의 개혁 운동의 본부였다.

스코틀랜드는 가톨릭 세력이 여전히 주도권을 잡고 있는 프랑스와 어설프게나마 종교 개혁을 구현한 잉글랜드 사이에 끼여 있었다. 적의 적은 나의 친구이기에, 스코틀랜드 지배층은 전통적으로 프랑스와 손잡고 잉글랜드와 맞섰고 스코틀랜드에 대한 프랑스 왕실의 영향력은 적지 않다. 16세기 중반 스코틀랜드의 군주는 메리 스튜어트 여왕이었다. 그녀의 외가는 프랑스에서 칼뱅파들을 무찌르는 가톨릭 세력의 맹주였고, 프랑스 왕실에서 성장한 메리 여왕 본인도 가톨릭을 버릴 사람이 아니었다. 한편 잉글랜드의 가톨릭 여왕 메리 튜더가 사망하고 엘리자베스 1세가 집권하자 다시 잉글랜드의 종교는 프로테스탄트로 돌아갔다. 이에 제네바로 망명해 있던 청교도들은 다시 고국으로 돌아왔다.

이 중에 스코틀랜드 출신 존 녹스가 있었다. 녹스는 이미 제네바 망명 시절부터 메리 스튜어트 여왕에게 도전하는 선동적인 글들을 찍어서 본국으로 보낸 인물이었다. 그가 귀국하자 이런저런 이유에서 가톨릭 기득권 세력에 맞서고자 하는 귀족들이 그를 후원했고, 녹스는 더욱더 세차게 이들에게 스코틀랜드의 종교를 칼뱅의 제네바와 같은 수준으로 바꿔 놓으라고 독려했다. 여러 복잡한 정황이 합세한 결과, 메리 스튜어트는 제거되었고 스코틀랜드 의회는 독자적인 스코틀랜드 교회 '커크'의 수립을 가결했다. 스코틀랜드 교회는 로마나 프랑스 등 가톨릭 세력에서 독립했을 뿐 아니라 잉글랜드의 성공회와도 거리를 둔 칼뱅주의적 교회로 '장로교회'의 조직과 교리를 따랐다. 중세에 스코틀랜드 왕이 살던 수도 에든버러는 이제 새로운 종교·문화적 정체성의 중심지가 되었다. 오늘날 에든버러의 관광 명소 목록에는 존 녹스의 생가로 추정되는 '존 녹스 하우스'가 포함된다. 이 허름한 집은 에든버러 구시가지 한복판에 있다. 검소하지만 열정적이었던 이 성직자가 근대 시대 그 어떤 스코틀랜드 군주나 정치인보다 스코틀랜드 역사에 결정적인 영향을 미쳤음을 이 도시는 이와 같이 인정하고 있는 것이다.

스코틀랜드 종교 개혁은 당시 시대 상황에 비춰 볼 때 사뭇 파격적인 사회 개혁을 수반했다. 일단 '장로교회'라는 개념은 잉글랜드 교회의 국왕, 대주교, 주교로 내려오는 위계질서를 거부한 수평적인 개별 교회들의 연합을 지칭한다는 점에서, 또한 평신도들의 교회 운영 개입의 문을 열어 놓는다는 점에서, 민주적이었다. 또한 잉글랜드 교회는 가톨릭 예배 의식의 상당 부분을 그대로 유지한 것과 달리 칼뱅주의 종교 개혁을 실현한 스코틀랜드에서는 '오직 성서만으로'의 원칙을 철저히 지켰다. 이렇듯 성서 독서와 성서에 기초한 설교가 종교 행위의 주된 내용이 되었기에, 일반인들의 문해력을 키우고 성서에 정통한 목회자들을 키우는 것이 국가적인 과제로 부각되었다. 이를 위해 잉글랜드와 달리 일종의 보편적인 교육 체제가 교회를 중심으로 발전했다. 그 결과 종교 개혁이 일어나고 한 세기 정도 지난 시점에 이르면, 스코틀랜드 대학들은 잉글랜드의 옥스퍼드나 케임브리지에 비해 훨씬 더 알차고 충실한 교육을 시키고 있었다.

칼뱅주의 종교 개혁은 수평적인 교회 운영, 성서 독서 위주의 지적인 신앙 생활 등의 순기능만 갖고 있었던 것이 아니다. 칼뱅은 르네상스 인문주의의 세례를 받은 인물로서 기독교의 교리를 체계적으로, 다시 말해 '합리적으로' 설명하고자 했다. 그러한 기획이 『기독교 강요』라는 거대한 저작에 담겨 있다. 칼뱅은 성서에 근거해 있으나 인간과 하느님에 대해 성서를 능가하는 수준의 합리성에 도전했다. 칼뱅의 대전제는, 인간은 절대적인 타락한 존재이며, 하느님은 절대적인 주권을 행사한다는, 이 두 가지로 요약된다. 이 두 전제에 의거하면 인간의 절대적인 타락으로 인해 스스로는 전혀 선에 도달할 수 없기에, 하느님의 절대적인 주권에 의해서만 구원에 이를 수 있다는 결론이 도출된다. 그러한 전제를 받아들이고, 그러한 결론대로 무사히 구원받을 경우엔 별문제 없다. 그러나 현실을 둘러보면 모든 이들이 본인의 근본적인 죄를 시인하거나 하느님의 절대적인 주권을 받아들이는 것은 아니다. 이것을 이성이 어떻게 설명할 것인가. 칼뱅은 『기독교 강요』 3권에 이르러, 그토록 숱한 논란의 소지가 된 '예정론', 즉 하느님은 미리 누구는 구원하고 누구는 패망하게 내버려 두기로 예정해 놓았을 것이라는 가설을 제시한다. 칼뱅의 예정론은 스코틀랜드처럼 칼뱅주의 종교 개혁을 실현한 네덜란드에서는 아르미니우스가 신랄하게 조목조목 비판한 바 있고, 이로 인한 치열한 논쟁 및 정쟁이 네덜란드를 휩쓸었었다. 스코틀랜드는 예정론 논쟁을 거치지 않았다. 또한 잉글랜드의 미지근한 종교 개혁에 대비한 스코틀랜드의 칼뱅주의 종교 개혁은 스코틀랜드 '민족 만들기'의 핵심이었기에 '단합'이 논쟁보다 더 중요했다.

스코틀랜드 근대 지성사 및 문화사에서 칼뱅주의라는 뿌리와 그 열매 및 이에 대한 반발은 큰 축을 이룬다. 칼뱅주의라는 뿌리는 이 번역서에 소개한 스티븐슨의 두 작품에도 자양분을 주고 있다. 근본적인 인간의 타락, 내재적인 악을 어떻게 해결할 것인가? 바로 이 칼뱅의 첫 번째 대전제가 『지킬 박사와 하이드 씨』를 관통하고 있다. 그 외에도 후대의 호평을 받은 『밸런트레이 지주』(1889)와 『허미스턴의 강둑』(1896)에서도 인간의 내재적인 악의 문제가 작품의 중심축을 이룬다. 반면에 하느님의 절대적인 주권이라는 칼뱅주의의 두 번째 대전제가 『존 니컬슨』을 이끌고 있다. 자기 안의 악을, 원초적인 타락의 흔적을 화학적으로 분리해 낸다는 발상은 극히 현대적이겠으나, 애초에 인간의 내재된 악을 감당할 수 없는 절대적인 부채로 여기는 지킬을 지어내고, 또한 악의 화신 하이드를 돈 후안 류의 멋진 악당이 아니라 외모부터 흉측하고 열등한 존재로 단죄한 저자는 칼뱅과 녹스의 사유 체계로 돌아간다. 반면에, 온갖 불행이 공교롭게도 계속 이어지며 막상 큰 죄도 지은 게 없는 존 니컬슨이 '불행한 모험들'을 겪지만, 칼뱅주의 종교 개혁의 중심지 에든버러의 교회당들이며 일요일(주일) 풍습이며 찬송가와 숱한 성서에 대한 언급들로 작품을 장식하는 이 소설에서, 결국 그 모든 것이 하느님의 섭리에 의한 화합과 '구원'으로 이어지는 과정임을 『존 니컬슨』의 저자는 확인해 준다. 그렇다면 왜 지킬은 패망하고 존 니컬슨은 구원받는가? 지킬 박사는 성실하고 지적이고, 심지어 자선가로서도 명망 높은 탁월한 인물인 반면, 존 니컬슨은 대체로 게으르고 사람만 좋지 영 제 앞가림을 못하는 평범한 청년일 뿐인데? 칼뱅이나 녹스라면 궁극적으로는 하느님의 예정에서 그 (대답 아닌) 대답을 찾아 주겠지만, 그 대답까지 작가 스티븐슨이 제시할 의향이나 의무는 없다.

잉글랜드와의 통합, 스코틀랜드 계몽주의, 산업 혁명

스코틀랜드의 근현대사에서 칼뱅주의 종교 개혁에 견줄 만한 또 다른 중요한 축은 잉글랜드와의 통합이다. 처녀 여왕 엘리자베스 1세가 죽자 잉글랜드 튜더 왕조의 시조인 헨리 7세의 고조손자인 스코틀랜드의 제임스 6세가 1603년에 잉글랜드의 제임스 1세로 등극한다. 이렇게 해서 스튜어트 왕조가 두 왕국을 통치하는 왕실의 통합이 이루어졌다. 같은 왕을 공유했으나 스코틀랜드의 의회와 법체계, 특히 교회는 잉글랜드로부터 독립해 있었다. 종파적 독립은 스코틀랜드인들이 목숨 걸고 사수할 자존심의 최후 보루였다. 제임스 1세의 아들 찰스 1세가 스코틀랜드 교회의 자율성을 침해하려 하자 온 나라가 내전에 휘말렸고, 결국 찰스 1세가 반역죄로 처형당하는 결과를 낳았다는 사실은 스코틀랜드인들에게 칼뱅주의 국가 교회가 얼마나 중요했는지를 큰 목소리로 증언한다. 찰스 1세를 처형한 올리버 크롬웰의 공화정 및 1인 독재가 그의 죽음과 함께 종식된 후, 찰스 1세의 장남 찰스 2세는 왕좌를 되찾았다. 난봉꾼 찰스 2세에겐 사생아는 많았으나 적자가 없었다. 이에 동생 제임스 2세가 왕위를 승계하자 스코틀랜드로서는 매우 곤혹스러운 상황에 처하게 된다. 제임스 2세는 뿌리가 스코틀랜드인 스튜어트 왕실의 정당한 군주이긴 하나, 그의 종교가 잉글랜드 성공회건 스코틀랜드 장로교회건 전혀 받아들일 수 없는 로마 가톨릭이었기 때문이다. 제임스 2세가 왕자를 낳고 왕자 또한 가톨릭임을 선언하자 잉글랜드 의회는 '명예혁명'을 일으켜 1688년 네덜란드인인 '오라녜의 윌리엄' 공을 군주로 초빙한다. 윌리엄은 이방인이긴 했으나 부인이 제임스 2세의 딸이었기에, 부부가 공동으로 왕위를 물려받는다는 형식을 갖추긴 했다. 스코틀랜드에서 이러한 현실적인 타협안을 받아들인 사람들도 많았다. 하지만 스코틀랜드 내부의 반대자들, 특히 하일랜드 지역에서 만만치 않은 세력을 구축하고 있던 '재코바이트(제임스 왕 지지자)'들은 무력으로 제압해야 했다. '명예혁명'은 잉글랜드에서는 무혈 혁명이었을지 모르지만 스코틀랜드에서는 많은 피를 흘리고서야 마무리되었다.

먼저 메리가 죽고 윌리엄도 죽은 후 왕위는 제임스 2세의 둘째 딸인 앤 스튜어트에게 넘어갔다. 스코틀랜드 출신 여왕이 잉글랜드와 자기 나라의 군주이기에 스코틀랜드인들로서는 반가운 일이었다. 하지만 앤 여왕 시대에 스코틀랜드는 잉글랜드와의 정치·경제적 통합이라는 획기적인, 또는 보기에 따라서는 치명적인 변화를 겪게 된다. 잉글랜드는 17세기가 저물 무렵 대서양 건너 카리브해 군도와 북아메리카 일부에 식민지를 개척하고 이미 상당한 부를 축적하고 있었다. 반면에 스코틀랜드는 애초에 인구나 영토, 경제 규모가 잉글랜드와 비교할 수 없는 터여서 식민지까지 갖춘 잉글랜드의 경제력과 더욱 격차가 벌어졌다. 이에 스코틀랜드는 나라의 부를 한데 모아 중미 지역의 '대리언(오늘날의 파나마)'에 식민지를 개척하자는 계획을 수립한다. 이 계획은 부정확한 지리 정보에 기초해 처참하게 실패했다. 중미 지역 사정에 정통했던 잉글랜드인들은 망할 것이 뻔한 스코틀랜드의 국운을 건 식민지 개척 기획을 관망하다가, 그 계획이 좌초되고 스코틀랜드가 국가 부도 위기에 봉착하자, 기다렸다는 듯이 매혹적인 제안을 한다. 스코틀랜드의 채무를 갚아 줄 테니 대신 의회를 합치자는 것이었다. 실리와 자존심 사이에서 스코틀랜드 지배 세력의 의견이 찬성 쪽으로 기울었다. 당장의 경제 위기를 넘기는 것도 급선무였으나 무엇보다 잉글랜드와 의회를 통합할 경우 잉글랜드의 경제 발전의 혜택을 누릴 수 있었기 때문이다. 단, 스코틀랜드는 통합에 동의하는 조건으로 스코틀랜드 교회와 법률 체계는 건드리지 않는다는 것을 제시했는데, 명분은 별로 대수롭게 여기지 않고 실리에 밝은 잉글랜드인들은 쉽게 동의해 주었다. 이렇게 해서 1707년 잉글랜드와 스코틀랜드의 '연합 왕국'은 웨스트민스터 의회의 지배를 받는 통합된 정치·경제적 단위가 되었다.

의회 통합 이후 스코틀랜드인들이 기대했던 대로 잉글랜드의 식민지와 무역에 동참하여 부를 축적할 기회가 활짝 열렸고, 많은 이들이 이러한 기회를 적극 활용했다. 문학과 관련해서만 보더라도, 런던을 중심으로 급속히 성장한 상업 출판 시장에 스코틀랜드 출신 문인과 지식인들이 참여해, 선조들은 생각할 수 없었던 수입과 명성을 얻었다. 앤 여왕 사망 후 영국 의회는 독일인 하노버 공 조지를 불러들여 조지 1세를 만들어 주었다. 이미 잉글랜드와 통합의 단맛에 길들여진 스코틀랜드인들로서는 스코틀랜드 출신 왕실의 대가 끊긴 것이 불쾌하기는 해도 이를 현실로 받아들였다. 물론 1745년까지도 옛 스튜어트 왕실의 복원을 시도하는 재코바이트들의 무장 봉기는 이어졌다. 스티븐슨은 월터 스콧의 『웨이벌리』(1814)의 전통을 이어받아 두 편의 역사소설, 『납치된 자』(1886)와 『밸런트레이 지주』에서 1745년 마지막 재코바이트 봉기를 소재로 활용한 바 있다. 재코바이트와 이들을 지원했던 하일랜드 전사들을 낭만적으로 묘사한 것은 19세기에 들어와서다.

18세기 중반의 스코틀랜드인들, 특히 잉글랜드와의 통합 이후 대서양 해상무역으로 급속히 성장하던 글라스고나, 런던과의 문화적인 교류의 재미를 톡톡히 보던 에든버러의 유지들은 국왕의 출신이 어디이건 개의치 않았고 잉글랜드와의 통합 및 근대화를 대세로 받아들였다. 문학과 출판의 경우, 잉글랜드 및 나아가 미국에까지 펼쳐진 영어권 책 시장에 글로 돈과 명예를 챙긴 스코틀랜드인들의 명단은 18세기부터 19세기까지 길게 이어진다. 그 명단에서 18세기에는 데이비드 흄이나 애덤 스미스 같은 학술적인 저서의 저자들이 대표적인 인물들이라면, 19세기에는 역사소설의 시조 월터 스콧, 『셜록 홈스』를 지은 아서 코넌 도일, 로버트 루이스 스티븐슨 등 소설가들이 눈에 띈다.

잉글랜드와의 통합 이후 날로 발전하는 스코틀랜드 경제에 맞춰, '스코틀랜드 계몽주의'라고 불리는 운동이 18세기 중반부터 19세기 초에 걸쳐 전개되었다. 스코틀랜드 계몽주의는 철학, 경제학, 역사학, 신학, 법학, 사회학, 자연과학 등 다양한 분야에 걸쳐 근대적인 합리성과 발전사관적인 역사의식을 표명한 저서들을 총칭한다. 애덤 스미스의 『국부론』이 아마도 가장 잘 알려진 스코틀랜드 계몽주의의 업적일 것이다. 철학과 경제학, 역사학, 어문학에 골고루 관심을 보였던 스미스처럼, 대개 이들은 여러 학문 분야를 넘나드는 '학제적인' 지식인들이었다. 『지킬 박사와 하이드 씨』에서 지킬 '박사'의 폭넓은 지식과 관심은 이러한 스코틀랜드 계몽주의자의 면모를 보여 준다. 또한 스코틀랜드 계몽주의는 프랑스 계몽주의와 달리 이미 종교 개혁을 통해 상당한 수준으로 합리화된 자국의 기독교 교회와 기독교 신앙에 대해 적대적일 필요가 없었다. 『존 니컬슨』에서 부친 니컬슨 변호사는 다소 완화된 칼뱅주의 교리와 근대적인 이성을 조화시킨 스코틀랜드 계몽주의의 이와 같은 기독교적 합리주의를 대변한다. 또한 스코틀랜드 계몽주의는 건축과 도시 개발 기획으로도 표현되었다. 『존 니컬슨』의 배경을 이루는, 또한 스티븐슨 본인이 태어나고 자란 지역인 에든버러 '뉴 타운'의 깔끔한 건물과 도로들은 스코틀랜드 계몽주의의 가장 유명한 업적에 포함된다.

잉글랜드와의 통합은 점차 넓어지는 영국의 식민지 경영 및 세계 무역에 스코틀랜드인들이 대거 참여할 기회로 이어졌다. 인도를 관리하는 '동인도 회사'에서 스코틀랜드 출신들은 큰 비중을 차지했고, 아프리카를 탐험한 가장 유명한 여행가인 멍고 파크와 데이비드 리빙스턴은 스코틀랜드 사람들이다. 스티븐슨이 『보물섬』(1883) 등 모험 소설을 써서 히트를 친 것이라든지, 미국을 거쳐 사모아까지 가서 살다가 거기서 죽은 이 작가의 '역마살'도 대영 제국의 해상권 및 잉글랜드가 주도한 '세계화'의 덕을 본 것이라고 할 수 있다. 또한 이러한 경제적 기반 위에서 18세기 말부터 전개된 산업 혁명에서도 스코틀랜드인들은 주도적인 역할을 했고, 글라스고와 클라이드 강 지역은 주요한 산업 생산 기지로 부상했다. 산업 혁명을 상징하는 증기기관을 발명한 이는 글라스고 대학 연구원이었던 제임스 와트였다. 19세기에 스코틀랜드는 과학 기술 혁명의 전초 기지 역할을 했던 것이다.

우리의 작가 스티븐슨의 집안 배경은 산업 혁명기의 스코틀랜드와 직접 관련이 있다. 그의 조부인 로버트 스티븐슨은 등대 엔지니어로 새로운 기술과 혁신을 실행해 재산을 모았다. 스티븐슨의 부친 토머스 스티븐슨도 가업을 이어받아 등대 설계자 및 해양공학자로서 명성을 날렸다. 『존 니컬슨』에서 작가는 에든버러와 샌프란시스코를 오가는 전보가 큰 역할을 하도록 설정해 유명한 공학도들을 부친과 조부로 둔 사람답게 과학기술에 대한 경의를 표명하고 있다. 과학기술의 발전은 18세기부터 스코틀랜드 계몽주의의 결실을 착실히 축적하고 있던 에든버러에서는 의학의 발전으로 구현되었다. 아직 옥스퍼드나 케임브리지 같은 잉글랜드 대학들에서 근대적인 의학 교육이 이루어지지 않았던 시절에, 또한 대체로 의료인들의 수준이 들쑥날쑥하던 잉글랜드에 비해, 에든버러 대학(1726년에 의과대학이 출범했다)에서 교육받은 스코틀랜드 의사들은 신뢰할 수 있는 전문인들이었다. 『지킬 박사와 하이드 씨』 앞부분에서 하이드에게 짓밟힌 여자아이 사건에 등장하는 의사가 소설 배경이 런던임에도 스코틀랜드 말씨를 쓰는 것은 매우 그럴 법한 설정이다. 또한 지킬 박사는 스코틀랜드인은 아니지만 고도의 첨단 화학 지식을 갖춘, 실험하는 의학박사인 것도 런던이라면 다소 특이할 수 있으나, 에든버러에서는 지극히 자연스러운 일이었을 것이다. 무엇보다 『지킬 박사와 하이드 씨』의 소재 그 자체가 에든버러와 깊은 관련이 있다. 18세기 말 에든버러의 이중인격자 '브로디 회장'에 대해 스티븐슨은 유독 흥미를 느꼈다. 낮에는 멀쩡한 사업가로 행세하고 밤에는 노름, 호색, 강도, 살인을 일삼았던 이 실존 인물에 대해, 스티븐슨은 윌리엄 헨리와 합작으로 연극 『브로디』 대본을 쓰기도 했다. 헨리 지킬은 바로 이 '브로디 회장'의 '후손'이다.

스티븐슨의 삶과 두 권의 '크리스마스 책'

스티븐슨이 태어난 1850년은 산업화를 선도하고 전 세계에 걸친 식민지를 관리하던 빅토리아조 시대의 중간 지점이다. 그가 태어난 에든버러 뉴타운은 앞서 말했듯이 스코틀랜드 계몽주의의 찬란한 산물이다. 에든버러의 유복한 중산층 전문인 집안에서 태어난 스티븐슨은 부친과 조부의 길을 따라 토목공학을 전공할 목적으로 에든버러 대학에 입학했으나, 그쪽으로 적성이 맞지 않음을 인정한 부친은 아들에게 법학을 권했다. 본인이 원하는 작가 생활을 하며 어느 정도 안정된 수입원을 만들어 주기 위한 배려였다. 법학 공부를 마치기는 했으나 그는 부친의 집에 살며 특정한 직업 없이 잉글랜드와 프랑스 지역으로 여행을 다녔고, 1873년부터는 런던 문단을 주도하는 유명 월간지 『콘힐 매거진』에 산문을 기고하기 시작했다. 레슬리 스티븐(그는 버지니아 울프의 아버지이다)이 편집하던 이 잡지를 통해 본격적인 문필 생활을 시작한 스티븐슨은 수필, 여행기, 단편 소설 등 다양한 장르의 글들을 선보였고, 허약한 체질에도 자주 여행길에 올랐다. 프랑스를 여행하던 중, 그는 자식이 딸린 미국인 유부녀 패니 반데그리프트 오스본을 만난다. 패니와 사랑에 빠진 스티븐슨은 패니가 캘리포니아로 돌아가자 1879년에 미국으로 여행을 가서 패니와 재회하고, 패니가 이혼 소송을 마무리하여 자유의 몸이 되자, 1880년에 그녀와 결혼했다. 스티븐슨의 『보물섬』은 패니의 어린 아들을 위해 지어 준 이야기가 기반이 되었다. 자식이 딸린 이혼녀와 결혼한 스티븐슨은 건강을 고려해서 잉글랜드 남부 해안가 휴양지 번모스로 이주해, 부친이 사준 집에서 살았다. 1880년대 번모스에 거주하던 시절 『지킬 박사와 하이드 씨』와 『납치된 자』 등 스티븐슨의 대표작이 출간되었다. 『존 니컬슨』을 쓴 1887년, 그해 5월에 부친 토머스 스티븐슨이 세상을 떠났다. 엄한 아버지와 문제아 아들의 관계를 탐구한 『존 니컬슨』뿐만 아니라, 『지킬 박사와 하이드 씨』에서도 지킬이 하이드를 '낳은' 아버지이기도 하고 '자식'인 하이드는 악의 화신이기에, 부자 관계는 이 두 작품 모두를 관통하는 주제다. 『납치된 자』나 『밸런트레이 지주』, 사후에 출간된 미완성 작품인 『허미스턴의 강둑』도 아버지와 아들의 관계라는 스티븐슨 소설의 대주제가 변주된 모습들을 보여 준다.

부친 사망 이후 스티븐슨은 영국을 떠나 미국을 거쳐 남태평양 사모아에서 거주했다. 그리고 사모아에서 마흔네 살이라는 비교적 젊은 나이에 숨을 거두었다. 번모스에 살건 사모아에 살건, 작가 스티븐슨으로서 변하지 않는 조건은 런던 출판 시장에 글을 보내고 거기에서 나오는 수입에 의존했다는 것이다. 19세기 말 런던 출판 시장은 영국뿐만 아니라 날로 커 가는 미국 시장과도 연계되어 있어, 『지킬 박사와 하이드 씨』는 런던과 뉴욕에서 동시에 출간되었다. 당시 소설 시장은 19세기 내내 지배적인 장르였던 두

툼한 사실주의 사회소설의 권위가 쇠퇴하고, 분량이 보다 더 짧거나 내용이 사실성에서 벗어나는 환상적인 소설로까지 장르가 다변화되고 있었다. 『지킬 박사와 하이드 씨』를 출간한 롱맨 출판사 측에서는 원래 이 작품을 '크리스마스 소설'로 기획했다. 찰스 디킨스의 『크리스마스 캐럴』(1843) 이후 형성된 '크리스마스 책' 장르는 디킨스가 제시한 모델을 따라 환상적인 요소들이 으레 등장하는 '유령 이야기'로 정착되었다. 『지킬 박사와 하이드 씨』도 이점에서는 '크리스마스 책'으로 인지될 수 있었다. 그러나 이 작품의 어두운 결말은 크리스마스 축일 기간의 분위기와 어울리기 힘들었기에, 12월을 넘기고 1886년 1월에 출간되었다. 이 얇은 책에 대한 평론가들의 서평은 호의적이었고, 독자들의 반응은 뜨거웠다. 출간된 지 6개월 만에 런던의 출판사는 4만 부를 팔았고, 미국에서는 무려 7만 5천 부나 팔렸다. 『지킬 박사와 하이드 씨』는 크리스마스 책은 아니지만 크리스마스 책으로 기획했던 반면, 『존 니컬슨』은 본격적인 '크리스마스 책'으로 기획해서 출간한 작품으로, 1887년 크리스마스 철에 영국과 미국의 서점에 등장했다. 『존 니컬슨』은 환상적인 요소는 없으나 플롯이 다소 과장되어 있고 결말이 해피엔드로 끝나 '크리스마스 책'으로서의 장르적 특징을 잘 보여 준다.

이 두 작품에 대한 해석은 독자의 몫으로 남겨 두겠다. 다만 『존 니컬슨』에 비해 훨씬 더 유명한 『지킬 박사와 하이드 씨』의 배경에 대한 몇 가지 객관적 사실을 지적할 필요는 있다. 첫째, 이 두 작품은 이미 말했듯이 '크리스마스 책'으로 기획되었거나 완성되었다는 사실을 한 번 더 강조할 필요가 있다. 작품의 단출한 분량이나 좁은 의미의 사실주의를 과감히 무시하거나 우연의 일치를 맘껏 구사하는 플롯은 '크리스마스 책'의 장르적인 특징이다. 둘째, 이 소설은 공상 과학 소설이 아니다. 화학 약품으로 변신한다는 설정이 '과학적'으로 보이긴 하지만, 그러한 실험 자체가 이 소설의 초점은 아니다. 선과 악의 첨예한 이분법이 이 소설을 지배하고 있다는 점에서 철학 또는 신학의 문제가 과학을 압도한다. 의학이나 화학적인 정보는 이 작품에서 전혀 구체적으로 제시되지 않고 작가도 이쪽으로 관심을 보였다는 기록이 별로 없다. 당시 서구 의학의 주된 관심사는 전염병 박테리아와의 싸움이라든지, 수술 시에 마취약을 통한 통증 관리였지, 약물을 복용해서 악한 자아로 변신하는 문제는 당시(오늘날도 마찬가지지만) 그 어떤 과학자나 의료인도 연구했다는 기록이 없다. 당시 과학과 연관성이 비교적 큰 부분은 하이드다. 1880년에 출간된 심리학 연구서들 중에서 범죄심리학을 다룬 책들이 있다. 그러나 이들 심리학의 '과학성'은 매우 낮은 수준으로, 대개 범죄자의 얼굴들을 비교하며 '범죄형' 관상을 일반화하는 데 머물렀다. 이러한 통념에 비춰 보면 하이드의 혐오스러운 인상과 왜소한 체구 등은 당시의 '과학 지식'에 부합한다. 그러나 스티븐슨은 바로 이렇듯 눈으로만 봐도 '악당'임을 알 수 있는 하이드가 동시에 점잖은 의학박사 지킬이라는 설정을 통해, 19세기 범죄심리학을 뿌리부터 뒤흔들고 있다.

스티븐슨 번역하기

 스티븐슨의 두 소설은 분량이 길지는 않지만 번역하기 쉬운 글들은 아니다. 산문의 달인인 스티븐슨은 구문의 길이와 형태를 변화시켜 다양한 효과를 만들어 내고, 『존 니컬슨』의 경우 자유간접화법을 자유자재로 구사하고 있어, 거기에 대응할 만한 번역의 전략이 요청된다. 일반 독자들의 독서에도 도움이 될 것이고 다른 번역자들이나 번역을 공부하는 이들에게도 참고가 될까 하여, 필자가 택한 번역의 전략을 간략히 밝혀 둔다.

 첫째로, 원문의 구두점과 문장 구분은 최대한 존중했다. 문제는 스코틀랜드 작가 스티븐슨이 당대 잉글랜드 문필가들의 산문에 비해 다소 고풍스러운 구문을 즐겨 사용하고 있다는 것이다. 스티븐슨은 세미콜론이나 콜론으로 절을 연결하는 형태로 긴 문장을 만들어 마침표를 이내 찍어 주는 단문에 대비시킴으로써 산문의 리듬과 호흡을 조절한다. 물론 우리말에는 세미콜론과 콜론을 문장부호로 사용하지 않는다. 본 번역자는 『로빈슨 크루소』 번역 시의 경험에 비추어 세미콜론이나 콜론을 쉼표로 대체했다. 나아가 경우에 따라서는 스티븐슨 본인도 가끔 사용하고 우리말 문장에서도 이따금 사용되는 대시(―)를 동원하거나, 세미콜론이나 콜론이 함축한 접속자적인 의미('그래서', '그러나' 등)로 이들 문장부호를 번역하기도 했다. 그렇게 함으로써 원문이 갖고 있는 문체적 효과를 최대한 살리려 했다.

 둘째로, 원문은 다른 영어 산문과 마찬가지로 관계대명사에 의

존하는 바가 적지 않다. 물론 우리말에는 관계대명사가 없다. 이 문제를 이제껏 번역자들이 해결하는 방식은, 꾸미는 절을 꾸미는 명사 앞에 길게 풀어 놓는 것이었다. 예를 들어 'X, which did B to A, did D to C'가 원문이라면 이를 'A에게 B를 한 X는 C에게도 D를 했다' 식으로 번역하는 것이었다. 원문은 먼저 X에 관심을 끈 다음, X에 대한 설명을 그 후에 첨가하고 있으나 번역문에서는 X보다는 엉뚱하게 A가 강조되고 X는 가운데 파묻혀 버리고 만다. 이렇게 옮길 경우 문장의 초점이 흐려지는 결과를 초래한다. 일반 산문에서는 불가피한 변화라고 하더라도 예술적인 산문의 경우 원문의 극적인 효과를 손상시킬 위험이 많다. 본 번역자는 관계대명사가 이끄는 절은 선행사에 이어지게 배치해 원문의 초점과 강조점을 흐리지 않는 방향으로 (즉, 'X는 A에게 B를 했는데 C에게도 D를 했다'로) 번역을 시도하였다.

번역을 약속한 것은 벌써 몇 해 전이다. 애초에 을유문화사 세계문학을 기획했던 친구가 급작스럽게 세상을 떠나고, 가정과 직장에서 온갖 일에 붙잡혀 있다 보니 탈고가 매우 늦어지고 말았다. 그럼에도 불구하고 인내심으로 원고를 기다려 주신 출판사에 감사드린다.

판본 소개

『지킬 박사와 하이드 씨』는 스티븐슨의 대표작으로 정착된 만큼, 많은 판본이 있다. 이 중에서 가장 믿을 만한 판본은 에든버러 대학의 작가 서거 '100주년 기념' 로버트 루이스 스티븐슨 전집 시리즈에서 나온 리처드 듀리 편집본이기에, 이 판본을 택했다. 구체적인 서지 사항은 다음과 같다.

Robert Louis Stevenson, *The Strange Case of Dr. Jekyll and Mr. Hyde*, ed. Richard Dury, Edinburgh: Edinburgh University Press, 2004 (The Collected Works of Robert Louis Stevenson: The Centenary Edition, vol. 5)

『지킬 박사와 하이드 씨』의 경우, 역주의 일정 부분도 이 판본에 의존했음을 밝힌다. 주요 학술적 판본인 옥스퍼드 월드 클래식 판본이나 펭귄 클래식 판본과 에든버러 '100주년 기념' 판본 사이에

현저한 차이가 있는 것은 아니지만, 에든버러 대학 출판부 판본은 1886년 초판본과 원고를 대조해 초판본의 특이성을 그대로 보존한 판본이기에 옥스퍼드나 펭귄본과 원문 상 철자나 서체, 구두점 등의 미세한 차이가 없지 않다.

『존 니컬슨』은 내용이나 분위기는 물론이요 판본 상에서도『지킬 박사와 하이드 씨』와는 정반대 형편에 처해 있다. 오늘날 이 작품은 원전비평을 거친 판본으로는 만나 볼 수 없다. 가장 최근에 나온 판본은 케임브리지 스컬러스 출판사(Cambridge Scholars Publishing, 2009)에서 나온 스티븐슨 전집이지만, 이 전집은 한 가지 예외를 제외하면 모두 1923년 런던에서 나온 전집을 다시 출간한 판본이다. 번역 원본은 같은 1923년 판본에 기초한 것으로 추정되는 호주 아들레이드 대학교 전자 텍스트다. 이 전자 텍스트의 인터넷 주소는 다음과 같다.

https://ebooks.adelaide.edu.au/s/stevenson/robert_louis/s848mj/

이 전자 텍스트에는 역주가 전혀 없다. 반면에『존 니컬슨』은 에든버러와 스코틀랜드가 배경에 절절이 녹아 있는 작품이다. 한국 독자들을 위해 번역자 본인이 가급적 상세히 역주를 달아 놓았다. 물론 역주를 들춰 보지 않고도 이해할 수 있는 이야기이기는 하지만, 역주를 보면 작품의 맛을 좀 더 잘 음미할 수 있을 것이다.

1850   에든버러 뉴타운의 유명한 등대 설계 전문가 집안에서 태어남.

1867   에든버러 대학 입학, 공학 전공.

1871   전공을 공학에서 법학으로 변경.

1872   스코틀랜드 변호사 1차 시험 통과.

1873   독실한 장로교 신자인 부친과 신앙 문제로 충돌.

1874   변호사 시험을 준비하며 『콘힐 매거진』에 수필 기고 시작.

1875   변호사 시험에 최종적으로 통과했으나 변호사 생활 포기. 프랑스 방문, 퐁텐블로에 머물며 예술가들과 교류. 『배니티 페어』 등 잡지에 수필 기고.

1876   프랑스 북부를 카누로 여행한 후, 이때의 경험을 『내륙여행』(1878)으로 출간. 프랑스에서 유부녀인 패니 반데그리프트 오스본을 만나 사랑에 빠짐.

1878   패니는 미국으로 돌아가서 이혼 소송에 들어감. 스티븐슨은 남부 프랑스 세벤 산악지대에서 당나귀 여행을 함. 이때의 경험을 『당나귀와의 여행』(1879)으로 출간. 『에든버러: 그림 같은 풍경 소묘』 출간.

1880   샌프란시스코로 패니를 찾아가, 패니의 이혼 절차가 마무리되자 그녀와 결혼. 유럽으로 돌아와 스위스 다보스 등지에서 거주. 윌리엄 헨

리와 같이 쓴 연극 대본 『브로디 회장』 출간. 18세기 에든버러의 실존 인물 이중인격자를 다룬 이 희곡이 『지킬 박사와 하이드 씨』의 원형.

1881 『보물섬』 집필.

1882 다보스와 프랑스, 스코틀랜드를 오가며 패니와 거주. 『신 천일야화』 출간.

1883 『보물섬』 출간.

1884 잉글랜드로 돌아와 본머스에 거주.

1885 본머스에서 부친이 구입해 준 집에 입주, 정착 생활 시작. 『어린이를 위한 시의 정원』, 『오토 공』, 『신 천일야화 속편』 출간.

1886 『지킬 박사와 하이드 씨』, 『납치된 자』 출간.

1887 부친 사망. 부인 패니와 양아들 로이드, 모친과 함께 미국으로 이주. 『지킬 박사와 하이드 씨』가 미국에서 큰 인기를 얻은 덕에 뉴욕에서 저명인사 대접을 받음. 뉴욕 주 북부의 애디론댁 산악 지대에 거주하며 왕성한 집필 활동. 『존 니컬슨』, 단편집 『유쾌한 남자들』, 시집 『언더우즈』, 수필집 『회고와 초상화』 출간.

1888 미국 출판업자인 매클루어가 태평양 여행기 집필을 의뢰해, 태평양 군도들로 여행을 떠남. 역사소설 『검은 화살』, 역사서 『플리밍 젠킨 회고록』 출간.

1889 하와이에 도착. 모친은 스코틀랜드로 돌아가고 스티븐슨은 부인과 양아들과 길버트 군도(키리바시)를 거쳐 사모아에서 머묾. 『밸런트레이 지주』 출간.

1890 건강이 악화되자 요양차 사모아에 상주하기로 작정. 여행기 『태평양에서』, 시집 『발라드』 출간.

1891 사모아 정치에 연루됨. 『더 타임스』에 사모아 문제를 알리는 글 투고.

1892 미국, 독일, 영국의 세력 다툼이 벌어지던 사모아의 정치 상황을 기술한 『역사에 대한 각주』, 미국 여행기 『평원을 가로질러』 출간.

1893 사모아에서 내전 발생. 스티븐슨은 마타파 지지. 태평양 지역을 배경으로 한 단편집 『섬의 밤 오락』, 『캐트리오나』(『납치된 자』의 속편)

출간.

1894   전쟁 상황 종식. 마타파 지지자들이 스티븐슨에 대한 감사의 표시로 '사랑하는 가슴의 길' 건설. 『허미스턴의 강둑』집필 도중 12월 3일 졸도, 사망.

1896   『허미스턴의 강둑』출간.

1897   미완성 역사소설『세인트 아이브스』출간.

새롭게 을유세계문학전집을 펴내며

을유문화사는 이미 지난 1959년부터 국내 최초로 세계문학전집을 출간한 바 있습니다. 이번에 을유세계문학전집을 완전히 새롭게 마련하게 된 것은 우리가 직면한 문화적 상황에 적극적으로 대응하기 위해서입니다. 새로운 을유세계문학전집은 세계문학의 역할이 그 어느 때보다 중요해졌다는 인식에서 출발했습니다. 오늘날 세계에서 타자에 대한 이해는 우리의 안전과 행복에 직결되고 있습니다. 세계문학은 지구상의 다양한 문화들이 평등하게 소통하고, 이질적인 구성원들이 평화롭게 공존할 수 있는 문화적인 힘을 길러 줍니다.

을유세계문학전집은 세계문학을 통해 우리가 이런 힘을 길러 나가야 한다는 믿음으로 만들어졌습니다. 지난 5년간 이를 준비하기 위해 많은 노력을 기울였습니다. 세계 각국의 다양한 삶의 방식과 문화적 성취가 살아 있는 작품들, 새로운 번역이 필요한 고전들과 새롭게 소개해야 할 우리 시대의 작품들을 선정했습니다. 우리나라 최고의 역자들이 이들 작품 속 한 문장 한 문장의 숨결을 생생히 전하기 위해 심혈을 기울였습니다. 또한 역자들은 단순히 번역만 한 것이 아니라 다른 작품의 번역을 꼼꼼히 검토해 주었습니다. 을유세계문학전집은 번역된 작품 하나하나가 정본(定本)으로 인정받고 대우받을 수 있도록 최선을 다했습니다. 세계문학이 여러 경계를 넘어 우리 사회 안에서 주어진 소임을 하게 되기를 바라며 을유세계문학전집을 내놓습니다.

을유세계문학전집 편집위원단(가나다 순)
김월회(서울대 중문과 교수)
박종소(서울대 노문과 교수)
손영주(서울대 영문과 교수)
신정환(한국외대 스페인어통번역학과 교수)
정지용(성균관대 프랑스어문학과 교수)
최윤영(서울대 독문과 교수)

을유세계문학전집

을유세계문학전집은 계속 출간됩니다.

을유세계문학전집 연표